古典詩歌研究彙刊

第二十輯

龔鵬程　主編

第 **18** 冊

日本五山文學《濟北集》對中國詩文的接受(下)

梁姿茵　著

國家圖書館出版品預行編目資料

日本五山文學《濟北集》對中國詩文的接受（下）／梁姿茵
著 — 初版 — 新北市：花木蘭文化出版社，2016〔民105〕
目 4+208 面；17×24 公分
（古典詩歌研究彙刊 第二十輯；第 18 冊）
ISBN 978-986-404-839-7（精裝）
1. 中國文學 2. 日本文學 3. 文學評論
820.91   105015109

ISBN-978-986-404-839-7

古典詩歌研究彙刊
第二十輯　第十八冊
ISBN：978-986-404-839-7

日本五山文學《濟北集》對中國詩文的接受（下）

作　　者　梁姿茵
主　　編　龔鵬程
總 編 輯　杜潔祥
副總編輯　楊嘉樂
編　　輯　許郁翎、王筑　美術編輯　陳逸婷
出　　版　花木蘭文化出版社
社　　長　高小娟
聯絡地址　235 新北市中和區中安街七二號十三樓
　　　　　電話：02-2923-1455／傳真：02-2923-1452
網　　址　http://www.huamulan.tw 信箱 hml810518@gmail.com
印　　刷　普羅文化出版廣告事業
初　　版　2016 年 9 月
全書字數　312591 字
定　　價　第二十輯共 18 冊（精裝）新台幣 28,800 元

日本五山文學《濟北集》對中國詩文的接受（下）

梁姿茵 著

第五章　虎關師鍊詩學與中國詩話（二）：論詩及事

　　本論文闡釋〈濟北詩話〉內容之分類，依劉德重、張寅彭之歸納，第四章「論詩及辭」方面，分爲「章法形式」、「品評」二者；而本章則由「論詩及事」展開考察，包括詩歌本事、詩人軼事與詩相關的資料等，根據虎關〈濟北詩話〉全文共分二十九條目〔註1〕，大多以論詩爲要，其談及詩歌本事或軼事者，本章節歸納出以下幾點：「孔子爲『詩人』說」、「陶淵明『非全才』說」、「唐玄宗『薄文才、厚戲樂』說」，以及「以唐宋邊功之弊，反思禪門邊號之弊」。

第一節　孔子爲《詩》之刪手而爲「詩人」說

　　虎關於〈濟北詩話〉中，指陳周公、孔子爲詩人，並在文學地位賦予美譽，他說：

　　　　古者言，周公惟作<鴟鴞>、<七月>二詩。孔子不作詩，只刪詩而已。……周公二詩者見于諸者耳，竟周公世，豈惟二篇而已乎？孔子詩雖不見，我知其爲詩人矣，何者以其刪手也？方今世人不能作詩者，焉能得刪詩乎？若又不作

〔註1〕詳參附錄六〈濟北詩話〉之原文。

詩之者,假有刪,其編寧足行世乎。今見三百篇,爲萬代詩法,是知仲尼爲詩人也。只其詩不傳世者,恐秦火耶!

周公單二,亦秦火也耳,不則,何嘗二篇而止乎?〔註2〕

虎關將周公傳後之詩僅二首,孔子詩不傳於世,皆因秦火之故,目前未能考其眞偽,姑且存疑。然虎關將周公、孔子歸爲詩人之列,頗令人玩味。周公尚有二詩流傳,若言其爲詩人不足爲奇,然孔子未有詩傳後世,何以說孔子亦爲詩人?

虎關從二個部份來談,一爲「不能作詩者,焉能得刪詩乎?」二則「不作詩之者,假有刪,其編寧足行世乎?」更何況「三百篇,爲萬代詩法」。虎關提及的這兩個部份,筆者以爲必須先作一些概念上的釐清與定義,方能審視虎關所言。筆者從兩個部份探討,其一,孔子「刪詩說」之辨;其次,何謂「詩人」?而孔子究竟是否爲「詩人」?

一、孔子「刪詩說」之辨

孔子「刪詩說」之「詩」,指的爲《詩經》,先秦時代稱爲《詩》。然而,虎關提及「孔子不作詩,只刪詩而已。」又說「方今世人不能作詩者,焉能得刪詩乎?」即是認同孔子刪《詩》之說。關於孔子是否刪《詩》一事,歷代以來多有爭辨,在《論語》之中,雖有言:「子曰:『吾自衛反於魯,然後樂正,《雅》、《頌》各得其所』。」〔註3〕如是之說,未得說明是否有刪《詩》之歷程,循此而說,以下析論之。

孟子曰:「王者之迹息而《詩》亡,《詩》亡然後《春秋》作。」初步可見《詩》爲周代時的作品。另於《詩》的篇章中,得見《周頌》之〈清廟〉、〈維天之命〉、〈維清〉、〈天作〉、〈我將〉、〈雍〉、〈賚〉等

〔註 2〕（日）虎關師鍊:《濟北集》卷 11〈濟北詩話〉。
〔註 3〕（魏）何晏集解;（梁）皇侃義疏:《論語集解義疏》（臺北:廣文書局,1968 年）〈子罕〉第九,頁 12。

篇中有周文王的諡法，大致爲文王以後的作品；《魯頌》中之〈閟宮〉有「周公之孫，莊公之子」，大抵爲僖公時或僖公以後之作；《大雅》中的〈大明〉、〈文王有聲〉兩篇有武王的諡法，或爲成王或成王以後的作品，尙有《召南》的〈何彼襛矣〉、《大雅》的〈崧高〉、〈蒸民〉等內容，以知《詩經》出現的時代蓋爲西周、東周之際。既然《詩經》在周代已產生，那麼現存的《詩經》有三百零五篇，是否經由孔子刪定而成？

（一）同意「刪詩說」

西漢司馬遷在《史記・孔子世家》提及：

> 古者《詩》三千餘篇，及至孔子，去其重，取可施於禮義……。三百五篇，孔子皆弦歌之，以求合《韶》、《武》、《雅》、《頌》之音，禮樂自此可得而述，以備王道，成六藝。〔註4〕

司馬遷認爲《詩》原有三千餘篇，至孔子去其重，而得三百零五篇，而且三百零五篇都已合樂。在此先看「孔子去其重」之說。承《史記》之看法，以爲孔子有刪詩者，如東漢班固《漢書・藝文志》中言明：

> 古有采詩之官，王者所以觀風俗，知得失，自考正也。孔子純取周詩，上采殷，下取魯，凡三百五篇。〔註5〕

而唐代陸德明之《經典釋文・序錄》中亦載：

> 孔子最先刪錄，既取周詩，上兼《商頌》，凡三百一十一篇。〔註6〕

北宋洪興祖亦有：

> 王者迹熄而《詩》亡，其存者繆亂失次，孔子復得之，他

〔註4〕（漢）司馬遷；瀧川龜太郎考證：《史記會注考證》（臺北：文史哲出版社，1997年）卷47〈孔子世家〉，頁742。

〔註5〕（漢）班固；（清）王先謙注：《漢書》（臺北：藝文印書館，1972年）卷30〈藝文志〉，頁878。

〔註6〕（唐）陸德明：《經典釋文》（出版地不明：抱經堂，1791年）早稻田大學圖書館藏，卷1〈序錄〉，頁14。

國以歸，定著爲三百五篇，於是雅、頌各得其所。〔註7〕

清代顧炎武《日知錄》中也說：

孔子刪詩，所以存列國之風也，有善有不善，兼而存之。

〔註8〕

從司馬遷以下，如班固、陸德明、洪興祖、顧炎武等人，皆認同孔子或「純取」、或「刪錄」、「刪詩」、或「編定」、或「去其重」，取善者而存之，方得《詩經》三百零五篇，笙詩六首。

（二）質疑「刪詩說」

另一派卻認爲孔子並未刪《詩》或編《詩》之說。唐代孔穎達說：

如《史記》之言，則孔子之前，詩篇多矣。案書傳所引之詩，見在者多，亡逸者少，則孔子所錄，不容十分去九。馬遷言古詩三千餘篇，未可信也。〔註9〕

而南宋鄭樵在《六經奧論·刪詩辨》謂：

夫《詩》上自商頌祀成湯，下至株林刺陳靈公，上下千餘年，而《詩》纔三百五篇，有更十君而取一篇者，皆商周人所作。夫子併得之於魯太師，編而錄之，非有意於刪也。

〔註10〕

南宋朱熹《朱子語類》中則載：

人言夫子刪詩，看來只是採得許多詩，夫子不曾刪去，往往只是刊定而已。〔註11〕

而清代崔東壁《讀風偶識》中載：

〔註7〕 （明）丘濬：《大學衍義補》（臺北：臺灣商務，1983年）卷74，頁843。

〔註8〕 （清）顧炎武：《日知錄》（臺北：臺灣中華，1978年）卷3〈孔子刪詩〉，頁3。

〔註9〕 （唐）孔穎達疏：《毛詩正義》（臺北：臺灣中華，1966年），頁3。

〔註10〕 （宋）鄭樵：《六經奧論》（臺北：臺灣商務，1983年）卷3〈刪詩辨〉，頁67。

〔註11〕 （宋）朱熹；（宋）黎靖德編：《朱子語類》（臺北：正中書局，1982年）卷23，頁876。

孔子刪《詩》孰言之？孔子未嘗自言之也。《史記》言之耳。
孔子曰：「鄭聲淫」是鄭多淫詩也。孔子曰：「誦詩三百」
是《詩》止有三百，孔子未嘗刪也。學者不信孔子所自言
而信他人之言，甚矣其可怪也！〔註12〕

另，清代方玉潤《詩經原始‧自序》亦有言：

孔子未生以前，「三百」之編已舊，孔子既生而後，「三百」
之名未更。吳公子季札來魯觀樂，《詩》之篇次悉與今同（惟
《豳》次《齊》，《秦》又次《豳》，小異），其時孔子年甫
八歲。迨杏壇設教，恆雅言《詩》，一則曰「詩三百」，再
則曰「誦詩三百」，未聞有「三千」說也。厥後自衛反魯，
年近七十。樂傳既久，未免殘缺失次，不能不與樂官師摯
輩審其音而定正之，又何嘗有刪《詩》說哉？〔註13〕

上述引論，皆爲孔子刪《詩》提出質疑，如孔穎達、鄭樵、朱熹、崔
東壁、方玉潤等人所說，大抵認爲孔子或有「刊定」卻未「刪《詩》」，
亦批評學者不信《論語》中凡言「《詩》三百」，反而信他人言「《詩》
有三千餘篇」。方玉潤甚而以爲，《三百》之編在孔子未生以前即已編
定而成，再則從吳公子季札來魯觀樂時，所聞之的《詩》篇悉與今同，
時孔子八歲，以此證孔子未編《詩》；再說孔子自衛反魯，年近七十，
大抵與樂官輩審其音而定之，然亦未有刪《詩》之說。

（三）對「刪詩說」持折衷態度

若回歸到《論語》之中，實卻未提及刪《詩》或編《詩》一事，
亦未言及《詩》有三千之說。蓋《論語》中提及《詩經》之處，如孔
子以《詩》教人，有「《詩》三百，一言以蔽之，曰：詩無邪」〔註14〕，

〔註12〕　（清）崔東壁：《讀風偶識》（臺北：學海，1979年）卷3，頁20。
〔註13〕　（清）方玉潤：《詩經原始‧自序》（臺北：藝文印書館，1981年），
　　　　　頁2～3。
〔註14〕　（魏）何晏集解；（梁）皇侃義疏：《論語集解義疏》（臺北：廣文書
　　　　　局，1968年）〈爲政〉第二，頁17。

又「誦《詩》三百，授之以政，不達，使於四方，不能專對，雖多，亦奚以爲？」〔註15〕

再就當時代諸子所述，亦未有如是說。如《荀子》有：「《詩》三百，中聲所止。」而《墨子》曰：「誦詩三百，弦詩三百，歌詩三百，舞詩三百。」〔註16〕承此，其皆未提及孔子刪詩或錄詩之相關記載。大陸學者鄭利鋒曾針對孔子出生之前，《詩》引用情形成了一項統計，其言：

> 根據《國語》和《左傳》中的引《詩》……兩部書中共徵引用《詩》共有 119 次，而至孔子出生之前，即魯襄公二十二年之前，就有引《詩》59 次。……這說明在孔子出生之前，《詩》編集已經基本類近於後世《詩》的篇貌。〔註17〕

此說蓋可以證明孔子之前，已有《詩》之編集，然是否爲後世《詩》之全貌，亦未嘗得知。而清代王漁洋《池北偶談》之說：

> 孔子但正樂使各得其所而已，未嘗刪詩。觀自衛返魯可見，且一則曰「詩三百」，再則曰「誦詩三百」。《家語》對哀公問郊亦曰：臣聞誦詩三百，不可以一獻，知古詩本來有三百篇，非孔氏自刪定也。又《左傳》列國卿大夫燕饗賦詩，率皆三百篇中之詩，多在孔氏之前，其非夫子手刪了然可見。葉水心《習學記》言云：《史記》言古詩三千，孔安國亦言刪詩爲三百篇，按詩周及諸侯用爲樂章，今載於左氏者，皆史官先所采定就有，逸詩殊少矣，不待孔子而後刪十取一也。《論語》稱「詩三百」，本謂古人已具之詩，不應指其自刪者言之也，《輔廣》亦謂司馬遷言古詩三千傳聞

〔註15〕（魏）何晏集解；（梁）皇侃義疏：《論語集解義疏》（臺北：廣文書局，1968 年）〈子路〉第十三，頁 5。

〔註16〕（清）孫詒讓：《墨子閒詁》（臺北：華正書局，1987 年）〈公孟篇〉，頁 418。

〔註17〕鄭利鋒：〈虎關師煉稱孔子「詩人」刪《詩》辨〉，《社會科學評論》，第 4 期，2007 年 12 月，頁 78。

之誤，其說與予見略同。〔註18〕

王漁洋之言，從折衷的角度來析論，以爲「古詩本有三百，非孔氏手定」，但古籍中所引部份詩句或詩篇，卻又不存在於三百篇中。因此，雖然《詩》在孔子之前已編定，但孔子在其後則繫舊逸，以成三百五篇完好之作，若司馬遷之考證，或有疑異。

　　雖然孔子《刪》詩之說，歷來仍是爭論不休之議題，而司馬遷《史記》之記錄，亦無法武斷地推論符合實事與否，然考其撰寫《史記》之態度嚴謹認眞，講究「實錄」，班固提及：「其文直，其事核，不虛美，不隱惡，故謂之實錄。」〔註19〕即言明司馬遷的文章公正，史實可靠，不憑空美言或隱惡之肯定；再加上其在〈孔子世家〉中自言：「余讀孔氏書，想見其爲人。適魯，觀仲尼廟堂車服禮器。」〔註20〕由此可知，司馬遷曾親至曲阜考察孔子相關遺聞軼事，仰慕孔子遺風，惟其關於刪《詩》一事，所得傳聞之詳實，仍可待考，大抵前人考證而有疑異之處，或可作爲思辨與參考。然筆者以爲王漁洋之言較爲公允，儘管《詩》三百在孔子之前已有之，但是，孔子將《詩》作了一些刪編，以成完好之作，此亦不能全然否定其未刪《詩》或編《詩》之作。

　　承前綜述，孔子刪《詩》之說，經過歷代經、史學者考辨，或有支持，或有反對者，不一而足。然而，詩家引述孔子刪《詩》說，大抵認同此觀點，不若經、史學者意在考證與辨析，而是自孔子刪述《詩》後之內涵與意義評述之。

　　南朝梁劉勰《文心雕龍》「自夫子刪述，而大寶咸耀。」〔註21〕

〔註18〕（清）王士禛：《池北偶談》（濟南：山東大學出版社，2009 年）卷 18，頁 199。

〔註19〕（漢）班固；（唐）顏師古注：《漢書》（臺北：藝文印書館，1972 年）卷 62〈司馬遷傳〉，頁 1258。

〔註20〕（漢）司馬遷；瀧川龜太郎考證：《史記會注考證》（臺北：文史哲出版社，1997 年）卷 47〈孔子世家〉，頁 748。

〔註21〕（梁）劉勰：《文心雕龍》（臺北：臺灣商務，1979 年）卷 1〈宗經〉，

劉勰以《詩經》由孔子刪述後，才綻放光芒，成爲經典。因此，唐代李白作〈古風〉表達文學理想之際，即以孔子刪述之志，期能雅正各得其所爲己任。詩曰：「大雅久不作，吾衰竟誰陳？」李白慨嘆雅正之風久不作，然何人能承載此重責？李白以「吾」字展現其志向，卻又憂己「衰」後難以爲繼，一如孔子嘗自嘆：「甚矣，吾衰也」之心聲。

〈古風〉結尾四句云：「我志在刪述，重輝映千春。希聖如有立，絕筆於獲麟。」李白欲以孔子「述而不作」之精神，將廢興之雅正內容，使能再次展現光輝，流傳千載；而此理想抱負之堅定，直到獵獲麒麟方得絕筆。此「獲麟」典出《春秋・哀公十四年》載：「西狩獲麟。孔子曰：『吾道窮矣』。」蓋因孔子認爲騏麟出，未得其時，又被捕獵，實非好兆，《春秋》於此時即不復作。是故，李白於此展現之志向，正是呼應首二句，期能紹述孔子，恢復大雅之風。《唐宋詩醇》評曰：「指歸大雅，志在刪述，上溯風騷，俯觀六代，以綺麗爲賤，清眞爲貴，論詩之義昭然明矣。」〔註22〕

至若清代朱彝尊於《靜志居詩話》則引司馬遷載孔子刪詩之說，其以孔子刪詩，使雅正各得其所，然而，若鄭、衛之聲，又何以存於其中？朱氏從「志正」而「詩正」的角度爲論證，十分中肯，其云：

> 司馬遷曰：「古詩三千餘篇，孔子刪取三百五篇，皆絃歌以合韶武之音。」則匪獨關雎、鹿鳴、文王、清廟也。凡鄭、衛之詩，皆合於韶武者也。……然志出乎正論者，謂其一飯不忘君，是說詩者，亦觀其志之所存而已。不必盡出於道德之言也。〔註23〕

朱氏認爲孔子刪取《詩》而爲三百五篇，皆因「合於韶武之音」。世

頁 5。

〔註22〕（清）高宗御選：《唐宋詩醇》（臺北：臺灣中華，1971 年）卷 1〈古風〉，頁 4。

〔註23〕（清）朱彝尊：《靜志居詩話》（臺北：明文出版，1991 年）卷 9〈書改兵部諡文莊有甘泉集〉，頁 786～787。

人皆以〈關雎〉、〈鹿鳴〉、〈文王〉、〈清廟〉之屬爲莊嚴雅正之詩，如若「鄭、衛之詩」則爲靡靡之音。孔子自言「惡鄭聲之亂雅樂也」與「放鄭聲，遠佞人；鄭聲淫，佞人殆」。孔子以爲鄭聲「淫」，意指其節奏、曲調起於變化大，易使人心搖動，以致與中正平和之雅樂產生似是而非之情況，失卻樂音可以正人心之作用。因此，孔子將「鄭聲」視爲讒佞小人，所以要「放」，否則難以涵養端正之性情。

　　孔子之後，對於鄭、衛之聲亦有批評者爲《呂氏春秋・季夏紀》，其云：「鄭衛之聲，桑間之音，此亂國之所好，衰德之所說」；而《禮記・樂記》亦載：「鄭衛之音，亂世之音」；另外，西漢司馬遷於《史記・樂書》又說：「鄭衛之曲，動而心淫」。是以，後人皆以「鄭、衛之聲」作爲亂世、亡國之音。然而，若鄭、衛之聲致使人心蕩漾，不合孔子之謂中和之美，那麼，何以孔子刪述《詩》爲三百五篇時，又將「鄭、衛之詩」編列其中？朱彝尊以爲，孔子著意擇留鄭、衛之詩，蓋因取「合於韶武之音」者，若能「志出乎正論」而守君王之道，使詩未盡出於道德之言，亦能自然歸於雅正。

　　就朱彝尊之詩詞論而言，其《詞綜發凡》指出「言情之作，易於于穢，此宋人選詞，多以雅爲目」，又於《群雅集序》中言：「蓋昔賢論詞，表出于雅正」，以此知以「雅正」爲要旨。然其未批駁鄭、樂之詩，即是以「志之所存」爲權衡之故，誠如孔子曰：「志之所至，詩亦至焉；詩之所至，禮亦至焉；禮之所至，樂亦至焉。」

　　誠然，虎關對於「孔子不作詩，只刪詩而已」〔註24〕之看法與中國詩家相同；另一方面，朱彝尊辨析孔子既刪詩，卻又收錄「鄭、衛之詩」，乃源於「志之所存」之故，若「志之所至，詩亦至焉」。如此說法類於虎關的文學主張，虎關以爲「夫詩者，志之所之也。性情也，雅正也，若其形言也，或性情也，或雅正也，雖賦和，上也，或不性情也，不雅正也，雖興，次也」〔註25〕。虎關論詩，亦以「志之

〔註24〕　（日）虎關師鍊：《濟北集》卷11〈濟北詩話〉。
〔註25〕　（日）虎關師鍊：《濟北集》卷11〈濟北詩話〉。

所之」爲要，若詩人「性情之正」，則形於言亦「雅正」，於此可知，虎關評詩，未脫儒家詩教之內涵，亦未離性情雅正之本質。特別是虎關未再辨析孔子是否眞有刪述之作，表示虎關肯定孔子爲聖人，所以評曰：「今見三百篇，爲萬代詩法」〔註26〕即爲此。

　　虎關進一步又說「是知仲尼爲詩人」〔註27〕。然而，孔子究竟是否如虎關所言爲詩人？於下文論述。

二、孔子是否爲「詩人」

　　在論述孔子爲「詩人」與否之前，先從何謂「詩人」之定義作爲開展。

　　關於「詩人」一詞，陳家煌在〈論中唐「詩人概念」與「詩人身分」〉中有詳考，其認爲「詩人」一詞創自漢代，而「詩人」一詞，蓋可歸納爲二義：其一，在漢代時，專指《詩經》作者。其二，自唐代以後，尤以中唐以降則爲「寫詩的作家」，易言之，爲某種專力於詩歌之文人的代稱。〔註28〕緣此，若根據前文所論，明其《詩經》在孔子之前已存在，故孔子非作爲《詩經》之作者，然若取第二意來看，則孔子是否爲寫詩的作家？

　　孔子嘗言：「述而不作，信而好古。」〔註29〕自言闡述而不創作，因此，孔子不認爲自己是詩人，其對於保存古代文化與傳統有著堅定的信仰精神。另一方面，孔子不創作詩之因，蓋因春秋時期，未以創作詩歌爲主流，況且當時士大夫乃至平民百姓，儼然已將《詩經》作爲立身處世、政治外交、廣博見聞之道，孔子曰：「詩可以興，可以觀，可以羣，可以怨。邇之事父，遠之事君，多識於鳥獸草木之名。」

〔註26〕（日）虎關師鍊：《濟北集》卷11〈濟北詩話〉。

〔註27〕（日）虎關師鍊：《濟北集》卷11〈濟北詩話〉。

〔註28〕陳家煌：〈論中唐「詩人概念」與「詩人身分」〉，《文與哲》，第17期，2010年12月，頁137～168。

〔註29〕（魏）何晏集解；（梁）皇侃義疏：《論語集解義疏》（臺北：廣文書局，1968年）〈述而〉第七，頁1。

〔註30〕當時鄰國之間的外交會面「以微言相感，當揖讓之時，必稱《詩》以諭其志」〔註31〕，因此，《詩經》之重要性不言可喻。南宋朱熹《朱子語類》中載《詩經》之教育意義，其言：

> 使夫學者即是而有以考其得失，善者師之，而惡者改焉。
> 是以其政雖不足行於一時，而其教實被於萬世，是則詩之
> 所以爲教者然也。〔註32〕

是以，《詩經》能使學者自考得失，即使孔子爲政方面不得志，然「《詩》教」已「被于萬世」。孔子不敢自言爲聖，面對古聖先賢之謙虛，孔子「述而不作」，除「刪詩書」外，亦「定禮樂，贊周易，修春秋」，朱熹於《論語集注》中有載：

> 孔子刪《詩》、《書》，定《禮》、《樂》，贊《周易》，修《春
> 秋》，皆傳先王之舊，而未嘗有所作也，故其自言如此。蓋
> 不惟不敢當作者之聖，而亦不敢顯然自附於古之賢人。蓋
> 其德愈盛而心愈下，不自知其辭之謙也。然當是時，作者
> 略備，夫子蓋集羣聖之大成而折衷之。其事雖述，而功則
> 倍於作矣，此又不可不知也。〔註33〕

要之，孔子「傳先王之舊」，亦顯現「德愈盛而心愈下」。然而，如承虎關所言，若非孔子「集群聖之大成」，能博觀覽物，何以述其事？何以能刪詩？又何以能在刪詩編成冊後「爲萬代詩法」？此便是劉勰在《文心雕龍》〈知音〉篇載：「凡操千曲而後曉聲，觀千劍而後識器。故圓照之象，務先博觀。」〔註34〕「博觀」後方能達「圓照之象」，在

〔註30〕　（魏）何晏集解；（梁）皇侃義疏：《論語集解義疏》（臺北：廣文書局，1968 年）〈陽貨〉第十七，頁 9～10。

〔註31〕　（漢）班固；（唐）顏師古注：《漢書》（臺北：臺灣中華，1966 年）卷 30〈藝文志〉，頁 29。

〔註32〕　（宋）朱熹；（清）李光地、熊賜履等奉敕編：《御纂朱子全書》，收入《欽定四庫全書》（臺北：臺灣商務，1983 年）卷 56，頁 549。

〔註33〕　（宋）朱熹：《朱子全書・論語集注》（上海：上海古籍，2002 年）卷 4〈述而第七〉，頁 120。

〔註34〕　（梁）劉勰：《文心雕龍》（臺北：臺灣商務，1979 年）卷 10〈知音〉，

遍覽、觀賞、體察後，才能夠全面品評與觀照，因此，孔子不必作詩，卻得以「博觀」而「厚積」，爾後「約取」與「薄發」〔註35〕，因此，虎關方得結論爲「是知仲尼爲詩人也，只其詩不傳世者，恐秦火耶！」

然而，孔子是否眞有作詩？而詩是否爲秦火所毀？就目前而言，未得相當的證據，故無法下定論。但若以孔子刪《詩》，而《詩》爲萬世法一事來推論孔子爲「詩人」，則未符合本論文之定義。換言之，「詩人」既指寫詩之人，那麼詩爲詩人醞釀詩思時，透過語言之媒介，方得以傳達與表現，朱光潛於《詩論》中說：

> 詩人在醞釀詩思時，就要把情趣意象和語言打成一片。……
> 詩在想像階段就不能離開語言，而語言就是人與人互相
> 傳達思想情感的媒介，所以詩不僅是表現，同時也是傳
> 達。〔註36〕

是故，若是詩人所創造之詩，應是由詩人自身之詩思，化爲文字而爲之。因此，既未得見孔子作詩之內容，故以虎關所論，大抵可以說孔子是詩的評論家，但若言孔子爲詩人，則可待更多證據來證明。

揆此立意，《詩》如虎關言其爲「萬代詩法」，然何以能爲「萬代詩法」？正是本於《詩》之抒情教化功能。儒家以「其爲人也，溫柔敦厚，《詩》教也。」孔穎達疏：「溫，謂顏色溫潤；柔，謂情性和柔。《詩》依違諷諫，不指切事情，故云：溫柔敦厚，是《詩》教也。」是故，《詩》之教化意義，在虎關看來，「夫詩者，志之所之也。性情也，雅正也，若其形言也，或性情也，或雅正也者」〔註37〕，若以其爲人，「溫柔敦厚」，有雅正之志，而形於言，則若《詩》之「諷諫」意，因此，虎關以爲「達人君子，隨時諷諭，使復性情」〔註38〕蓋從

頁 68。

〔註35〕孔凡禮點校：《蘇軾文集》（北京：中華書局，1986年）卷10〈稼說送張琥〉，頁340。

〔註36〕朱光潛：《詩論》（桂林：廣西師範大學出版社，2004年），頁70。

〔註37〕（日）虎關師鍊：《濟北集》卷11〈濟北詩話〉。。

〔註38〕（日）虎關師鍊：《濟北集》卷11〈濟北詩話〉。

此意。

　　另一方面，孔子統一詩、禮、樂之關係，重視文學、藝術對政治、社會、文化之影響，故曰：「興於詩，立於禮，成於樂」。然孔子以爲「詩三百，一言以蔽之，曰：『思無邪』。」此即重視《詩》能感發人之善念，使思想淳正；而《毛詩序》有云：「詩者，志之所之也，在心爲志，發言爲詩。」〔註39〕又說：「先王以是經夫婦，成孝敬，厚人倫，美教化，移風俗」，以《詩》作爲人倫、政治、社會等之教化作用。若觀虎關對於文學之意義，便認爲「憂世匡君，救民之志，皆形于緒言矣！」

　　至若南宋張戒於《歲寒堂詩話》中則從文學審美的角度來看，認爲《詩經》「其情眞，其味長，其氣勝，視三百篇幾於無愧，凡以得詩人之本意也。」〔註40〕張戒將《詩》用「情眞」、「味長」、「氣勝」，便是在教化功能之外，回歸《詩》於文學本質的審美意涵。

　　承上，虎關除了認爲孔子刪《詩》之能事，而以其爲詩人之外，筆者以爲虎關尊崇孔子爲聖人之故，虎關嘗言：「周公之言，朴也，孔子之言，工也，二子共聖人也」〔註41〕，因其爲聖人，故言行自然不浮矯，因此虎關又言：「聖人愼言，防妄也。孔子曰：『述而不作』」〔註42〕，於此肯定孔、孟之教醇然，既已立有「醇」意，那麼孔子必能以「風雅之權衡」〔註43〕刪詩，虎關又說：「後人若無雅正之權衡，不可言詩矣」〔註44〕，易言之，即便是眞正創作詩的詩人，但若無「雅正」作爲權衡之條件，亦不可言詩。是故，虎關在此將周公、孔子視爲「詩人」，蓋緣自其詩學主張中，凡合「醇全之意」、「風雅之正」

〔註39〕　（漢）毛亨撰；鄭玄箋：《毛詩鄭箋》（臺北：臺灣中華，1966年）卷1，頁1。

〔註40〕　（宋）張戒：《歲寒堂詩話》（北京：中華書局，1985年）卷上，頁1。

〔註41〕　（日）虎關師鍊：《濟北集》卷11〈濟北詩話〉。

〔註42〕　（日）虎關師鍊：《濟北集》卷18〈通衡之三〉。

〔註43〕　（日）虎關師鍊：《濟北集》卷11〈濟北詩話〉。

〔註44〕　（日）虎關師鍊：《濟北集》卷11〈濟北詩話〉。

以及「才力高」之說。

　　然而，虎關專就教化意義而論，在詩歌批評流派而言，虎關即是屬「道德批評派。主儒家『溫柔敦厚』詩教……重人品，貴質實，追求理想完美人格之美」〔註45〕，虎關這樣的批評觀點，亦反映其以「人品」爲準則的批評標準；惟其以道德教化的教度來品評詩歌，則缺乏如《歲寒堂詩話》中，將《詩》內容賦予鑒賞之情的審美意趣。〔註46〕

第二節　陶淵明「非全才」說

　　虎關在〈濟北詩話〉中，評陶淵明其人其事，有一番見解，其言：

　　　或問：陶淵明爲詩人之宗，實諸？曰：爾。盡善盡美乎？曰：未也。其事若何？曰：詩格萬端，陶氏只長沖澹而已，豈盡美哉？蓋文辭，施于野旅窮寒者易，敷于官閣富盛者難。元亮者，衰晉之介士也，故其詩清淡朴質，只爲長一格也，不可言全才矣。又元亮之行，吾猶有議焉。爲彭澤令，纔數十日而去，是爲傲吏，豈大賢之舉乎？何也？東晉之末，朝政顚覆，況僻縣乎？其官吏可測矣。元亮寧不先識哉，不受印巳，受則令彭澤民見仁風於巳絕，聞德教於久亡，豈不偉乎哉？〔註47〕

　　虎關接著從陶淵明以爲小縣不足爲政來論述，其舉證以說明，他說：

　　　夫一縣清而一郡學焉，一郡學而一國易教焉？何知天下四

〔註45〕蔡鎭楚《詩話學》（湖南：湖南教育出版社，1992 年），頁 268。

〔註46〕（宋）張戒：《歲寒堂詩話》（北京：中華書局，1985 年）卷上，頁 3。其將詩作鑒賞與《詩經》齊觀者，如觀子建〈明月照高樓〉、〈高臺多悲風〉、〈南國有佳人〉、〈驚風飄白日〉、〈謁帝承明廬〉等篇，鏗鏘音節，抑揚態度，溫潤清和，金聲而玉振之，辭不迫切，而意已獨至，與《三百篇五》異世同律，此所謂韻不可及也。

〔註47〕（日）虎關師鍊：《濟北集》卷 11〈濟北詩話〉。

海不漸于化乎？不思此，而挾其傲俠，區區較人品之崇庳，
競年齒之多寡，俄爾而去，其酋懷可見矣。後世聞道者鮮
矣，卻以俄去爲元亮之高，不充一笑矣。若言小縣不足爲
政者，非也。宓子之在單父也，託五絃而致和焉；滕文公
之行仁也，來陳相於楚矣。七國之時，滕爲小國，魯國之
內，單父爲僻縣，然而，大賢之爲政也，不言小矣。況孔
子爲委吏矣，爲乘田矣，會計當而已，牛羊遂而已，潛也
何不復邪？〔註48〕

　　最後，虎關假設陶淵明若在衰世入世，或可避免易代之政變，故
自「其詩如其人」來總評陶淵明「非全才」之因，其云：

潛之衰也，爲政者易矣，蓋渴人易爲飲也，我恐元亮善於
斯，自一彭澤，推而上于朝者，寧有卯金之簒乎？夫守潔
於身者易矣，行和於邦者難矣。潛也可謂介潔沖朴之士，
非大賢矣。其詩如其人，先輩之稱潛也，於行貴介於詩貴
淡，後學不委，隨語而轉以爲全才也，故我詳考行事合于
詩云。〔註49〕

承虎關之言，本節欲瞭解虎關評論陶淵明與日本當時對陶淵明的接受
有何異同？另外，虎關之評是否接受了中國詩文對陶淵明的看法？又
或有創見？而虎關之看法是否周全？緣此問題，本節從四個脈絡來辨
析：其一，平安、五山文學對陶淵明的接受；其二，就「人格」而言，
陶淵明雖「可謂介潔沖朴之士」但爲「傲吏」，而「非大賢」；其三，
就「詩作」而言，評陶詩僅長「沖澹」，故非「盡美」；其四，就「詩
如其人」而言，則陶淵明「非全才」，最後再綜合辨析。

一、平安、五山文學對陶淵明的接受

　　陶淵明（西元 365～427），東晉人，字元亮，入劉宋後改名「潛」，

〔註48〕　（日）虎關師鍊：《濟北集》卷 11〈濟北詩話〉。
〔註49〕　（日）虎關師鍊：《濟北集》卷 11〈濟北詩話〉。

自號「五柳先生」，私諡「靖節先生」。關於陶淵明在日本受關注的情
形，小島憲之在《上代日本文學と中國文學——出典論を中心とする
比較文學的考察——》中提出看法，其說：

> 依《日本國見在書目錄》中所見，平安時期之人，訓讀《陶
> 潛集》中的〈歸去來辭〉，並由《昭明文選》、《藝文類聚》、
> 《初學記》等類書中，了解陶淵明及其生活態度，而上述
> 漢籍對於陶淵明人物形象的理解，其實亦源於鍾嶸《詩品》
> 「古今隱逸詩人之宗也」的說法。在中國對於陶詩的關注
> 以盛唐時期最盛，而日本平安時期關注的陶詩，亦源於此。
> 〔註50〕

小島憲之的論述，筆者提出三點作爲補充說明：

其一，根據日本現存最早的漢籍目錄由藤原佐世（西元 847～
897）編撰之《日本國見在書目錄》，載有《陶潛集十》〔註51〕之記錄，
因此，可以確信在九世紀《陶淵明集》已傳入日本，而虎關身處於五
山時期，當可得知陶淵明詩集，甚而有機會一窺詩作內容。

其二，小島憲之以爲《昭明文選》、《藝文類聚》、《初學記》等類
書對陶淵明形象的理解，皆源於南朝鍾嶸評淵明爲「古今隱逸詩人之
宗也」的緣故。雖然鍾嶸《詩品》之評普遍已爲中國對陶淵明其人其

〔註50〕 （日）小島憲之：《上代日本文學と中國文學——出典論を中心とす
る比較文學的考察——》（東京：，，1965 年），頁 1616。
原文：平安人は日本國見在書目錄にみえる如く，その集をよみ（別
集家「陶潛集十」），またその歸去來辭（藝文類聚三六に「宋陶潛、
歸去來」を引く，但し序なし）を始あとして，文選或は藝文類聚
や初學記などの類書（九月九日，菊など）によつて詩人としての
彼の生活態度を摑んでるた。鍾嶸「詩品」（卷中）に「古今隱逸詩
人之宗也」とみえることは，そのまま彼等が漢籍に學んで得た陶
淵明の人物像でもあつた。中國に於ては，陶淵明の詩に對する關
心は唐代特に盛唐期に於て最も盛んであると云はれるが，ほほそ
の頃，平安人がこれを取上げたのはゆはり注意すべき事實である。
〔註51〕 （日）藤原佐世撰：《日本國見在書目錄》，翁方綱撰《經義考補正》
（臺北：新文豐，1984 年），頁 82。

詩之看法。然而，後世學者未必亦步亦趨地承其所論。在中國，陶詩受到關注始於南朝梁昭明太子蕭統，編成《陶淵明集》八卷，並為之作序。蕭統對淵明推崇甚盛，其於《陶淵明集·序》稱：

> 其文章不群，詞彩精拔，跌宕昭彰，獨超眾類，抑揚爽朗，莫之與京。橫素波而傍流，干青雲而直上。語時事則指而可想，論懷抱則曠而且眞。加以貞志不休，安道苦節，不以躬耕爲恥，不以無財爲病，自非大賢篤志，與道污隆，孰能如此乎？〔註52〕

以此引文可見陶詩「詞采精拔，跌宕昭彰」，即誠如南朝梁劉勰〈情采〉中所謂「文采所以飾言，而辯麗本於情性」之意，表示詩作內容顯示出的巧妙華麗，仍必須以創作思想內容爲基礎；而詩風表現爲「抑揚爽朗，莫之與京」、「橫素波而傍流，干青雲而直上」，呈顯氣盛格高之態；若其爲人則「大賢篤志，與道污隆」，雖然世道有盛有衰，卻仍堅守自己的志氣，心之所向而能「貞志不休，安道苦節」。蕭統從詞采、詩風、人格給予陶淵明高度評價。於此可見，蕭統並不僅立足於「古今隱逸詩人之宗」這個看法而已。而蕭統之評，受到南宋胡仔之認同，其於《苕溪漁隱叢話》後集卷三「陶靖節」條，對鍾嶸、蕭統二說作出評價，其言：

> 鍾嶸評淵明詩爲「古今隱逸詩人之宗」，余謂陋哉斯言！豈足以盡之？不若蕭統云：「淵明文章不群，詞采精拔，跌宕昭彰，獨超眾類……自非大賢篤志，與道污隆，熟能如此乎！」此言盡之矣。〔註53〕

於引文中，可見胡仔認同蕭統之評價，而非僅認同「古今隱逸詩人之宗」的說法，胡仔的看法，與小島憲之考察日本類書對陶淵明形象的

〔註52〕　（梁）蕭統：《陶淵明集·序》，收入（晉）陶潛撰；（宋）李公煥箋註：《箋註陶淵明集》（臺北：中央圖書館，1991 年），頁 4。

〔註53〕　（宋）胡仔：《苕溪漁隱叢話後集》（臺北：世界書局，2009 年）〈陶靖節〉，頁 431。

理解爲「古今隱逸詩人之宗」的意見，部份相異。至若虎關，其提及陶淵明「非詩人之宗」，但是否認同鍾嶸之評論？其評述又爲何？下文探究之。

其三，小島憲之提及「在中國對於陶詩的關注以盛唐時期最盛」，此說若以較周延的角度來考察，或可言明陶詩在唐代開始受到關注，北宋蔡啓在《蔡寬夫詩話》中說：「淵明詩，唐人絕無知其奧者，惟韋蘇州、白樂天，嘗有效其體之作。」〔註54〕唐人雖已有仿傚淵明詩，然事實上，「淵明文名，至宋而極。」〔註55〕北宋的宋祁《宋景文公筆記》即言及：「歐陽永叔推重〈歸去來〉，以爲『江左高文』。」〔註56〕而北宋蘇軾亦有「和陶」之作。鍾優民嘗編輯《陶淵明研究資料新編》〔註57〕一書，其結合後世作家通過創作表達對淵明及其詩文之接受、仿效和崇高評價，其以時代分爲「南北朝至唐代」、「宋代」、「遼金元」、「明代」、「清代」、「現代」，若單就「唐代」與「宋代」來審視淵明其人及詩作受到關注的程度，於此可證明陶詩迨至宋代，其價值方得以受到充分肯定而發揚光大。承此之說，虎關處於唐宋文學交流頻繁之時代，虎關便能得見唐宋文人對陶淵明的評價，但是，虎關又是如何看待陶淵明之詩文？

至於小島憲之又提及「日本平安時期關注的陶詩，亦源於此（即「古今隱逸詩人之宗也」之看法）。」關於其說，可以參看大矢根文次郎分析《懷風藻》中的作品，提及該書成立前，《陶淵明集》已傳入日本。陶淵明文學接受的初期，主要以〈桃花源記〉與〈歸去來兮辭〉爲代表。而平安時期對陶淵明文學之接受，則傾向其風流、浪漫之作品風格；至五山時期，禪僧通過〈歸去來兮辭〉、〈飲酒〉等作品，

〔註54〕（宋）蔡啓：《蔡寬夫詩話》，收入《宋詩話輯佚》卷下（臺北：華正書局，1981年）〈唐詩人之宗陶者〉，頁380。

〔註55〕錢鍾書：《談藝錄》（臺北：書林出版有限公司，1988年），頁88。

〔註56〕（宋）宋祁：《宋景文公筆記》（臺北：藝文印書館，1965年）筆記中〈考古〉，頁7。

〔註57〕鍾優民：《陶淵明研究資料新編》（長春：吉林教育出版社，2000年）。

追求「道」，又效其忠貞之節，認爲恬淡無欲之生活方式，符合佛教教理。〔註58〕

　　在五山時期，對於陶詩之接受，亦可從時人創作可窺見一二。虎關有詩作〈九日偶吟〉：「淵明采菊見南山，諸嶺爾來目盡瞑。那識藍田崔氏宴，兩峰高並又悠然。」〔註59〕即化用淵明〈飲酒〉之「採菊東籬下，悠然見南山」〔註60〕和杜甫〈九日藍田崔氏莊〉之「藍水遠從千澗落，玉山高並兩峰寒」二詩；義堂周信〈溫泉山九日登高和春巖韻〉其一：「清曉登高霧乍開，浩歌不覺客心摧。但將紅葉供詩眼，休把黃花勸酒盃。落日江山明似畫，秋風艸木冷如灰。使人遠憶陶元亮，三徑就荒歸去來。」〔註61〕義堂以「紅葉」、「黃花」、「秋風」等詞語描繪秋景，其用淵明〈歸去來辭〉隱居終南山之典故，抒發個人情懷。又景徐周麟亦在〈容安齋記〉提及「古人以陶潛稱詩家第一達摩，所謂『采菊東籬下，悠然見南山』，得非少林拈華之旨耶？」〔註62〕中巖圓月則於〈客有寄詩數篇，其首題曰：讀淵明歸去來辭，余甚有所激，故書其後〉云：「淵明達道者，眞意豈於詩」又「歸去復何意，折腰誰弗辭。」〔註63〕詩意即自〈歸去來辭〉爲抒發。要之，日本所關注的陶詩，大抵與小島憲之言及其

〔註58〕　（日）大矢根文次郎：《陶淵明研究》（東京：早稻田大學出版部，1967 年），頁 365～391。

〔註59〕　（日）虎關師鍊：《濟北集》卷 3〈九日偶吟〉，頁 97。

〔註60〕　（晉）陶潛撰；（宋）李公煥箋註：《箋註陶淵明集》卷 3〈飲酒〉其五，頁 117～118。

〔註61〕　（日）義堂周信：《空華集》卷 7〈溫泉山九日登高和春巖韻〉其一，收入（日）上村觀光：《五山文學全集》第二卷（京都：思文閣出版社，1992 年），頁 1533。

〔註62〕　（日）景徐周麟：《翰林胡蘆集》卷 9〈容安齋記〉，收入（日）上村觀光：《五山文學全集》第四卷（京都：思文閣出版社，1992 年），頁 441。

〔註63〕　（日）中巖圓月：《東海一漚集》卷 1〈客有寄詩數篇，其首題曰：讀淵明歸去來辭，余甚有所激，故書其後〉，收入（日）上村觀光：《五山文學全集》第二卷（京都：思文閣出版社，1992 年），頁 889。

源於「古今隱逸詩人之宗」的看法，以及自淵明〈歸去來辭〉、〈桃花源記〉、〈飲酒〉等詩爲中心作爲考察。

　　承前所述，日本在九世紀、平安、五山時期對陶淵明之評價多給予正面之肯定，中國亦然。然而，虎關化用淵明詩作，表示肯定其詩作，惟其在評論陶淵明其人其詩之際，卻提出不同之看法，進而認爲淵明「非全才」，其何以「非全才」？下文即循虎關提出「其詩如其人」的文學觀，先梳理其對陶淵明人格之看法，再探析陶詩，進而將「人格」與「詩作」之間的關係互相觀照，瞭解虎關之批評及對中國詩話的接受、反思與辨析。

二、虎關以陶淵明爲「傲吏」，而「非大賢」之辨

　　虎關以爲淵明雖「可謂介潔沖朴之士」但爲「傲吏」，而「非大賢」。虎關開宗即言明其對淵明之行爲有意見。虎關以其「爲彭澤令，纔數十日而去，是爲傲吏，豈大賢之舉乎？」〔註64〕此處蓋以「豈」字作爲「激問」之語氣，故有質問此行爲之意，易言之，虎關認爲淵明辭彭澤令事，是「傲吏」行爲，「哪裡是大賢之舉？」於此可知，虎關將「傲吏」一詞以負面之意作解。

　　然而，虎關使用「傲吏」一詞，究竟是虎關自己所創發？還是接受中國詩文之用語？以下先探討中國詩文對「傲吏」的詮解，再考察虎關對「傲吏」一詞與中國詩文是否相關，進而探究虎關如何解讀「傲吏」一詞，而虎關與中國對「傲吏」之解讀是否一致？

　　「傲吏」一詞，在中國作「隱士」或「賢士」意。首見西晉郭璞〈游仙詩〉其一：「漆園有傲吏，萊氏有逸妻。進則保龍見，退爲觸藩羝。高蹈風塵外，長揖謝（伯）夷（叔）齊。」此「傲吏」即爲戰國時期之「莊周」。《史記·老莊申韓列傳》云：「莊子者，蒙人也，名周，周嘗爲蒙漆園吏。」〔註65〕南宋陸游〈上虞逆旅見舊題歲月感

〔註64〕　（日）虎關師鍊：《濟北集》卷11〈濟北詩話〉。
〔註65〕　（漢）司馬遷；瀧川龜太郎考證：《史記會注考證》（臺北：文史哲

懷〉詩亦有以「莊周」爲「漆園傲吏」之說，其言：「漆園傲吏猶非達，物我區區豈足齊？」（〈上虞逆旅見舊題歲月感懷〉）而郭璞在此將莊子與「萊氏」並置，「萊氏」爲春秋末年楚國賢士「老萊子」，「逸妻」在此指老萊子的妻子具有「遁世隱居之志」。典出西漢劉向《列女傳・楚老萊妻》云：

> 人或言之楚王曰：「老萊，賢士也。」王欲聘以璧帛，恐不來，楚王駕至老萊之門，老萊方織畚，王曰：「寡人愚陋，獨守宗廟，願先生幸臨之。」老萊子曰：「僕山野之人，不足守政。」王復曰：「守國之孤，願變先生之志。」老萊子曰：「諾。」王去，其妻戴畚萊挾薪樵而來，曰：「何車迹之眾也？」老萊子曰：「楚王欲使吾守國之政。」妻曰：「許之乎？」曰：「何。」妻曰：「妾聞之：可食以酒肉者，可隨以鞭捶；可授以官祿者，可隨以鈇鉞。今先生食人酒肉，授人官祿，爲人所制也，能免於患乎？妾不能爲人所制，投其畚萊而去。」老萊子曰：「子還，吾爲子更慮。」遂行不顧，至江南而曰：「鳥獸之解毛，可績而衣之。據其遺粒，足以食也。」老萊子乃隨其妻而居之。民從而家者一季成落，三年成聚。君子謂老萊妻果於從善。〔註66〕

楚王聞老萊子爲賢人，故親自前往拜訪，希冀老萊子能協助治國，老萊子允諾，然其妻卻以爲在此亂世中，「食人酒肉，授人官祿，爲人所制也，能免於患乎？」故言爲免受人所制，欲離去，老萊子隨其志而居，無憂溫飽，若「鳥獸之解毛，可績而衣之。據其遺粒，足以食也。」

　　另外，中國詩歌中亦有「傲吏」之詞。唐代李白詩云：「剪竹掃天花，且從傲吏游。龍堂若可憩，吾欲歸精修。」（〈與南陵常贊府游

　　　出版社，1997 年）卷 63〈老子韓非列傳〉，頁 834。

〔註66〕　（漢）劉向著；（日）松本万年標註：《列女傳》（東京：別所平七，1878 年）國立國會圖書館藏，卷一〈楚老萊妻〉，頁 17。

五松山〉）李白在此以「傲吏」喻常贊府，言其與常贊府一瀟灑同遊，若有精舍，亦可同修，李白稱許常贊府爲高情逸韻之人。又如唐代孟浩然詩曰：「漆園有傲吏，惠好在招呼。」（〈與王昌齡宴王道士房〉）則以「漆園傲吏」喻王昌齡，稱其作吏而傲世。又唐代杜甫詩云：「安排求傲吏，比興展歸田。」（〈寄岳州賈司馬六丈巴州嚴八使君兩閣老五十韻〉）、唐代詩人錢起詩亦曰：「抱琴爲傲吏，孤棹復南行」（〈送彈琴李長史往洪州〉），而明代陳子龍詩則提及淵明，詩云：「彭澤漫能稱傲吏，陽關無處寄悲歌。」（〈種柳篇〉）就中國詩歌中凡言「傲吏」者，大抵作爲「隱士」、「賢士」、「高情逸韻」等之正面評價。

　　承前，虎關使用「傲吏」一詞，是虎關自創？或是承中國詩文用語而來？筆者以爲虎關引用中國詩文用語的可能性頗大，原因約有二：

　　其一，虎關引鍾嶸《詩品》「陶淵明爲（隱逸）詩人之宗」〔註67〕的說法，表示虎關可能看過《詩品》，而《詩品》卷中有〈晉弘農太守郭璞詩〉一則，提及郭璞「遊仙之作，辭多慷慨。」〔註68〕如果虎關有查見〈遊仙〉詩，那麼詩作第一首，即爲上文所引有載「傲吏」一詞。如若虎關得知「淵明爲（隱逸）詩人之宗」非自《詩品》來，而是引自《苕溪漁隱叢話》或《詩人玉屑》，而且又未曾見〈遊仙〉詩，那麼，還有第二個可能。

　　其二，虎關博覽中國經、史、子、集之書，在詩文集中，又以唐宋爲要，尤其推崇李白、杜甫詩作。因此，前文在談及中國對「傲吏」一詞評說時，李白〈與南陵常贊府游五松山〉和杜甫〈寄岳州賈司馬六丈巴州嚴八使君兩閣老五十韻〉之詩，都有使用「傲吏」一詞。是以，虎關使用「傲吏」，便可能從李、杜詩或其他唐代詩作

〔註67〕　（日）虎關師鍊：《濟北集》卷 11〈濟北詩話〉。就虎關全文來看，其有意先隱藏「隱逸」二字，詳見第五章第二節第三點「陶詩『非盡美』」之辨的論述。

〔註68〕　（宋）鍾嶸：《詩品》（臺北：臺灣商務，1965 年）卷中，頁 9。

中得之。

　　又，虎關批評淵明「豈大賢之舉乎？」蓋作為回應南朝梁蕭統於《陶淵明集・序》中說淵明「自非大賢篤志，與道污隆，孰能如此乎」〔註69〕之語，簡言之，虎關並不認同蕭統評淵明為「大賢」的說法，而原因為何？虎關從淵明為「傲吏」說起，然何為「傲吏」之行為？則以淵明辭彭澤令一事為要，因此，下節先考察相關事迹，進而再比較探究虎關與中國詩文對淵明之接受。

（一）虎關對陶淵明的接受

　　《晉書・陶潛傳》嘗載淵明「歸園」一事云：「吾不能為五斗米折腰，拳拳事鄉里小人邪！義熙二年，解印去縣，乃賦〈歸去來〉。」〔註70〕而《宋書・陶潛》亦載：「郡遣督郵至，縣吏白應束帶見之。潛歎曰：『我不能為五斗米折腰，向鄉里小人』即日解印綬去職。賦〈歸去來〉。」〔註71〕根據史書〈本傳〉所載，後人多以淵明「不能為五斗米折腰」，以事「鄉里小人」，作為淵明辭官之故。虎關亦持此說，加以批評。虎關以淵明「為彭澤令，纔數十日而去，是為傲吏，豈大賢之舉乎？」此一提問，接續以便層層說明看法。

1. 用之則行，推展仁德之風

　　首先，從淵明時代風氣而言，認為「東晉之末，朝政顛覆，況僻縣乎？」如是，淵明在亂世氛圍之下，應該可以推知僻縣之治亦為顛覆之現象。故，淵明若認為「危邦不入，亂邦不居。天下有道則見，無道則隱。」〔註72〕、「邦有道，則仕；邦無道，則可卷而懷

〔註69〕（梁）蕭統：《陶淵明集・序》，收入（晉）陶潛撰；（宋）李公煥箋註：《箋註陶淵明集》（臺北：中央圖書館，1991年），頁4。

〔註70〕（唐）房玄齡等：《晉書》（臺北：藝文印書館，1972年）卷94〈陶潛〉，頁1608。

〔註71〕（梁）沈約：《宋書》（臺北：藝文印書館，1972年）卷93〈陶潛〉，頁1103。

〔註72〕（魏）何晏集解；（梁）皇侃義疏：《論語集解義疏》（臺北：廣文書局，1968年）〈泰伯〉第八，頁31～32。

之。」〔註73〕那麼，其身處衰亂之世，即應在出處進退之間作一取捨。然而，淵明既選擇「受印」，即應「用之則行」〔註74〕，在爲政上展露才華，如此，方能使彭澤縣的人民，因爲淵明之治而再現「仁風」與「德教」。

其次，若一僻縣能再現「仁風」與「德教」，那麼就能使「一郡」學之，若「一郡」學之，各郡起而紛紛效法，如此對於國家教化改革之成果，將指日可待，如是推衍而出，天下四海又如何不逐漸受到其感化。因此，虎關批評淵明僅計較「人品」與「年齒」之高低多寡，便拂袖而去，言其胸懷之狹，亦不以黎民百姓爲觀照對象，故稱淵明爲「傲吏」，而非「大賢之舉」。

要之，虎關之論述，係以儒家出處進退觀爲立基。承如前述，若於亂世，則不入，卷而懷之；若「達則兼善天下」，意即「受印」則應兼善天下，使仁德之風行於世。除此之外，虎關又批評淵明任僻縣以爲不足爲政，他說：

> 若言小縣不足爲政者，非也。宓子之在單父也，託五絃而致和焉；滕文公之行仁也，來陳相於楚矣。七國之時，滕爲小國，魯國之內，單父爲僻縣，然而，大賢之爲政也，不言小矣。況孔子爲委吏矣，爲乘田矣，會計當而已，牛羊遂而已。潛也何不復邪？〔註75〕

虎關在此以「宓子賤」、「滕文公」、「孔子」爲例，申說「大賢之爲政也，不言小矣」，藉此說淵明不該因爲小縣不足爲政而辭官，此話是否合理？茲從三人之言行、德政之典故，先分述。

2. 大賢為政，不言小矣；晉之衰世，為政易矣

首先，就「宓子之在單父也，託五絃而致和焉」而言。宓子賤，

〔註73〕（魏）何晏集解；（梁）皇侃義疏：《論語集解義疏》（臺北：廣文書局，1968 年）〈衛靈公〉第十五，頁 5。

〔註74〕（魏）何晏集解；（梁）皇侃義疏：《論語集解義疏》（臺北：廣文書局，1968 年）〈述而〉第七，頁 5。

〔註75〕（日）虎關師鍊：《濟北集》卷 11〈濟北詩話〉。

名不齊，春秋魯國人，爲孔子弟子，魯哀公時任單父宰。《呂氏春秋‧開春論》中載：

> 宓子賤治單父，彈鳴琴，身不下堂而單父治。巫馬期以星出，以星入，日夜不居，以身親之，而單父亦治。巫馬期問其故於宓子。宓子曰：「我之謂任人，子之謂任力。任力者故勞，任人者故逸。」〔註76〕

宓子賤治理單父時，平日彈琴取樂，悠然自得，未見其走出公堂，卻把單父治理得有條不紊。反觀，巫馬期繼任後，卻日日東方未白即出門，直至繁星密佈才返回，事必躬親，單父方得治。因此，巫馬期就教於宓子賤，才得知施政善用人，而非僅憑己力，如此得治又能安閒。

其次，以「滕文公之行仁也，來陳相於楚矣」而言。《孟子‧滕文公》有載：

> 滕文公爲世子，將之楚，過宋而見孟子。孟子道性善，言必稱堯舜。……今滕，絕長補短，將五十里也，猶可以爲善國。〔註77〕

又載：

> 「遠方之人，聞君行仁政，願受一廛而爲氓。」〔註78〕

滕文公爲世子時，前往楚國之際，拜見孟子，孟子與之談論人有「性善」的本質，又「言必稱堯舜」，以宣揚堯舜之仁政思維，若能「有不忍人之心」，「斯有不忍人之政矣。」〔註79〕因此，若將滕國疆土截

〔註76〕（秦）呂不韋撰；（漢）高誘注：《呂氏春秋》（杭州：浙江書局，1875年）早稻田大學圖書館藏，卷21〈開春論〉，頁4～5。

〔註77〕（漢）趙岐註；（宋）孫奭疏：孟子附記／（清）翁方綱撰：《孟子》（臺北：中國子學名著集成編印基金會，1978年）〈滕文公上〉，頁318～320。

〔註78〕（漢）趙岐註；（宋）孫奭疏：孟子附記／（清）翁方綱撰：《孟子》（臺北：中國子學名著集成編印基金會，1978年）〈滕文公上〉，頁355。

〔註79〕（漢）趙岐註；（宋）孫奭疏：孟子附記／（清）翁方綱撰：《孟子》（臺北：中國子學名著集成編印基金會，1978年）〈公孫丑上〉，頁

長補短，亦接近五十里，若能實施仁政，則「德之流行，速於置郵而傳命。」〔註80〕以使「遠方之人」願受居地而爲民，此即說明，以仁政治國，能深入民心，影響廣遠。

另外，「孔子爲委吏矣，爲乘田矣，會計當而已，牛羊遂而已」之事，《孟子・萬章》載：

> 孟子曰：「仕非爲貧也，而有時乎爲貧。……孔子嘗爲委吏矣，曰：『會計當而已矣。』嘗爲乘田矣，曰：『牛羊茁壯，長而已矣。』位卑而言高，罪也。立乎人之本朝而道不行，恥也。」〔註81〕

孟子認爲作官未必因爲貧窮，然有時卻也是因爲貧窮。孔子即曾經做過掌管倉庫和管理牲畜的小吏，官位雖小，仍能將帳目分明，使牛羊成長茁壯。孟子以此爲例，欲傳達「素位而行」之理，安於此職，任職本份，然若「位卑而言高，罪也。立乎人之本朝而道不行，恥也。」易言之，凡位卑者，應安於其事，若議論朝廷事，即是罪過；凡於朝廷爲官，卻無法實踐自己的理想，便是恥辱。

虎關從上述三個例子以證明大賢爲政，即使是治理小縣，若能巧於用人，被仁德之政，無論所爲何事，在其政，理應謀其事，亦能大治。因此，虎關以此爲例，認爲淵明不效此舉，反而選擇歸隱，此爲傲吏之行爲。虎關何以如此認爲？其言：

> 晉之衰也，爲政者易矣，蓋渴人易爲飲也，我恐元亮善於斯，自一彭澤推而上于朝者，寧有卯金之篡乎？夫守潔於身者易矣，行和於邦者難矣。潛也可謂介潔沖朴之士，非

233。

〔註80〕 （漢）趙岐註；（宋）孫奭疏；孟子附記 /（清）翁方綱撰：《孟子》
　　　　（臺北：中國子學名著集成編印基金會，1978 年）〈公孫丑上〉，頁
　　　　170。

〔註81〕 （漢）趙岐註；（宋）孫奭疏；孟子附記 /（清）翁方綱撰：《孟子》
　　　　（臺北：中國子學名著集成編印基金會，1978 年）〈萬章下〉，頁 701
　　　　～702。

大賢矣。〔註82〕

淵明身處衰亂之世，若欲改革反而容易成功，如同「饑者易爲食，渴者易爲飮。」若要推行王道之政，亦爲人民所渴求。孔子嘗言：「天下有道，丘不與易也。」〔註83〕正因爲天下無道，才需改革，即便明知不可爲而爲之。然而，淵明既爲「介潔沖朴之士」，若能將彭澤縣治理完善，進而能推展至整個朝政甚至國家，若仁風行於世，又怎會有「卯金之纂」〔註84〕？以使劉裕纂奪東晉政權，建立劉宋，而開啓南北朝時代。然而，守潔容易，行於邦則難。

（二）中國詩文對陶淵明之接受

虎關以爲淵明綬解官印，以任僻縣不足爲政稱其爲「傲吏」而「非大賢」。然而，虎關此評與中國詩文評對淵明其人之看法有何異同？

1. 「一慙不忍終身慙」之辨

唐代王維〈與魏居士書〉一文說：

> 近有陶潛，不肯把板屈腰見督郵，解印綬，棄官去，後貧。
>
> 〈乞食〉詩云：「扣門拙言辭」，是屢乞而多慙也。嘗一見督郵，安食公田數頃，一慙之不忍而終身慙乎！〔註85〕

王維以淵明「不肯屈腰見督郵」，以致生活陷入困境，因貧而乞食。若淵明願忍一時之慚，屈腰見之，亦不致淪爲必須乞食而終生慚之窘境。王維之評，係著眼於物質生活層面，未見淵明生命本質之層次，王維之說，與虎關著眼於治世之志又有不同。後人針對王維之說，提

〔註82〕　（日）虎關師鍊：《濟北集》卷11〈濟北詩話〉。

〔註83〕　（魏）何晏集解：（梁）皇侃義疏：《論語集解義疏》（臺北：廣文書局，1968年）〈微子〉第十八，頁26。

〔註84〕　「劉」可拆爲「卯、金、刀」，典出《後漢書・光武帝紀上》。漢光武帝登基時，其祝文中有「劉秀發兵捕不道，卯金修德爲天子」。後世遂省以「卯金」代爲「劉」。

　　　　（南朝宋）范曄；（唐）李賢等注：《後漢書》（臺北：藝文印書館，1972年），頁44。

〔註85〕　（唐）王維；（清）趙松谷箋注：《王右丞集箋註》（臺北：廣文書局，1977年）卷18〈與魏居士書〉，頁709。

出不同看法。明代張自烈《箋註陶淵明集》卷五：

> 淵明意本不仕，偶感督郵事便去，必謂其不恥屈于督郵，
> 則非矣。……王維妄肆譏議何哉！況偶爾乞食，情全〈采
> 薇〉，若有忍一慚之慮，直是後世宦路上人，展轉妻子，
> 狡窟屢營，到底不休也，又何以成靖節先生！東坡讀書慧
> 眼，至淵明〈乞食〉詩「冥報相貽」〔註86〕一句，亦云「何
> 大類丐者口頰」。凡作者語意，不盡爲人窺測，類如此。
> 〔註87〕

張氏從淵明本意「不仕」爲論述要點，蓋其辭官不必然是因恥屈於督
郵，故王維欲使淵明能忍一慚以見督郵之譏議，實爲妄言，且其徘徊
於世宦之際，又怎有「靖節先生」之肯定。張氏接著又說，儘管淵明
有「乞食」之事，乃因如《詩經・采薇》敘寫戰爭之苦難，淵明身處
亂世之中，亦有情非得已之處。若北宋東坡之評，慧眼獨具，其在〈書
陶淵明乞食詩後〉中言：「淵明得一食，至欲以冥謝主人，此大類丐
者口頰也，哀哉！哀哉！」〔註88〕又說「非獨余哀之，舉世莫不哀之
也。」〔註89〕東坡將淵明乞食之聲音形象鮮明地呈現，使舉世皆能感
受淵明於時代之哀情。

　　另，清代鄭文焯《陶集鄭批錄》中亦從王維之評給予回應，其說：

〔註86〕〈乞食〉全詩：「飢來驅我去，不知竟何之。行行至斯里，扣門拙言
　　　　辭。主人解余意，遺贈豈虛來。談話終日夕，觴至輒傾盃。情欣
　　　　新知歡，言詠遂賦詩。感子漂母惠，愧我非韓才。銜戢知何謝？冥
　　　　報以相貽。」
　　　　（晉）陶潛撰；（宋）李公煥箋註：《箋註陶淵明集》（臺北：中央圖
　　　　書館，1991年）卷2〈乞食〉，頁72。本節引陶淵明詩文，以此版本
　　　　爲主，以下僅標示「作者」、「書名」、「卷數」、「篇名」與「頁數」。
〔註87〕（晉）陶潛撰；（明）張自烈：《箋註陶淵明集》卷5，明崇禎間著書
　　　　堂重刊本，頁8～9。
〔註88〕（宋）蘇軾著，孔凡禮點校：《蘇軾文集》（北京：中華書局，1986
　　　　年）卷67〈書淵明乞食詩後〉，頁2112。
〔註89〕（宋）蘇軾著，孔凡禮點校：《蘇軾文集》（北京：中華書局，1986
　　　　年）卷67〈書淵明乞食詩後〉，頁2112。

志士苦節，寧乞食於路人，不肯折腰於俗吏，正是大異人
處，此意豈右丞所知？〔註90〕

鄭氏肯定淵明乞食之事，乃為「大異人處」。若人格而論，以「志士」
相對於「俗吏」；就行為而言，以「寧乞食」相對於「不肯折腰」，藉
以凸顯淵明在人格行為表現方面，正是持守志士之道。淵明嘗作詩
云：「東方有一士，被服常不完。三旬九遇食，十年著一冠。辛苦無
此比，常有好容顏。」〔註91〕此詩以「被服不完」、「三旬九食」、「十
年一冠」之貧困，對比出此士人之「好容顏」，淵明正體會「身苦有
好容，身困道亨也」〔註92〕，憂道而不憂貧的自適安然。東坡嘗謂此
「東方一士，正淵明也。」〔註93〕而清人邱嘉穗亦評之：「此公自擬
其平生固窮守節之意，而託言欲觀其人，願留就住耳。」〔註94〕是故，
淵明自云乞食於人，表其光明磊落，無懼人言。明代黃文煥引沃儀仲
評〈乞食〉詩云：「『驅去』、『何之』二語，是落落不治生產面孔，自
嘲實自譽。」〔註95〕此概為「大異人處」，然王維卻未解其中意，僅
就物質生活層面著手，實有未明淵明之意，或如明代張自烈言及：「凡
作者語意，不盡為人窺測」〔註96〕。

　　承前，張自烈與鄭文焯之評皆對王維而發，然張氏以淵明本意不
仕，非真恥屈於督郵，寧乞食也不違背心志，方得「靖節先生」之名；

〔註90〕 劉克襄等人編：《陶淵明詩文彙評》（臺北：臺灣中華，1960 年）。
〔註91〕 （晉）陶潛撰；（宋）李公煥箋註：《箋註陶淵明集》卷 4〈擬古〉其
　　　　五，頁 154。
〔註92〕 （清）陳祚明：《采菽堂古詩選》（上海：上海古籍出版社，2008 年）
　　　　卷 13〈擬古九首〉其六，頁 424。
〔註93〕 （宋）蘇軾著，孔凡禮點校：《蘇軾文集》（北京：中華書局，1986
　　　　年）卷 67〈書淵明東方有一士詩後〉，頁 2115。
〔註94〕 （清）邱嘉穗：《東山草堂陶詩箋》，收入《四庫全書存目叢書》（臺
　　　　南：莊嚴文化，1997 年）卷 4，頁 255。
〔註95〕 （晉）陶潛撰；（明）黃文煥析義：《陶元亮詩》卷 2，收入《四庫全
　　　　書存目叢書》（臺南：莊嚴文化事業，1997 年），頁 177。
〔註96〕 （晉）陶潛撰；（明）張自烈：《箋註陶淵明集》卷 5，明崇禎間著書
　　　　堂重刊本，頁 9。

而鄭氏則以淵明困苦仍守節，不屈於俗吏，肯定其爲「志士」。二者立足點雖有異，然對淵明人格與行爲，大抵如東坡所言：「饑寒常在身前，聲名常在身後。二者不相待，此士之所以窮也。」〔註97〕淵明爲生活乞食，亂世中守節，順承己意，不折腰於俗吏，即意謂堅貞之士必得貧窮之結果，相對地，卻因此聲名及其人格精神傳世不衰。

2. 〈歸去來兮辭・并序〉辨析陶淵明違願或順志

在中國詩話之中，除了上述辨析王維之語，詩評家或有回歸淵明〈歸去來辭〉之「序文」者，筆者先援引〈歸去來兮辭・并序〉之內容：

> 余家貧，耕植不足以自給；幼稚盈室，缾無儲粟，生生所資，未見其術。親故多勸余爲長吏，脫然有懷，求之靡途；會有四方之事，諸侯以惠愛爲德，家叔以余貧苦，遂見用於小邑。于時風波未靜，心憚遠役，彭澤去家百里，公田之利，足以爲酒，故便求之。及少日，眷然有歸與之情。何則？質性自然，非矯勵所得；飢凍雖切，違巳（按：己）交病。嘗從人事，皆口腹自役；於是悵然慷慨，深媿平生之志。猶望一稔，當斂裳宵逝，尋程氏妹喪于武昌，情在駿奔，自免去職。仲秋至冬，在官八十餘日。因事順心，命篇曰〈歸去來兮〉，乙巳歲十一月也。〔註98〕

〈歸去來兮辭〉作於「乙巳歲十一月也」，即義熙元年（西元 405）乙巳冬，時年四十一歲。依袁行霈考證，淵明此時「乃將歸未歸之際。至於文中涉及歸途及歸後情事，乃想像之辭。」〔註99〕

淵明在「序文」自言「親故多勸余爲長吏」，蓋因「家貧」，而「幼稚盈室」之故；其選「彭澤令」之「小邑」，乃爲當時世亂未平，心

〔註97〕 （宋）蘇軾著，孔凡禮點校：《蘇軾文集》（北京：中華書局，1986年）卷 67〈書淵明乞食詩後〉，頁 2112。

〔註98〕 （晉）陶潛撰；（宋）李公煥箋註：《箋註陶淵明集》卷 5〈歸去來兮辭・并序〉，頁 213～215。

〔註99〕 袁行霈：《陶淵明集箋注》（北京：中華書局，2003 年），頁 465。

有忌憚，故以「去家百里」之役而爲之，再則又因「公田之利，足以爲酒」。然而，淵明不消數日已有「歸與之情」。自究其因，乃爲本性崇尙自然，無法虛矯情性；雖然飢餓寒冷甚切，若因此違背己心將更爲痛苦。因此，淵明之爲「乞食」，即如淸代陶澍於《靖節先生集》中載：「洞見富不如貧，貴不如賤，并生死亦以爲戲，縱浪大化中，與之虛而委蛇，如是而已。其恥屈身後代，自公本懷，然去就之際，皆非公所屑也。」〔註100〕

　　淵明又言，昔仕宦之故，都爲口腹而奴役自己之本性，實媿爲平生之志。然而，其何以說「媿爲平生之志」？乃因淵明對於濟世爲政，嘗持有理想，在詩作中，多有此例：「少年罕人事，游好在六經」〔註101〕、「談諧無俗調，所說聖人篇。」〔註102〕另外，在〈飮酒〉詩最後一首，特別稱讚孔子刪詩書，嗟嘆狂秦焚詩書，漢儒傳六經，而終致感慨「如何絕世下，六籍無一親」〔註103〕；又懷抱著「歷覽千載書，時時見遺烈」〔註104〕之心志。然在歷經人事之後，方有歸隱之趣，其在〈感士不遇賦〉云：

　　　　自眞風告逝，大僞斯興，閭閻懈廉退之節，市朝驅易進之
　　　　心。懷正志道之士，或潛玉於當年；潔巳（按：己）淸操
　　　　之人，或沒世以徒勤。故夷皓有「安歸」之歎，三閭發「巳
　　　　矣」之哀。〔註105〕

〔註100〕　（淸）陶澍：《靖節先生集》（臺北：華正書局，1982年）卷2，頁
　　　　　　14。
〔註101〕　（晉）陶潛撰；（宋）李公煥箋註：《箋註陶淵明集》卷3〈飮酒〉
　　　　　　其十六，頁131。
〔註102〕　（晉）陶潛撰；（宋）李公煥箋註：《箋註陶淵明集》卷2〈答龐參
　　　　　　軍〉，頁76。
〔註103〕　（晉）陶潛撰；（宋）李公煥箋註：《箋註陶淵明集》卷3〈飮酒〉
　　　　　　其二十，頁135。
〔註104〕　（晉）陶潛撰；（宋）李公煥箋註：《箋註陶淵明集》卷3〈癸卯十
　　　　　　二月中作與從弟敬遠〉，頁104。
〔註105〕　（晉）陶潛撰；（宋）李公煥箋註：《箋註陶淵明集》卷6〈感士不
　　　　　　遇賦〉，頁239～240。

淵明自以淳樸自然之世不再，旋之而代則爲虛僞之風，鄉里不以崇尚廉潔謙退之節操爲美，朝廷亦驅使求官祿之人。然眞正懷著正直守道之人，有的早已隱居；未隱居者，雖潔身自好，操守清廉，卻終生徒勞於世。是故，伯夷和商山四皓發「將歸何處」之嘆，而屈原則發「算了吧」之哀。若淵明，則「眞想初在襟，誰謂形蹟（按：迹）拘。聊且憑化遷，終返班生廬。」〔註106〕其以淳眞之初心，不願受形役所縛，化任自然，思歸宿之地，以此堅定歸隱之意。

　　承此扣合淵明自言「飢凍雖切，違巳（按：己）交病」之說。因此，其原欲「猶望一稔」即辭官，不久因其妹喪而駿奔於武昌，藉此「自免去職」。淵明因程妹事而解職，順遂心意，方能「因事順心」，以作〈歸去來兮〉。

　　要之，從淵明寫〈歸去來兮辭〉之動機，以究其是否如〈本傳〉所載，因恥屈「督郵」？抑或依其「本意」？又或如虎關之爲「傲吏」？南宋韓子蒼說：

> 淵明自敘，以程氏妹喪，去奔武昌。余觀此士既以違己交病，又媿役於口腹，意不欲仕久矣，及因妹喪即去，蓋其友愛如此。世人但以不屈於州縣吏爲高，故以因督郵而去。此士識時委命，其意固有在矣，豈一督郵能爲之去就哉？躬耕乞食，且猶不恥，而恥屈於督郵，必不然矣。〔註107〕

韓氏以爲淵明因故「委命」，然其「意不欲仕久矣」，正好因妹喪，得以辭官，乃爲順從心意，非因督郵事而去職。況且，家貧而「躬耕乞食，且猶不恥」，又怎會「恥屈於督郵」。韓氏此說，與唐王維批評淵明「嘗一見督郵，安食公田數頃，一慙之不忍而終身慙乎」〔註108〕

〔註106〕　（晉）陶潛撰；（宋）李公煥箋註：《箋註陶淵明集》卷3〈始作鎮軍參軍經曲阿〉，頁98。

〔註107〕　（晉）陶潛撰；（宋）李公煥箋註：《箋註陶淵明集》卷5〈歸去來兮辭〉詩後，頁220～221。

〔註108〕　（唐）王維；（清）趙松谷箋注：《王右丞集箋註》（臺北：廣文書局，1977年）卷18〈與魏居士書〉，頁709。

之說法相左。但南宋洪邁《容齋隨筆》則與韓子蒼之說相類：

> 觀其語意，乃以妹喪而去，不緣督郵。所謂矯勵違己之說，
> 疑必有所屬，不欲盡言之耳。詞中正喜還家之樂，略不及
> 武昌，自可見也。〔註109〕

洪邁以爲淵明去職「乃以妹喪」，而「不緣督郵」。若歸其根本原由，
則因無意於仕宦，有意歸園，其從淵明敍寫字詞中，惟見喜還家之樂，
卻未提及妹喪於武昌之悲，因此，若以妹喪而去，僅因「不欲盡言」
之故。至若清代林雲銘之說，則可作爲補充洪邁「不欲盡言」之語，
其云：

> 陶元亮作令彭澤，不爲五斗米折腰，竟成千秋佳話。豈未
> 仕之先，茫不知有束帶謁見之時……。蓋元亮生於晉祚將
> 移之時，世道人心，皆不可問，而氣節學術，無所用之，
> 徒勞何益。五斗折腰之說，有託而逃。〔註110〕

林氏分析淵明在未仕之前，早知有「束帶謁見之時」，惟僅因淵明生
於晉末之際，無論是「世道人心」或「氣節學術」皆無所用，亦不可
問，因此「有託而逃」。然若所「託」爲何？清代陶澍《靖節先生集》
大抵可表述淵明之心，其曰：

> 先生之歸，史言不肯折腰督郵，序言因妹喪自免。竊意先
> 生有託而去，初假督郵爲名，至屬文，又迂其說於妹喪以
> 自晦耳。其實閔晉祚之將終，深知時不可爲，思以巖栖谷
> 隱，置身理亂之外，庶得全其後凋之節也。〔註111〕

陶氏竊以爲淵明恥屈於「督郵」與「妹喪以自晦」之說，皆爲所託之
語。因淵明察覺晉朝將終，仕宦已不可爲之，又亂世中，今已非昔，

〔註109〕　（宋）洪邁：《容齋隨筆・五筆》（臺北：臺灣商務，1965 年）卷 1
〈陶潛去彭澤〉，頁 8。
〔註110〕　（清）林雲銘評註：《古文析義初編》（出版地不詳：錦章圖書印行）
卷 4，頁 11。
〔註111〕　（清）陶澍：《靖節先生集》（臺北：華正書局，1982 年）卷 5，頁
16～17。

朝不保夕，故言「市朝悽舊人，驅驥感悲泉。明旦非今日，歲暮余何言！」〔註112〕若「按《晉史》義熙十四年十二月，宋公劉裕幽安帝于東堂而立恭帝。靖節和此歲暮詩，蓋亦適當其時，而寄此意焉。」〔註113〕即如清代方東樹《昭昧詹言》評此詩云：「人代易速，觀於市朝而見舊人之多亡，其速如驅驥之趨於悲泉。」而「今又當暮，則己又將速亡。」〔註114〕然若能隱世，便能「置身理亂之外」，或能保全自身之節。

　　然而，前文所「託」實指其欲辭官而有的作爲；但是，在淵明辭官後，其對於生活之「託逃」則以「飲酒」盡醉爲之，元末明初的劉履於〈飲酒〉詩之評說：「靖節退歸之後，世變日甚，故每每得酒，飲必盡醉，賦詩以自娛。此昌黎韓氏所謂『有託而逃焉』者也。」〔註115〕爲此，在世變易代之際，大概以酒賦詩，作爲隱士得以自娛。

　　綜承南宋韓子蒼、洪邁、清代林雲銘、陶澍之說，以恥屈「督郵」與「妹喪」皆爲託推之因，其辭官之根本，乃依其「本意」，然而何有其「本意」？正因晉祚將終，既無法實現平生之志，不如固守此節。因此，淵明〈歸去來兮辭〉中自言：

　　　　既自以心爲形役，奚惆悵而獨悲。悟巳（按：已）往之不
　　　　諫，知來者之可追。寔迷途其未遠，覺今是而昨非。〔註116〕

既以求官出仕，作爲役使本心之事，又何以惆悵而獨悲呢？既已知過去無法改變，而知今是而昨非，未來之歲月，依舊可循心之所向而自

〔註112〕（晉）陶潛撰；（宋）李公煥箋註：《箋註陶淵明集》卷6〈歲暮和張常侍〉，頁90。

〔註113〕（元）劉履：《選詩補註》卷5，明宣德甲寅（1434年），吉安知府陳本深刊本，頁12。

〔註114〕（清）方東樹：《昭昧詹言》，收入《續修四庫全書》（上海：上海古籍，2002年）卷4〈陶潛〉，頁514。

〔註115〕（元）劉履：《選詩補註》卷5，明宣德甲寅（1434年），吉安知府陳本深刊本，頁16。

〔註116〕（晉）陶潛撰；（宋）李公煥箋註：《箋註陶淵明集》卷5〈歸去來兮辭〉，頁215。

在。是以，宋代許顗《許彥周詩話》即以「既自以心爲形役，奚惆悵而獨悲」〔註 117〕作爲淵明「老悟道處，若人能用此兩句，出處有餘裕也。」〔註 118〕許顗之語，正可作爲不得不出處之際，仍能以此寬裕之用，同時，亦是淵明選擇仕宦後的感悟。

因此，淵明得「固窮以濟意，不委曲而累已（按：己）。既軒冕之非榮，豈縕袍之爲恥？」〔註 119〕故其寧可固守窮困以適意，不委曲求全而違背心志。若爲官已非光榮之事，又何以會以穿著舊袍爲恥？因此「擁孤襟以畢歲，謝良價於朝市。」〔註 120〕寧胸懷孤介了卻此生，則謝絕以高價而沽，虛僞一生。

（三）虎關與中國詩文對陶淵明接受之比較

虎關對淵明評論與中國詩話有不同之看法。相異之處大抵以三點陳述：

其一，虎關對用詞解釋之異。虎關以淵明爲「傲吏」一說爲負評；然而，在中國則以「傲吏」爲光風霽月之人格與隱者之意。淵明詩有「高操非所攀，深得固窮節」〔註 121〕、「不賴固窮節，百世當誰傳」〔註 122〕概爲此意。

其二，虎關忽略了淵明詩文中所表述之心志與文意之詮解。虎關僅著眼在「史書」載淵明「不爲五斗米折腰」之事，而未見淵明「詩文」中，傳達心志與本性之語。如其自言欲歸去，乃因「質性自然，非矯勵所得；飢凍雖切，違已（按：己）交病。」又如南宋葉夢得《避

〔註 117〕　（宋）許顗：《許彥周詩話》（北京：中華書局，1985 年），頁 21。
〔註 118〕　（宋）許顗：《許彥周詩話》（北京：中華書局，1985 年），頁 21。
〔註 119〕　（晉）陶潛撰；（宋）李公煥箋註：《箋註陶淵明集》卷 6〈感士不遇賦〉，頁 244。
〔註 120〕　（晉）陶潛撰；（宋）李公煥箋註：《箋註陶淵明集》卷 6〈感士不遇賦〉，頁 244。
〔註 121〕　（晉）陶潛撰；（宋）李公煥箋註：《箋註陶淵明集》卷 3〈癸卯十二月中作與從弟敬遠〉，頁 104。
〔註 122〕　（晉）陶潛撰；（宋）李公煥箋註：《箋註陶淵明集》卷 3〈飲酒〉其二，頁 114。

暑錄話》中說：「〈歸去來辭〉云：『雲無心而出岫，鳥倦飛而知還』。此陶淵明出處大節，非胸中實有此境，不能爲此言也。」〔註123〕若非淵明有此節操，視仕途如浮雲，若倦鳥以知還，歸趣於本性，則無法道此語。

其三，虎關之經歷及其思想主張，與中國詩話所論立基點相左。虎關身在禪林，卻因當時五山禪僧受幕府庇護，擁有相對的權勢與地位，因此若能服務於政事，效忠於天皇，亦視之爲自然。尤其虎關又受天皇之愛護，自會懷有感遇之情，《海藏和尚紀年錄》中記錄：

> 師十五，聞規庵圓旺化南禪，欲一投謁，往依焉。圓與語
> 奇之，以爲難得，知待最厚，無有比者。時龜山上皇在下
> 宮，上皇以師之銳氣出稠人，時時召入宮。其出入之無間，
> 雖中貴人弗之過也。〔註124〕

是故，虎關的政治觀，在其「時時召入宮」的情況下，未嘗有懷才不遇之歷程，自是無法同理陶淵明身處亂世，出世、入世之心境變化。緣此，虎關認爲淵明受印即應出仕，即使任小邑亦應爲之，此說乃立基於儒家思想爲政之進退觀。事實上，中國詩文對淵明之評，肯定淵明有著經世濟民的志向，當不會因小邑而不爲，惟當時晉祚將終，故託以「不願束帶見督郵」與「妹喪」之事而辭官，懷著儒家「先師有遺訓，憂道不憂貧」〔註125〕之心與道家「潛玉」之志，以此保有高風亮節之操守，即便借債乞食，仍選擇退隱躬耕。

揆此立意，在中國而言，淵明非虎關之言爲「傲吏」且「非大賢」，淵明辭官根本之因，乃以違己心願與順己心志二種人生態度作爲選

〔註123〕（宋）葉夢得：《避暑錄話》（北京：中華書局，1985 年）卷上，頁 27。

〔註124〕（日）令淬編：《海藏和尚紀年錄》，收入（日）塙保己一、太田藤四郎：《續群書類從・第九輯下》（東京：續群書類從完成會，1957年），頁 461。

〔註125〕（晉）陶潛撰；（宋）李公煥箋註：《箋註陶淵明集》卷 3〈癸卯歲始春懷古田舍二首〉其二，頁 103。

擇。是故，南宋朱熹之說，概爲此作一總結之論，其言：

> 晉宋間人物雖曰尚清高，然箇箇要官職。這邊一面清談，
> 那邊一面招權納貨。淵明却眞箇是能不要，此其所以高於
> 晉宋人也。〔註126〕

就朱熹之看法，淵明的確如虎關所言是「介潔沖朴之士」，但朱熹則
從時代氛圍比較之後，更周延地肯定其爲清高之士。要之，虎關以爲
淵明爲「傲吏」而「非大賢」之說，係以應所爲而爲之論點，固有其
實，但如若能更全面地審視淵明身處的時代與其詩文中，言及心志之
內容，不受限於史書所敘，大抵會有更多元的詮解。

三、陶淵明詩「非盡美」之辨

　　虎關以三問三答的對話方式，層層引出陶詩「非盡美」之說，其
言：

> 或問：「陶淵明爲詩人之宗實諸？」曰：「爾」。
>
> （問）「盡善盡美乎？」曰：「未也」。
>
> （問）「其事若何？」曰：「詩格萬端，陶氏只長沖澹而已，
> 豈盡美哉？蓋文辭，施于野旅窮寒者易，敷于官閣富盛者
> 難。元亮者，衰晉之介士也，故其詩清淡朴質，只爲長一
> 格也，不可言全才矣。」〔註127〕

引文第一問，即說世人以爲陶淵明爲「詩人之宗」爲何？此說源於
南朝梁鍾嶸《詩品》評陶淵明爲「古今隱逸詩人之宗」。但是，虎關
與鍾嶸相異處，在於虎關未限定指稱範圍，僅以「詩人之宗」問之；
而鍾嶸則限定在「『隱逸』詩人之宗」，爲此能更明確地表達詩風取
向。

　　惟虎關省略「隱逸」二字，有意以「提問法」以示淵明詩，實非

〔註126〕　（宋）朱熹：（宋）黎靖德編：《朱子語類》（臺北：正中書局，1982
　　　　　年）〈論語十六・子謂顏淵曰章〉，頁 1402。
〔註127〕　（日）虎關師鍊：《濟北集》卷 11〈濟北詩話〉。

世人以爲盡美之全才。虎關說「詩格萬端，陶氏只長沖澹而已。」在此欲先界定其所謂「沖澹」一詞，指的應爲「詩風」而非「詩格」。若「詩格」，許清雲曾提及：

> 唐人詩格是唐代詩壇出現的一類偏重於格律、法式的詩學
> 入門書之總稱。〔註128〕

因此，唐人重「詩格」，重於格律、法式，影響日本平安時期空海《文鏡祕府論》中，即以「詩格」、「詩法」等爲要。若「詩風」則爲「詩的風格」，詩的風格濫觴於南朝梁劉勰《文心雕龍》的〈體性〉篇，從語言角度論詩之風格，劉氏提出「八體」說〔註129〕；至若唐代司空圖《二十四詩品》，便歸納出詩二十四種不同風格，其中即包括「沖澹」。是故，虎關所謂「詩格萬端，陶氏只長沖澹而已。」應爲「『詩風』萬端，陶氏只長沖澹而已」或許更爲精確。然而，淵明之詩風，是否真如虎關所言「只長『沖澹』而已」？以下分爲三個題旨來論述。

（一）文辭施于野旅窮寒者易：感物吟志，情見乎詞

虎關以陶詩只長沖澹「非盡美」，蓋因認爲「文辭，施于野旅窮寒者易，敷于官閣富盛者難。」意即，詩人生活困苦之際，創作朴質、平淡的作品容易；然若爲官之後，生活富貴樣態之時，未必能創作出好詩。唐代韓愈對詩詞創作情感之展現亦有相類之看法，其言：「讙愉之辭難工，而窮苦之言易好也」〔註130〕。如是說法，乃基於對情感的生發，來自生命底蘊的噴薄爲要。南朝梁劉勰《文心雕龍‧明詩》中提及：

〔註128〕 許清雲：〈皎然《詩式》對王昌齡《詩格》的傳承與創新〉，《靜宜中文學報》第 3 期，2013 年 6 月，頁 1～26。

〔註129〕 「八體」：一曰典雅，二曰遠奧，三曰精約，四曰顯附，五曰繁縟，六曰壯麗，七曰新奇，八曰輕靡。

〔註130〕 （唐）韓愈撰；（宋）朱晦庵考異；王留畊音釋：《朱文公校昌黎先生文集》，寶慶三年序（1227 年）の後刷，早稻田大學圖書館藏，卷 20〈荊潭唱和詩序〉，頁 8。

人稟七情，應物斯感。感物吟志，莫非自然。〔註 131〕

此處之「七情」即《禮記·禮運》云：「喜、怒、哀、懼、愛、惡、欲，七者弗學而能。」〔註 132〕既然人生而有七情，自能感於外物，若在面對外物時，能凝神觀照與體察，從而產生主觀之情，方能表現自然情志。北宋東坡〈讀孟郊詩〉亦言：

詩從肺腑出，出輒愁肺腑。有如黃河魚，出膏以自煮！

〔註 133〕

此詩雖是品評孟郊詩之風格，卻眞切表述詩歌若從肺腑而出，其情感必是眞摯，如若「秀語出寒餓，身窮詩乃亨」〔註 134〕。

1. 感世多變，心懷憤世卻豪情

如若情自肺腑出，無須媚於矯飾或雕章麗句，凡「詩文出于眞情則工，昔人所謂出于肺腑者是也。如陶靖節詩……不求工而自工，故凡作詩文，皆以眞情爲主」〔註 135〕，陶詩能「道性情，不須大廠聲，方聞理平淡」（〈答中道小疾見寄〉），而得眞性情。故淵明身處亂世，歷經亡國之悲，因而感此情而吟其志，詩自然出於「肺腑」。淵明〈擬古〉九首「全是故國禾黍之痛。」〔註 136〕清代溫汝能於《陶詩彙評》中亦云：「〈擬古〉九首，大抵遭逢易代，感世事之多變，嘆交情之不終，撫實度勢，實所難言，追昔傷今，惟發諸慨」〔註 137〕。

〔註 131〕　（梁）劉勰：《文心雕龍》（臺北：臺灣商務，1979 年）卷 2〈明詩〉，頁 13。

〔註 132〕　（元）陳澔：《禮記集説》（京都：今村八兵衛，1724 年）早稻田大學圖書館藏，卷 9〈禮運〉，頁 15。

〔註 133〕　（宋）蘇軾著；（清）王文誥、馮應榴輯註：《蘇軾詩集》（臺北：學海，1983 年）卷 16〈讀孟郊詩〉其二，頁 797。

〔註 134〕　（宋）蘇軾著；（清）王文誥輯註：《蘇軾詩集》（北京：中華書局，1983 年）卷 33〈次韻仲殊雪中遊西湖〉其一，頁 1750。

〔註 135〕　（明）薛瑄：《讀書錄》（臺北：廣文書局，1975 年）卷 7，頁 360～361。

〔註 136〕　劉克寰等人編：《陶淵明詩文彙評》（臺北：臺灣中華，1960 年）〈擬古〉，頁 222。

〔註 137〕　（清）溫謙山纂訂：《陶詩彙評》（臺北：新文豐出版，1980 年）卷

〈擬古〉詩作於易代之際，淵明詩情既出於肺腑，不免有著「慨世之辭」，〈擬古〉其八：「少時壯且厲，撫劍獨行游」〔註138〕，此道出少時壯志之豪情，然而，卻不見「伯夷」、「叔齊」、「荊軻」、「伯牙」、「莊周」等人與之同世，於是拋一懸問：「吾行欲何求？」〔註139〕清人鄭文焯於《陶集鄭批錄》即謂「哀思之音，出以激楚。感念舊國，飢渴不忘。詎獨寓憤世之意，結作淒唳耶？」〔註140〕淵明因著晉亡之哀思，弔念賢人志士不復，曾經的壯志之懷又何能實踐？是以，清吳瞻泰《陶詩彙註》言：「嘆知音之不再，而避世之難得也。公生平志節，亦盡流露矣。」〔註141〕

誠然，淵明對於生命有所慨然，實兼懷壯志「豪放」之情。前述南朝梁蕭統在《陶淵明詩・序》中已見陶詩氣豪格高。南宋朱熹則說，淵明不僅有平淡之風，亦有豪放之氣，蓋因淵明「欲有爲而不能」〔註142〕之故，因此平淡中有豪放，而「語健而意閒」〔註143〕。朱熹以爲人言陶詩，多以平淡稱之，事實上，「某看他自豪放，但豪放得來不覺耳。其露出本相者，是〈詠荊軻〉一篇。平淡底人如何說得這樣言語出來」〔註144〕。至若南宋辛棄疾則言：「看淵明，風

4，頁102。

〔註138〕 〈擬古〉其八全詩：「少時壯且厲，撫劍獨行游。誰言行遊近，張掖至幽州。飢食首陽薇，渴飲易水流。不見相知人，惟見古時丘。路邊兩高墳，伯牙與莊周。此士難再得，吾行欲何求？」
（晉）陶潛撰；（宋）李公煥箋註：《箋註陶淵明集》卷4〈擬古〉其八，頁156～157。

〔註139〕 （晉）陶潛撰；（宋）李公煥箋註：《箋註陶淵明集》卷4〈擬古〉其八，頁157。

〔註140〕 劉克襄等人編：《陶淵明詩文彙評》（臺北：臺灣中華，1960年）〈擬古〉，頁243。

〔註141〕 （晉）陶潛撰；（清）吳瞻泰《陶詩彙註》，收入《四庫全書存目叢書》（臺南：莊嚴文化，1997年）卷4，頁319。

〔註142〕 （宋）朱熹；（清）李光地、熊賜履等奉敕編：《御纂朱子全書》，收入《欽定四庫全書》（臺北：臺灣商務，1983年）卷65，頁758。

〔註143〕 （宋）朱熹；（清）李光地、熊賜履等奉敕編：《御纂朱子全書》，收入《欽定四庫全書》（臺北：臺灣商務，1983年）卷65，頁758。

〔註144〕 （宋）朱熹；（宋）黎靖德編：《朱子語類》（臺北：正中書局，1982

流酷似，臥龍諸葛。」（〈賀新郎〉其一）此皆是從平淡之外，表現雄奇豪放之詩風來論述。

2. 榮華無常，心懷悲愴卻高曠

陶詩除流露慨然「豪放」之情，亦有「悲愴」但「高曠」之感，〈擬古〉其四：「迢迢百尺樓，分明望四荒。暮作歸雲宅，朝爲飛鳥堂。山河滿目中，平原獨茫茫。」〔註 145〕此「百尺」、「四荒」、「山河」、「平原」，大抵懷著淵明之胸襟眼界。承此而下，以「暮」與「朝」點出時間，因「時間的距離會帶來藝術上的美感」而「時間的過往會令人發慨」〔註 146〕，故淵明藉時間抒發情懷；從時間「暮」、「朝」之抒懷，加之「歸雲宅」、「飛鳥堂」之景象，愈發呈現此樓之淒涼。尤以「山河滿目中」二句，卻語悲，且「語工造慘」〔註 147〕，蓋因映入眼簾的山河、平原是如此廣大遼闊，然「作詩本乎情景，孤不自成，兩不相背，凡登高致思則神交」〔註 148〕，故而，登樓遠望，天地之大，人之渺小，予人蒼茫，亦懷著古往今來人事更迭之感，睹物生情，俯仰古今，正是王國維《人間詞話》之「一切景語皆情語」〔註 149〕，情景相濟而思「古時功名士，慷慨爭此場。一旦百歲後，相與還北邙。」〔註 150〕即以「古時功名士」與「一旦百歲後，相與還北邙」相對，即使慷慨而爭，仍同歸爲「高墳」，情感上便顯

〔註 145〕（晉）陶潛撰；（宋）李公煥箋註：《箋註陶淵明集》卷 4〈擬古〉其四，頁 153。

〔註 146〕阮廷瑜：《陶淵明詩論暨有關資料分輯》上編（臺北：國立編譯編，1998 年），頁 136。

〔註 147〕（晉）陶潛撰；（明）黃文煥析義：《陶元亮詩》卷 4，收入《四庫全書存目叢書》（臺南：莊嚴文化事業，1997 年），頁 200。

〔註 148〕（明）謝榛：《四溟山人全集》下（臺北：偉文，1976 年）卷 23《詩家直說》，頁 1223。

〔註 149〕王國維著，徐調孚校注：《校注人間詞話・刪稿第十》（臺北：頂淵文化事業，2007 年），頁 42。

〔註 150〕（晉）陶潛撰；（宋）李公煥箋註：《箋註陶淵明集》卷 4〈擬古〉其四，頁 153～154。

「獨悲愴淋漓，令人不忍卒讀。」〔註151〕以今視昔，以昔爲今之警語，故結句先揚後抑爲「榮華誠足貴，亦復可憐傷。」清代孫人龍即說：「末一句點醒，覺通首高曠。」〔註152〕

3. 感物而吟，言語尋常有深韻

淵明詩作內容之情感，在其生命歷程更迭之際，嘗有知音難尋之慨與豪，家國蒼茫之悲與茫，亦有著看透榮華無常之曠與淡。清代吳闓生評選「陶詩多幽微澹遠，此獨極雄駿蒼涼。」〔註153〕此即將陶詩風格作了幽微澹遠、雄駿、蒼涼之別。清代陳祚明於《采菽堂古詩選》中說：「語之暫率易者，時代爲之；至於情旨，則眞《十九首》之遺也。」〔註154〕（清）溫謙山《陶詩彙評》亦載：「情見乎詞，比意命句直似《十九首》」〔註155〕。如若《古詩十九首》爲劉勰所謂「直而不野」〔註156〕，那麼陶詩風格樸實，卻能展現文人深邃之眼光，言語尋常卻有深厚之味；而鍾嶸《詩品》則謂：「文溫以麗，意悲而遠，驚心動魄。」〔註157〕以此見陶詩用字溫厚典麗，情感意蘊，悲憤清遠，詩作具有撼動閱聽者情感之力量。誠然，詩評家見識各異，卻不離感物而吟，情寓於詞，使情景交融。

因此，就虎關以「文辭，施于野旅窮寒者易」然「敷于官閣富盛者難」之說，大抵與中國詩文觀無異，而「野旅窮寒」之體驗，正如

〔註151〕（清）溫謙山纂訂：《陶詩彙評》（臺北：新文豐出版，1980年）卷4，頁98。

〔註152〕劉克襄等人編：《陶淵明詩文彙評》（臺北：臺灣中華，1960年）〈擬古〉，頁242。

〔註153〕劉克襄等人編：《陶淵明詩文彙評》（臺北：臺灣中華，1960年）〈擬古〉，頁233。

〔註154〕（清）陳祚明：《采菽堂古詩選》（上海：上海古籍出版社，2008年）卷13，頁388。

〔註155〕（清）溫謙山纂訂：《陶詩彙評》（臺北：新文豐出版，1980年）卷4，頁97。

〔註156〕（梁）劉勰：《文心雕龍》（臺北：臺灣商務，1979年）卷2〈明詩〉，頁14。

〔註157〕（宋）鍾嶸：《詩品》（臺北：臺灣商務，1965年）卷上，頁3。

同淵明在〈擬古〉詩中，面對黍離之悲痛，能以細緻的眼光，使「物色之動，心亦搖焉」〔註158〕，表現溫厚卻無戾氣之內容。惟淵明之詩風，並非如虎關所言僅止於「沖澹」而已，亦有豪放、忠憤、高曠之意。

（二）詩風清淡朴質：外枯而中膏，似淡而實美

若從語言風格而論，陶詩之「沖澹」、「平淡」之語，是否如虎關所理解那般「清淡朴質」而已？

1. 大巧之樸，意語新工

南朝梁鍾嶸《詩品》評陶詩：「文體省靜，殆無長語」〔註159〕，言其詩簡潔無蔓雜之語。金代元好問《論詩絕句三十首·其四》評陶詩為「一語天然萬古新，豪華落盡見眞淳。」〔註160〕以見語言平淡，自然渾成，正是纖麗豪華落盡後，方得顯露眞淳朴實之本質。鍾優民《陶學史話》以為陶詩風格之「眞」為語言質直，風格古樸，任眞自得。〔註161〕

另外，明代胡應麟《詩藪》中則稱淵明「開千古平淡之宗」〔註162〕。然而，中國詩文對於詩風「平淡」之意，承第三章而論，「平淡」實有深意，即北宋梅堯臣所謂「作詩無古今，惟造平淡難。」（讀邵不疑學士詩卷）而蘇珊玉從修辭藝術的角度來看「平淡」一詞，大抵可為「惟

〔註158〕 （梁）劉勰：《文心雕龍》（臺北：臺灣商務，1979年）卷10〈物色〉，頁61。

〔註159〕 （宋）鍾嶸撰；（宋）周履靖校正：《詩品》（臺北：臺灣商務，1969年）2卷30，無頁數。

〔註160〕 （金）元好問；張德輝編：《元遺山先生集》（京都：翰文齊書坊，1882年）早稻田大學圖書館藏，卷11〈論詩三十首〉其四，頁3。

〔註161〕 鍾優民：《陶學史話》（臺北：允晨文化，1991年），頁15。
鍾優民從「沈約最早指出淵明為人『其眞率如此』；鍾嶸續加揭示其創作具有『篤意眞古』的內涵；蕭統進一步強調其「任眞自得」的品性和『論懷抱則曠而且眞』的藝術風貌。不約而同地肯定陶公以『眞』為核心的人生」作為總結。

〔註162〕 （明）胡應麟：《詩藪》（臺北：廣文書局，1973年）內編〈古體中·五言〉，頁118。

造平淡難」作一註腳，其言：

> 此乃是中國藝術獨特的美學特徵所在——「絢爛之極，復
> 歸於平淡」——強調經歷「氣象崢嶸，采色絢爛」的階段
> 後，才能實現「大巧之樸」。〔註163〕

因此，要能臻於「大巧之樸」，則須歷經由絢爛復歸平淡，故並非僅
如虎關所理解那般「清淡朴質」。然而，「平淡」之風要如何表現？北
宋歐陽脩《六一詩話》引梅堯臣之語：

> 詩家雖率意，而造語亦難。若意新語工，得前人所未道者，
> 斯爲善也，必能狀難寫之景，如在目前，含不盡之意，見
> 於言外，然後爲至矣。〔註164〕

詩家用朴質的語言，寫出難狀之景，含不盡之意，亦要兼及意新語工，
爲前人所未道，故用思必須極爲精微。南宋周紫芝即謂淵明作詩非才
力不可致，其言：

> 士大夫學淵明作詩往往故爲平澹之語，而不知淵明制作之
> 妙已在其中矣。〔註165〕

故而，看似平淡之語言，妙於其中，其非「著力」即可成。如淵明〈丙
辰歲八月中於下潠田舍穫〉一詩，有「悲風愛靜夜」〔註166〕，明人
鍾伯敬評：「愛字妙，無悲字不妙。」〔註167〕而譚元春則說：「何愛
之有，所以妙。」〔註168〕然其「妙」爲何？因「風」與「夜」爲自

〔註163〕 蘇珊玉：《人間詞話之審美觀》（臺北：里仁書局，2009 年），頁 215
　　　　 ～216。

〔註164〕 （宋）歐陽脩：《六一詩話》，收入（明）毛晉輯：《津逮秘書》第
　　　　 五集（崇禎中刊）國立國會圖書館藏，頁 6。

〔註165〕 （宋）周紫芝：《竹坡老人詩話》（臺北：藝文印書館，1965 年）卷
　　　　 1，頁 3。

〔註166〕 （晉）陶潛撰；（宋）李公煥箋註：《箋註陶淵明集》卷 3〈丙辰歲
　　　　 八月中於下潠田舍穫〉，頁 111。

〔註167〕 （明）鍾伯敬、譚元春評選；（明）劉敕重訂：《古詩歸》卷 9，明
　　　　 萬曆四十五年（1617）刊本，頁 13。

〔註168〕 （明）鍾伯敬、譚元春評選；（明）劉敕重訂：《古詩歸》卷 9，明
　　　　 萬曆四十五年（1617）刊本，頁 13。

然之景，又以「悲」與「靜」加以形容，使景生情，特別是一「愛」字作爲過渡，給予情感之深邃，讓悲風特意拂過的是靜夜，以營造出愈發清寂的氛圍。所以，清吳瞻泰引王棠語，以爲此句「靜夜風聲更清，有似於愛靜夜，鍊字之妙如此。」〔註169〕所謂「鍊字」意爲「錘鍊之字」〔註170〕，因此，雖然此句看似平淡朴質，然取自然景，賦予擬人化，合「悲」與「愛」之情，使詩中情與景相生而妙於其中，便能「意新語工」且「含不盡之意，見于言外」。

2. 熟讀有奇趣，興象高妙

唐代杜甫嘗讚美「陶謝不枝梧」（〈夜聽許十誦詩〉），「不枝梧」指的即是其詩精練高妙，然又說「觀其著詩篇，頗亦恨枯槁」。在此，杜甫實肯定陶詩用字不繁，似多錘鍊，如「古詩云：『人生不滿百，常懷千歲憂』，而淵明以五字盡之，曰『世短意常多』是也」〔註171〕，以表示淵明鍊字之工；然杜甫一面肯定之餘，卻又對陶詩頗枯槁而感到憾恨不足之處，但隨閱歷之增廣，則能「熟讀有奇趣」〔註172〕。東坡評陶詩，以爲：「淵明作詩不多，然其詩質而實綺，癯而實腴」〔註173〕；又說「外枯而中膏，似澹而實美」〔註174〕，皆指詩作外在朴質，然內在之豐美，雖見簡淡實含眾味，至若黃庭堅言「平淡而山高水深」〔註175〕，亦欲傳達詩之韻味無窮之意。

〔註169〕　（晉）陶潛撰；（清）吳瞻泰：《陶詩彙註》卷3，收入《四庫全書存目叢書》（臺南：莊嚴文化事業，1997年），頁311。

〔註170〕　阮廷瑜：《陶淵明詩論暨有關資料分輯》上編（臺北：國立編譯編，1998年），頁137。

〔註171〕　（宋）羅大經：《鶴林玉露（補遺）》，收入《欽定四庫全書》（上海：上海古籍，1987年），頁406。

〔註172〕　（宋）阮閱：《詩話總龜》（臺北：廣文書局，1973年），第1冊《前集》卷9，頁233。

〔註173〕　（宋）蘇軾著，孔凡禮點校：《蘇軾文集·蘇軾佚文彙編》（北京：中華書局，1986年）卷4〈與子由〉其五，頁2515。

〔註174〕　（宋）蘇軾著，孔凡禮點校：《蘇軾文集》（北京：中華書局，1986年）卷67〈評韓柳詩〉，頁2110。

〔註175〕　黃庭堅云：「但熟觀杜子美到夔州後古律詩，便得句法簡易，而

　　承前，淵明〈和郭主簿〉其一詩中，敘寫閑居田園之樂，而云：「此事眞復樂，聊用忘華簪。遙遙望白雲，懷古一何深。」〔註 176〕表現淵明知足常樂，與自然同歡，然又於「遙遙望白雲」之景中，寄予懷古之幽思，意境更顯沈潛。清人王夫評此詩爲：「寫景淨，言情深，乃不負爲幽人之作。」〔註 177〕

　　誠然，此鄉野田園之樂，爲淵明歷經人事紛擾後，心之所向，其於〈歸園田居〉其一便直接道出入世之羈而歸田之樂，追求精神自由之境。其中「曖曖遠人村，依依墟里煙。狗吠深巷中，雞鳴桑樹巔。」〔註 178〕從遠處依稀可見村落裡炊煙裊裊升起，耳邊聽得幾聲狗吠、雞鳴聲，描繪出一幅鄉野之景，大有〈桃花源記〉中：「土地平曠，屋舍儼然。有良田、美池、桑、竹之屬，阡陌交通，雞犬相聞」之景象。特別是「狗吠深巷中，雞鳴桑樹巔」襲改自古樂府：「雞鳴高樹顛，狗吠深宮中」（〈雞鳴〉）之語，但卻「興象全別，不嫌其詞同也。」〔註 179〕所謂「興象」，意指：

> 當作者之心與外物相接，觸目所見之景，落實在作品中……
> 結合詩人的主觀情思，表現爲情景的天然湊泊和主客觀的
> 自然融合。〔註 180〕

是故，在〈雞鳴〉，其意如若《樂府解題》載：「古詞云：『雞鳴高樹

大巧出焉，平淡而山高水深，似欲不可企及。文章成就，更無斧鑿痕，乃爲佳作耳。」詳參（宋）黃庭堅：《豫章黃先生文集》（臺北：商務出版社，1979 年）卷 19〈與王觀復書三首〉其二，頁202。

〔註 176〕（晉）陶潛撰；（宋）李公煥箋註：《箋註陶淵明集》卷 2〈和郭主簿〉其一，頁 83。

〔註 177〕（清）王夫之：《古詩評選》卷 4〈和郭主簿〉，收入《船山全書》（長沙：嶽麓書社出版，1988～1996 年），頁 718。

〔註 178〕（晉）陶潛撰；（宋）李公煥箋註：《箋註陶淵明集》卷 2〈歸園田居〉其一，頁 61。

〔註 179〕（清）吳汝綸評選：《古詩鈔》，收入《吳汝綸全集》（合肥：黃山書社出版發行，2014 年）。

〔註 180〕汪涌豪：《範疇論》（上海：復旦大學，1999 年），頁 478。

巔，狗吠深宮中。』初言『天下方太平，蕩子何所之。』」〔註181〕於此，僅作爲言世俗情之抒情手法；此與淵明〈歸園田居〉之興象確爲不同，此詩爲心與外物交相，觸目所見，結合其情思，自然能表現「情景的天然湊泊和主客觀的自然融合」，而有境與意偕之興象，乃爲「此中有眞意，欲辯已忘言」〔註182〕。

是故，陶詩雖作平淡語，然如前引南宋周紫芝語「淵明制作之妙已在其中矣」，因此非學而能之。南宋張戒即以其「本以言郊居閒適之趣，非以詠田園，而後人詠田園之句，雖極其工巧，終莫能及。」〔註183〕清沈德潛《古詩源》亦言：「儲（光羲）、王（維）極力擬之，然終似微隔，厚處樸處不能到也。」〔註184〕緣此，詩之內容看似朴質無華，卻是景眞、情眞，體物傳神，意境深遠，而「終莫能及」和「終似微隔，厚處、樸處不能到也」之說，都肯定淵明詩之平淡之風，後人莫能逮及，即便是王國維以「屈子、淵明、子美、子瞻」〔註185〕同爲天才之列，當蘇軾追摹陶詩時，金代王若虛《滹南集》卻說：

> 東坡酷愛〈歸去來辭〉，既次其韻，又衍爲長短句，又裂爲集字詩，破碎甚矣。〔註186〕

王氏之評，鄙薄之意甚濃。事實上，王若虛並非不喜歡蘇軾詩，其評〈戲作四絕〉詩云：「信手拈來世已驚」〔註187〕又說「東坡，文中龍

〔註181〕 （宋）郭茂倩撰：《樂府詩集》（臺北：里仁書局，1984 年）卷 28 〈雞鳴〉，頁 406。

〔註182〕 （晉）陶潛撰；（宋）李公煥箋註：《箋註陶淵明集》卷 3〈飲酒〉其五，頁 117～118。

〔註183〕 （宋）張戒：《歲寒堂詩話》（北京：中華書局，1985 年）卷上，頁 3。

〔註184〕 （清）沈德潛：《古詩源》下（臺北：臺灣商務，1965 年）卷 8〈晉詩・歸田園居〉，頁 14～15。

〔註185〕 王國維：〈文學小言・七〉，收入周錫山編校：《王國維文學美學論著集》（太原：北嶽文藝社，1987 年），頁 26。

〔註186〕 （金）王若虛：《滹南詩話》（北京：中華書局，1985 年）卷 2，頁 8。

〔註187〕 （金）王若虛：《滹南集》卷 45，收入任繼愈；傅璇琮總主編：《文

也」〔註188〕，皆是予蘇軾高度的評價，如是詩評，何以又對蘇軾次韻〈歸去來兮辭〉有所鄙薄？乃因王若盧文學觀點崇尚「自然」，其批評唱和次韻之習尚，故於《滹南集》中載傭夫言：「使蘇公而無此，其去古人何遠哉！」〔註189〕不過，對於蘇軾和陶之作，亦有肯定者，如元末明初之楊維楨說：

> 東坡和淵明詩，非故假詩于淵明也，具解有合于淵明者，
>
> 故和其詩，不知詩之爲淵明、爲東坡也。〔註190〕

誠然，後世和陶之作，能否跂及陶詩之境界，除了才力決定詩作之品質外，亦得之於批評者之審美旨趣。

3. 心境空且靜，出入有高致

淵明於入世、出世之間，豐富生命閱歷，終能「久在樊籠裡，復得返自然。」〔註191〕又能「託身巳（按：已）得所，千載不相違。」〔註192〕若順遂性情本質，沈澱浮華之世，詩句方能於靜中凝鍊而成，誠如蘇軾〈送參寥師〉詩云：「欲令詩語妙，無厭空且靜。靜故了羣動，空故納萬境。」〔註193〕因此，只有處心於靜之境，使心置於虛空，方能不受動境煩擾，亦不受成見所蒙蔽，故能體察與容納萬物瞬息萬變之妙境。易言之，心境「空且靜」，才能使身心不受俗世干擾，正如淵明「結廬在人境，而無車馬喧。問君何能爾？心遠

　　　　　津閣四庫全書》（北京：商務印書館，2005 年），頁 763。

〔註188〕 （金）王若盧：《滹南集》卷 39，收入任繼愈；傅璇琮總主編：《文津閣四庫全書》（北京：商務印書館，2005 年），頁 750。

〔註189〕 （金）王若盧：《滹南集》卷 39，收入任繼愈；傅璇琮總主編：《文津閣四庫全書》（北京：商務印書館，2005 年），頁 750。

〔註190〕 （元）楊維楨：《東維子文集》（上海：涵芬樓），柳田泉舊藏，早稻田大學圖書館藏，卷 7〈張北山和陶集序〉，頁 3。

〔註191〕 （晉）陶潛撰；（宋）李公煥箋註：《箋註陶淵明集》卷 2〈歸園田居〉其一，頁 61。

〔註192〕 （晉）陶潛撰；（宋）李公煥箋註：《箋註陶淵明集》卷 3〈飲酒〉其四，頁 117。

〔註193〕 （宋）蘇軾著；（清）王文誥輯註：《蘇軾詩集》（北京：中華書局，1992 年）卷 17〈送參寥師〉，頁 906。

地自偏」〔註 194〕之故。王國維有言：「詩人之境界，惟詩人能感之
而能寫之，故讀其詩者，亦高舉遠慕，有遺世之意。」〔註 195〕讀陶
詩，大抵感此深意。

　　揆此立意，「平淡」概從詩人經世事洗鍊之後，從綺麗復歸朴質，
看似枯槁卻又自然流露深厚修養，以得詩之深蘊。要之，清代陳廷焯
《白雨齋詞話》評陶詩說：

> 淵明之詩，淡而彌永，朴而愈厚，極疏極冷，極平極正之
> 中，自有一片熱腸，纏綿往復。此陶公所以獨有千古，無
> 能爲繼也。〔註 196〕

在此，陳廷焯以爲陶詩之平淡，實餘韻無窮，雖朴質卻渾厚，無論詩
作疏冷、平止，都自有豪情熱腸於其間，而非淡而無味。蘇珊玉將王
國維「無我之境」、「入內出外」、「游戲說」〔註 197〕的美學理論，以
多元視角作爲觀照，其從淵明因著出世、入世之生命閱歷之豐，方得
提煉詩語，以及淵明擺脫自我功利欲求而得之境界，作爲陶詩總體之
印證，其言：

> （陶淵明）「無我之境」作品中所展示的田園圖畫，情感未
> 見張揚卻隱含儒家的用世精神……看似閒情逸致的詩語，
> 其實無不充滿精神理想的力量。詩人愈是對「嚴重」（嚴肅）
> 人生清晰透澈，其感情流露，愈是舉重若輕，展現靜觀自
> 得的「詼諧」，此正是天才「游戲」事業的精髓所在。……

〔註 194〕　（晉）陶潛撰；（宋）李公煥箋註：《箋註陶淵明集》卷 3〈飲酒〉
　　　　　其五，頁 117。
〔註 195〕　王國維著，徐調孚校注：《校注人間詞話‧附錄十六》（臺北：頂淵
　　　　　文化事業，2007 年），頁 72。
〔註 196〕　（清）陳廷焯：《白雨齋詞話》（上海：臺灣開明，1982 年）卷 8，
　　　　　頁 212。
〔註 197〕　王國維著，徐調孚校注：《校注人間詞話》（臺北：頂淵文化事業，
　　　　　2007 年）。
　　　　　「無我之境」出自《校注人間詞話》，頁 2；「入內出外」出自《校
　　　　　注人間詞話》，頁 35～36；「游戲說」出自《校注人間詞話‧刪稿》，
　　　　　頁 63。

其「無我之境」之眞諦，在於游刃有餘，能入能出，得心
應用，有生氣與高致，也是無對有的超越。〔註198〕

綜上所述，虎關所謂陶詩「非盡美」只長「沖澹」，事實上，淵
明亦有豪放、忠憤、曠達之風，惟其詩作表現舉重若輕，靜觀自得，
使人不覺耳，而虎關僅片面評其「沖澹」，實未能全面審視淵明生命
歷程及各時期之詩作。另一方面，虎關是認同鍾嶸評淵明爲「古今隱
逸詩人之宗」而非「詩人之宗」的看法，惟對於「隱逸詩人」之風格
作「清淡朴質」解，未得見氣象崢嶸、氣豪熱腸之歷程，以及詩之餘
韻、雋永、高致有生氣之深意，實皆非「朴質」、「沖澹」、「平淡」之
詞即可概括。

四、詩如其人

虎關以爲詩文創作與詩人之間的關係爲「其詩如其人」〔註199〕，
虎關此說應是對南朝梁鍾嶸《詩品》評陶詩之語的接受，鍾嶸說：「每
觀其文，想其人德，世歎其質直。」〔註200〕誠然，虎關對於淵明的
批評，除了上述引鍾嶸評淵明爲「隱逸詩人之宗」，亦認爲其詩「沖
澹」，迨至「詩如其人」之概念，或緣於此。

（一）「詩如其人」之概說

有關「詩如其人」一詞，《孟子》中以「知人論世」將作者與詩
文之關係作聯繫，其言：「頌其詩，讀其書，不知其人可乎？是以論
其世也。」〔註201〕爾後，《毛詩序》則從詩之所發者，即爲心之所言
者，曰：「詩者，志之所之也，在心爲志，發言爲詩。」〔註202〕若南

〔註198〕 蘇珊玉：《人間詞話之審美觀》（臺北：里仁書局，2009 年），頁 177
～179。
〔註199〕 （日）虎關師鍊：《濟北集》卷 11〈濟北詩話〉。
〔註200〕 （宋）鍾嶸：《詩品》（臺北：臺灣商務，1965 年）卷中，頁 10。
〔註201〕 （漢）趙岐註；（宋）孫奭疏：孟子附記 /（清）翁方綱撰：《孟子》
（臺北：中國子學名著集成編印基金會，1978 年）〈萬章下〉，頁
721。
〔註202〕 （漢）毛亨撰；鄭玄箋：《毛詩鄭箋》（臺北：臺灣中華，1966 年）

朝梁劉勰《文心雕龍》亦說：「氣以實志，志以定言，吐納英華，莫非情性。」〔註203〕故因人之情志，通過稟賦修養之氣質神態，以及獨有的胸襟氣度，進而外鑠以詩之形式表達出詩文者各種氣象，此即關涉人品對詩文的影響。

　　明代徐增《而庵詩話》中，以詩品反映詩人的人品，其云：

　　　詩乃人之行略，人高則詩亦高，人俗則詩亦俗，一字不可
　　　掩飾，見其詩如見其人。〔註204〕

　　明末清初的施潤章於《蠖齋詩話》中則明確標舉「詩如其人」的觀點，其言：

　　　詩如其人，不可不慎。浮華者浪子；叫囂者鹿人；窘瘠者
　　　淺；痴肥者俗。〔註205〕

若以詩能反應詩人心志之狀態而言，將情感作眞實抒寫，即爲「詩如其人」之意，那麼浮華者、叫囂者、窘瘠者、痴肥者則詩作分別表現出浪子之語、粗鄙之氣、淺識之言、俗氣之詞等。清代沈德潛《說詩晬語》云：「有第一等襟抱，第一等學識，斯有第一等眞詩。」〔註206〕此襟抱可謂詩人先天即充盈於內之秉性與品格，同時必須具備厚實之學識涵養，方得有第一等眞詩，如是，便已結合人格、學問與詩作之間的必然存在。至若清代劉熙載《藝概》則總結前人之論，提出：

　　　詩品出於人品。人品悃款朴忠者最上；超然高舉，誅茅力
　　　耕者次之；送往勞來，從俗富貴者無譏焉。〔註207〕

　　　卷1，頁1。
〔註203〕　（梁）劉勰：《文心雕龍》（臺北：臺灣商務，1979年）卷6〈體性〉，
　　　　　頁21。
〔註204〕　（明）徐增：《而庵詩話》，收入《續修四庫全書》（上海：上海古
　　　　　籍，1995年），頁4。
〔註205〕　（清）施潤章：《蠖齋詩話》，收入（清）何文煥、丁福保編：《歷
　　　　　代詩話》（北京：北京圖書館，2003年），頁452。
〔註206〕　（清）沈德潛：《說詩晬語》（上海：上海古籍，2002年），頁1。
〔註207〕　（清）劉熙載：《藝概》（臺北：廣文書局，1964年）卷2〈詩概〉，
　　　　　頁18。

劉氏提及「人品惘款樸忠者」與「送往勞來」是襲改自《楚辭‧卜居》之「吾寧惘惘款款樸以忠乎？將送往勞來斯無窮乎？」若「人品惘款樸忠者」即指居廟堂、處江湖時能誠懇、樸實與忠誠，同時能尊君憂民之人格爲最上；然若「超然高舉，誅茅力耕者」，則爲超然自適，安貧樂道之出世的品格爲次之；最末以「送往勞來，從俗富貴者」作爲徇私取利，媚俗之人格則最爲低微。因此，人品有上、次、低者，隨之詩品亦有如是之分。

（二）「詩如其人」之辨

關於「詩如其人」之說，歷來亦有不同的看法，金元好問《論詩絕句三十首‧其六》中言：

> 心畫心聲總失眞，文章寧復見爲人。高情千古〈閒居賦〉，
> 爭信安仁拜路塵。〔註208〕

元好問此詩以潘岳爲例，提出對《揚子法言‧問神》中所謂：「言，心聲也；書，心畫也。聲畫形，君子小人見矣。」一說之質疑。揚雄認爲言語作爲心的聲音，書辭則爲心志的表現，若見二者，此人爲君子或小人便無所遁行。然而，元好問不認同這個看法，亦以潘岳爲例，認爲文章怎能見作者爲人，若是，那麼西晉的潘岳（字安仁），諂媚賈謐之行徑，又如何能寫出高情千古的〈閒居賦〉？因此，揚雄之說，非爲元好問所認同。

事實上，「詩如其人」並非僅以一首詩以論斷此人，亦非以一個時期之作以見其一生。北宋吳處厚《青箱雜記》云：

> 文章純古，不害爲邪；文章艷麗，亦不害其爲正。然世或
> 見人文章鋪陳仁義道德，便謂之正人君子；若言及花草月
> 露，便謂之邪人，茲亦不盡也。〔註209〕

〔註208〕（金）元好問；張德輝編：《元遺山先生集》京都：翰文齊書坊，1882年）早稻田大學圖書館藏，卷11〈論詩三十首〉其六，頁3。

〔註209〕（宋）吳處厚：《青箱雜記》（北京：中華出版，1985年）卷8，頁81。

文中提及，若將「詩文」與「人品」二者視爲一，則「不盡也」。換言之，吳氏未否定「詩如其人」之說，但又認爲不能全然盡信之。是故，若就「詩如其人」一說，錢鍾書之見解，可謂持平之論，其言：

> 雖然，觀文章固未能灼見作者平生爲人行事之「眞」，卻頗足徵其可爲，願爲何如人，與夫其自負爲及欲人視己爲何如人。元氏知潘岳「拜路塵」之行事，故以〈閒居賦〉之鳴「高」爲飾僞「失眞」。顧岳若不作是〈賦〉，則元氏據《晉書》本傳，祗觀其「乾沒」趨炎耳；所以識岳之兩面二心，走俗狀而復鳴高情，端賴〈閒居〉有賦也。夫其言虛，而知言之果爲虛，則已察實情矣；其人僞，而辨人之確爲僞，即已識眞相矣；能道「文章」之「總失」作者「爲人」之眞，已於「文章」與「爲人」之各有其「眞」，思過半矣。〔註210〕

錢氏以爲「文章」與「爲人」各有其「眞」，意即，文章雖未能得見詩人平生行事之表現，然尙且能知詩人欲從文章表達心中之志。是故，「詩文如其人」，一爲內隱，一爲外顯。內隱爲理想之寄託、期待中的自我，外顯則爲行爲表現，然二者可並存而不相悖離。

　　要之，錢氏以爲若元好問僅見《晉書》載潘岳之行事，只會以潘岳趨炎附勢評論之，惟其又見〈閒居賦〉之高情千古與之行徑不符，方得結論爲「詩不能如其人」。換言之，若元好問僅見〈閒居賦〉之高情千古，未知其爲人，仍不減〈閒居賦〉之高度評價。揆此立意，蓋可說錢氏所言，是立基於「不以言舉人，不以人廢言。」之精神。

　　儘管「詩如其人」之說仍受到爭論，然中國詩文觀，尙且依循此看法者爲多，鍾優民在《陶學史話》中言：

> 縱覽中國文學發展的全部歷史，一切創作與作家氣質、經歷、情趣，無不存在千絲萬縷的血肉聯繫，道德、文章二

〔註210〕錢鍾書：《管錐編》（臺北：書林出版有限公司，1990年），頁1388。

而一，一而二，密不可分，陶公其人其文亦然。〔註211〕

鍾優民將從人格道德論與文章高蹈相表裡，以此對淵明之批評，即作「詩如其人」之肯定。歷來盛讚淵明者，皆不離「詩品即人品」之說。

（三）陶淵明「詩如其人」之闡釋

淵明的摯友南朝宋顏延之提及淵明云：「弱不好弄，長實表心，學非稱師，文取指達」（〈陶徵士誄〉）便指出淵明之人品樸素自然而真誠，而詩文自能精鍊而辭達。南宋陸游〈澹齋居士詩序〉，則從淵明情感之真，以發爲言的角度來看，其言：

> 蓋人之情，悲憤積於中而無言，始發爲詩，不然無詩矣。
> 蘇武、李陵、陶潛、謝靈運、杜甫、李白，激於不能自己，
> 故其詩爲百代法。〔註212〕

清代方東樹《昭昧詹言》亦有如是看法，其云：

> 陶公曷嘗有意於爲詩，內性既充，率其胸臆而發爲德音耳。
> 〔註213〕

陸氏與方氏皆本著「情動於衷而形於言」之精神，當「內性既充」，此人胸臆所噴薄之情，自然能「發爲德音」，藉由詩文以吐納英華，故詩能爲百世法。然若淵明之人格秉性充於內，噴薄之情顯於外，那麼詩風當爲何？明代劉朝箴〈論陶〉即說：

> 及感遇而爲文詞，則率意任真，略無斧鑿痕、煙火氣。千
> 載之下，誦其文，想其人，便愛慕向往，不能已已。〔註214〕

清代溫汝能於《陶詩彙評・自序》言及：

> （淵明）始終不以榮辱得喪，撓敗其天真者也。其心蓋真

〔註211〕鍾優民：《陶學史話》（臺北：允晨文化，1991年），頁10～11。

〔註212〕（宋）陸游：《渭南文集》（臺北：商務出版社，1978年）卷15〈澹齋居士詩序〉，頁141。

〔註213〕（清）方東樹：《昭昧詹言》，收入《續修四庫全書》（上海：上海古籍，2002年）卷4〈陶潛〉，頁514。

〔註214〕（晉）陶潛撰；（清）陶澍註：《陶靖節集・諸家評陶彙集》（臺北：臺灣商務，1970年），頁8。

且淡，故其詩亦眞且淡。〔註215〕

清代胡鳳丹於《六朝四家全集・序》中云：

靖節爲晉第一流人物，而其詩亦如其人，澹遠沖和，卓然

獨有千古。〔註216〕

從明代劉朝箴至清代溫汝能、胡鳳丹皆肯定淵明詩如其人，「卓然獨有千古」。論者以淵明爲「晉第一流人物」，即自人格高潔而論，若言心與情，則「眞且淡」，當「感遇而爲文詞」，其詩文表現便爲率眞任情，不假修飾，而「無斧鑿痕、煙火氣」。因此，誦其文，想見其人，則爲「澹遠沖和」，使人「愛慕向往，不能已已」。然而，除此沖澹之風，清代延君壽《老生常談》則見陶詩中的堅毅之氣，其云：

如松柏之耐歲寒，其勁直之氣，與有生俱來，安能不偶然

流露於楮墨之間。〔註217〕

其以爲淵明勁直之氣乃「與生俱來」，若人人皆言陶詩沖澹，延氏則以爲於沖澹之間，怎能不偶爾流露此勁直之氣，正如前引朱熹所言：「豪放得來不覺耳。」〔註218〕此正是由人格本然特質，若發而爲文則直抒胸臆，自然爾。清代劉熙載於《藝概》中云：

陶淵明爲文不多，且若未嘗經意。然其文不可以學而能，

非文之難，有其胸次爲難也。〔註219〕

劉氏稱讚陶詩文「不可以學而能」，蓋因「胸次爲難」之故。論者之謂「胸次」，即因「陶詩云：『願言躡清風，高舉尋吾契。』又云：『即事如已高，何必升華嵩。』可見其玩心高明，未嘗不腳踏實地，不是

〔註215〕 （清）溫謙山纂訂：《陶詩彙評・自序》（臺北：新文豐出版，1980年），頁1。

〔註216〕 （晉）陶潛；（清）胡鳳丹輯：《六朝四家全集》（臺北：華文書局，1968年），頁5～6。

〔註217〕 （宋）延君壽：《老生常談》，收入郭紹虞編：《清詩話續編》（上海：上海古籍出版社，1983年），頁1822。

〔註218〕 （宋）朱熹；（宋）黎靖德編：《朱子語類》（臺北：正中書局，1982年）卷140，頁5341。

〔註219〕 （清）劉熙載：《藝概・文概》（臺北：廣文書局，1964年），頁10。

偶然無所歸宿也。」〔註 220〕劉氏本著儒家理想人格仕與隱之精神，肯定淵明人之清高，流露於詩文，自然情感眞摯，氣格高。

事實上，中國詩文對淵明其人其詩，與鍾嶸評其「隱逸詩人之宗」的看法，大抵不遠，然此評論，仍無法窺其全貌，溫謙山即提及：

> 孟子曰：誦其詩讀其書，不知其人可乎？是以，論其世也，夫晉宋之間，何世也？淵明之詩，何詩也？淵明之爲人，何人也？淵明出處具在蓋始終不以榮辱得喪撓敗其天眞者也。其心蓋眞且淡，故其詩亦眞且淡也，惟其眞且淡是以評之也難。鍾嶸謂其源出應璩說，固無據而近於陋，即謂爲古今隱逸詩人之宗，亦未盡陶之旨趣。……夫評古人之詩，貴因詩而尚論其人，如身居其世，觀其事，然後古人之情見乎。〔註 221〕

承上而論，若從知人論世、詩如其人之角度評析，淵明爲人與詩雖爲眞且淡，反而「評之也難」，當鍾嶸言淵明源出應璩之說，亦無實質的根據，僅可說是粗糙而爲，自未能以「古今隱逸詩人之宗」概括淵明之本色。

五、「陶淵明『非全才』說」之綜合辨析

虎關以「其詩如其人」之觀點評淵明，究竟如何爲之？與中國詩文在評論淵明時又有何異同？

首先，虎關批評淵明爲「傲吏」而「非大賢」乃爲負面評價。虎關從儒家仕、隱觀點而論，亦從其本著道統觀來說〔註 222〕，以爲「受

〔註 220〕 （清）劉熙載：《藝概・詩概》（臺北：廣文書局，1964 年），頁 4。
〔註 221〕 （清）溫謙山纂訂：《陶詩彙評》（臺北：新文豐出版，1980 年），頁 1～2。
〔註 222〕 （日）蔭木英雄：《五山詩史の研究》（東京：笠間書院，1977 年），頁 152。
虎關與韓愈的共同點如下：(1)貫徹「醇」性情 (2)著重「道統」(3)崇尚古文。
原文：虎関と韓愈との共通点として(1)醇に徹底せる性情(2)道統を

印」即應經世濟民，兼善天下，然淵明既接彭澤令後，卻又辭官，淵明僅是獨善其身易而「非大賢」之志，故爲「介潔沖朴之士」。而中國以爲的「傲吏」本身即有「介潔沖朴」之意，亦表現閑逸高曠之心志，有著道家隱者之作爲；然若謂「大賢」則從「篤志」立身，自能「與道污隆」。〔註223〕

淵明自處亂世之中，保有「君子固窮」〔註224〕安貧樂道的節操，亦以「道家」思維作爲隱者的身分，如同其於〈桃花源記〉中，嚮往人人自給自足，無戰亂之理想社會，故文中提及「先世避秦時亂」，又說「乃不知有漢，無論魏晉。」〔註225〕豈非表述其欣羨之社會在秦代以前，於〈贈羊長史〉一詩可見其心聲，詩云：「愚生三季後，慨然念黃虞。」〔註226〕又〈時運〉詩曰：「黃唐莫逮，慨獨在余。」〔註227〕或可作爲淵明心中理想的社會，蓋如黃帝、伏羲、唐堯、虞舜之太平盛世的時代。

其次，虎關接受鍾嶸評論淵明爲「隱逸詩人之宗」的看法，又認爲其爲「介潔沖朴之士」，進而以其人之行與志，來概括陶詩只長「沖澹」而「非盡美」。而中國雖然亦認同淵明爲「古今隱逸詩人之宗」〔註228〕，然卻不僅只關注其「沖澹」一格，詩風亦有豪放、忠憤、高曠，特別是中國對於「沖澹」之詮解，並非僅如虎關所謂「清淡朴質」一種，而是外似朴質，內則豐美與情感之充盈，故中國誦其詩，

重んずること(3)古文を尚ぶこと。

〔註223〕　（梁）蕭統：《陶淵明集・序》，收入（晉）陶潛撰；（宋）李公煥箋註：《箋註陶淵明集》（臺北：中央圖書館，1991年），頁4。

〔註224〕　（魏）何晏集解；（梁）皇侃義疏：《論語集解義疏》（臺北：廣文書局，1968年）〈衛靈公〉第十五，頁2。

〔註225〕　（晉）陶潛撰；（宋）李公煥箋註：《箋註陶淵明集》卷5〈桃花源記并詩〉，頁206。

〔註226〕　（晉）陶潛撰；（宋）李公煥箋註：《箋註陶淵明集》卷2〈贈羊長史〉，頁87。

〔註227〕　（晉）陶潛撰；（宋）李公煥箋註：《箋註陶淵明集》卷1〈時運〉，頁36。

〔註228〕　（宋）鍾嶸：《詩品》（臺北：臺灣商務，1965年）卷中，頁10。

想其人，則以清高、介潔之人格秉性充於內，又經世事歷練，使絢爛後歸於平淡，而無斧鑿痕與煙火氣，但後人卻無法學其平淡之美，蓋因淵明之「胸次」與「氣象」不可學。

雖然虎關認爲淵明詩風萬端，其僅長一格，未能言盡美。然而，詩人各有其才氣、辭氣與情性，不可一概而論。曹丕說：「氣之清濁有體，不可力強而致」（〈典論論文〉）即指詩人對於辭氣、才氣源於先天稟賦，各有不同，故表現出來的風格亦有不同。南宋嚴羽《滄浪詩話》即嘗言及：

> 李杜二公，正不當優劣。太白有一二妙處，子美不能道；
> 子美有一二妙處，太白不能作。子美不能爲太白之飄逸，
> 太白不能爲子美之沈鬱。〔註229〕

又明代田藝蘅《香宇詩談》亦言：

> 詩類其爲人，且只如李、杜二大家：太白做人飄逸，所以
> 詩飄逸；子美做人沉著，所以詩沉著。〔註230〕

「詩類其爲人」即認爲「詩作」與「詩人」關係密切，其以李白、杜甫爲例，認爲太白爲人「飄逸」，詩亦如是；杜甫爲人之「沉著」，故詩也表現「沉著」之風。是故，無論詩如其人、字如其人，皆各有情性與本色。

綜上所述，虎關既認爲「其詩如其人」〔註231〕，對於「介潔沖朴之士」所爲的詩，自然以「朴質」、「沖澹」、「平淡」作爲相應之說，而既然是朴實無華，便「非盡美」，惟虎關亦未關注若要臻於「沖澹」、「平淡」之境，必須經歷「氣象崢嶸，采色絢爛」，繁華落盡方得見眞淳，在咀嚼中得見詩之餘韻。事實上，虎關又何嘗不知道詩人各有其才氣、辭氣與情性，否則就不會在詩學主張時，強調「才力」之不

〔註229〕（宋）嚴羽：（明）鄧原岳校：《滄浪詩話・詩評》，柳田泉舊藏，早稻田大學圖書館藏和刻本，頁15。

〔註230〕（明）田藝蘅：《香宇詩談》，收入周維德集校《全明詩話》（濟南：齊魯書社，2005年），頁1509。

〔註231〕（日）虎關師鍊：《濟北集》卷11〈濟北詩話〉。

可致。

　　對於虎關批評淵明之處，可以思索之處即在於：虎關既已博覽中國書籍，亦閱讀史書與唐宋詩文集，加之其在〈濟北詩話〉嘗引《苕溪漁隱叢話》和《詩人玉屑》之詩評，那麼，《苕溪》於《前集》中將淵明作爲唐前惟一單列立目之詩家〔註 232〕；而《後集》卷三則在〈陶靖節〉中載胡仔對鍾嶸、蕭統二人對淵明評價之看法，進而肯定蕭統之評〔註 233〕；《詩人玉屑》卷十三〈蕭統論淵明〉，亦引《苕溪》此說。〔註 234〕這些批評對淵明在人格與詩文方面皆給予高度推崇。然而，虎關之論，何以與中國詩文評有如此大的差異？筆者推勘，一則，或許可說虎關「其詩如其人」之論點，承前文探究之結果，因爲虎關的詩歌批評類型，屬於「道德批評派」，因此，追求理想完美之人格之美，故以「其人」爲首，再推而與「其詩」相較，則有其人非大賢，其詩非盡美之說。二則，或許虎關未眞正研讀淵明詩文集，因爲在虎關的論述中，不曾引用淵明的任何一首詩，更遑論能夠周全地論陶詩之風格。因此，虎關有可能僅從史書及唐宋詩文評對淵明其人其詩文中，擇取「不爲五斗米折腰」，「棄官歸園」之事，以及「隱逸詩人」的說法接受之，惟接受此說法的虎關，便依其品評標準，而對淵明提出不同看法。不過，由此亦可見虎關對於中國詩評的內容，不會亦步亦趨。

第三節　唐玄宗「薄文才、厚戲樂」說

　　虎關在〈濟北詩話〉第十四條目載「唐玄宗」事。〔註 235〕虎關以

〔註 232〕　（宋）胡仔：《苕溪漁隱叢話前集》（臺北：世界書局，2009 年）〈目錄〉，頁 1。
〔註 233〕　（宋）胡仔：《苕溪漁隱叢話後集》（臺北：世界書局，2009 年）〈陶靖節〉，頁 431。
〔註 234〕　（宋）魏慶之：《詩人玉屑》（臺北：世界書局，1970 年）卷 13〈蕭統論淵明〉，頁 281。
〔註 235〕　參附錄六〈濟北詩話〉全文。

爲唐玄宗非世人所謂賢主，而稱其「豪奢之君，兼暗于知人」〔註236〕，
以「其所厚者，婦女戲樂，其所薄者，文才官職也。」〔註237〕

　　因此，本節梳理虎關評「唐玄宗」之脈絡，將〈濟北詩話〉載唐玄宗「暗于知人」、「薄文才」者，以薛令之、孟浩然、李白爲例。虎關以「薛令之」、「孟浩然」、「李白」爲例，或許受到中國詩話影響，如北宋陳巖肖《庚溪詩話》中論唐玄宗事，即舉「薛令之」〈自悼〉詩、「孟浩然」〈歲暮歸南山〉詩爲例。〔註238〕又《古今詩話》中載〈明皇題詩〉、〈李白清平調詞〉、〈不才明主棄〉。〔註239〕或許亦得自史書，如《新唐書》。因虎關於《濟北集·通衡之五》嘗引《新唐書·韓愈傳贊》〔註240〕，而李白生平事迹亦載於《新唐書》卷二百二，孟浩然之事則見《新唐書》二百三，若薛令之則見卷一九六。是以，虎關眾覽博書，或者史書及詩話相互參看，因此，亦非絕然非此即彼。另外，虎關言玄宗爲「豪奢之君」、「厚戲樂」則以建「沉香亭」、營「梨花園」爲例。然而，唐玄宗是否眞的如虎關之評論，爲「豪奢之君，兼暗于知人」，只知「厚戲樂」？本節茲綜合詩史、詩歌，先分述薛令之、孟浩然，以及李白之事後，再綜合評析之。

一、薛令之

　　薛令之（西元683～756），字君珍，號明月先生，唐朝人，福建長溪縣（今福安）人，著有《明月先生集》。虎關載薛令之事迹爲：

　　開元之間，東宮官僚清冷，薛令之爲右庶子，題詩于壁曰：

　　「朝日上團團，照見先生盤。盤中何所有？首蓿長闌干。

〔註236〕（日）虎關師鍊：《濟北集》卷11〈濟北詩話〉。
〔註237〕（日）虎關師鍊：《濟北集》卷11〈濟北詩話〉。
〔註238〕（宋）陳巖肖：《庚溪詩話》（北京：中華書局，1985年）卷下，頁16。
〔註239〕（宋）李頎：《古今詩話》，收入《宋詩話輯佚》卷上（臺北：華正書局，1981年）。〈明皇題詩〉，頁112、〈李白清平調詞〉，頁213、〈不才明主棄〉，頁215。
〔註240〕（日）虎關師鍊：《濟北集》卷20〈通衡之五〉。

飯澁匙難綰，羹稀筯易寬。無以謀朝夕，何由保歲寒。」

明皇行東宮見之，書其傍曰：「啄木觜距長，鳳凰毛羽短。

若嫌松桂寒，任逐桑榆暖。」依此令之謝病，歸。〔註241〕

虎關記薛令之事，筆者欲從三方面論述，其一為薛令之其人之背景；其二為薛令之與玄宗題詩之情狀；其三為薛令之謝病而歸之去從。又因令之其人其事，在中國文獻中，多有記載，故可補充虎關未詳之處。

（一）薛令之其人之背景

虎關提及「開元之間」，時令之為「右庶子」。「右庶子」為職官名，即太子宮官員之一，主要負責太子教育之事。《通典・職官》載：「古者，天子有庶子之官」〔註242〕，唐代設左庶子及右庶子。

南宋朱勝非《紺珠集》則記：「薛令之，開元中為右庶子。」〔註243〕清代鄭方坤在《全閩詩話》中亦載，其言：

（薛令之）開元中遷右庶子，與賀知章並侍肅宗東宮，知

章自右庶子遷賓客，授秘書監，而令之以右補闕兼侍讀，

積歲不遷，又官次清淡。〔註244〕

虎關提及「開元之間」，令之為「右庶子」一說，朱勝非、鄭方坤所載皆相同，惟其所言「開元之間」，指陳應同為「開元中」。又《新唐書》載：「薛令之兼侍讀。」〔註245〕鄭氏在《全閩詩話》中亦說：「令之以右補闕兼侍讀」，此說為其他人所未言，「右補闕兼侍讀」與「右庶子」一職關係為何？筆者於下作一闡述。

〔註241〕　（日）虎關師鍊：《濟北集》卷11〈濟北詩話〉。

〔註242〕　（唐）杜佑：《通典》（北京：中華書局，1988年）卷30〈太子庶子〉，頁7。

〔註243〕　（宋）朱勝非：《紺珠集》卷9，收入任繼愈；傅璇琮總主編：《文津閣四庫全書》（北京：商務印書館，2005年），頁152。

〔註244〕　（清）鄭方坤：《全閩詩話》，收入《欽定四庫全書》（上海：上海古籍，1987年）卷一「薛令之」條，頁1486～4。

〔註245〕　（宋）歐陽修；（宋）宋祁等撰：《新唐書》（臺北：臺灣中華，1971年）卷196〈薛令之〉，頁7。

　　開元時期（西元 713～741），唐玄宗李隆基在位，勵精圖治，時
有「貞觀之風，一朝復振」之譽。清代王夫之即言：「開元之盛，漢
宋莫及焉。」杜甫亦對盛唐氣象有所描繪，其於〈憶昔〉一詩曰：「憶
昔開元全盛日，小邑猶藏百家室。稻米流脂粟米白，公私倉廩俱豐實。」
由此可見，開元全盛時期，民生物資充盈無虞。然而，當時何能得此
盛世？

　　首先，玄宗反對官場奢靡，開元二年（西元 714）下詔曰：「乘
輿服御，金銀器玩，宜令有司銷毀，以供軍國之用；其珠玉、錦繡，
焚于殿前；后妃以下，皆毋得服珠玉錦繡」〔註 246〕，同時「罷兩京
織錦坊」〔註 247〕。又為了解農民生產之狀況，而在苑中親自種麥，
其對太子等人說：「此所以薦宗廟，故不敢不親，且欲使汝曹知稼穡
艱難耳。」〔註 248〕

　　其次，玄宗重賢人，裁冗吏。開元時期，任用姚崇、宋璟為宰相，
「（姚元之）抑權倖，愛爵賞，納諫諍，卻貢獻，不與群臣褻狎。」
〔註 249〕而「璟為相，務在擇人，隨材授任，使百官各稱其職；刑賞
無私，敢犯顏直諫，上甚敬憚之，雖不合意亦曲從之。」〔註 250〕此
二人從刑法、用人、賦稅等方面提出建議玄宗予以接納並實行。北宋
司馬光嘗稱許姚、宋二人，其言：

　　　　姚、宋相繼為相，崇善應變成務，璟善守法持正；二人
　　　　志操不同，然協心輔佐，使賦役寬平，刑罰清省，百姓

〔註 246〕　（宋）司馬光著；胡三省注：《資治通鑑》（臺北：天工，1988 年）
　　　　　　卷 211〈唐紀二十七・玄宗〉，頁 446。
〔註 247〕　（宋）司馬光著；胡三省注：《資治通鑑》（臺北：天工，1988 年）
　　　　　　卷 211〈唐紀二十七・玄宗〉，頁 447。
〔註 248〕　（宋）司馬光著；胡三省注：《資治通鑑》（臺北：天工，1988 年）
　　　　　　卷 214〈唐紀三十・玄宗〉，頁 508。
〔註 249〕　（宋）司馬光著；胡三省注：《資治通鑑》（臺北：天工，1988 年）
　　　　　　卷 210〈唐紀二十六・玄宗〉，頁 438。
〔註 250〕　（宋）司馬光著；胡三省注：《資治通鑑》（臺北：天工，1988 年）
　　　　　　卷 211〈唐紀二十七・玄宗〉，頁 459。

富庶。唐世賢相，前稱房、杜，後稱姚、宋，它人莫得

比焉。〔註251〕

司馬光以爲姚崇、宋璟各有長才與志操，然同心輔佐玄宗，使政治
清明，百姓富庶。故將姚、宋二人與唐太宗時的賢相房玄齡、杜如
晦並稱。另外，玄宗亦恢復諫官議政制度，其對諫言有著「朕非惟
能容之，亦能行之。」之氣度。薛令之約莫在此時任「補闕」諫官
一職。〔註252〕《唐六典》載「補闕」曰：

> （唐）垂拱中因其義而創立四員，左右各二焉。天授（武
> 則天年號）初，左右各加三員，通前爲十員。神龍初依舊，
> 各置二人，其才可則登，不拘階敍，又置內供奉，無員數，
> 才職相當，不待闕而授，其資望亦與正官同。……左補闕、
> 拾遺掌供奉諷諫。〔註253〕

唐制設「補闕」一職，分爲左右補闕，當爲規諫皇帝及其政事，亦兼
有彈劾百官之權。當時玄宗「嗣高祖、太宗之業，舉貞觀、開元之政，
思理不遑食，從諫如順流。」因此，薛令之在此時受到重用，唐玄宗
嘗命薛令之作「吟屈軼草」詩，曰：「託蔭生楓庭，曾驚破膽人。頭
昂朝聖主，心正效忠臣。節義歸城下，奸雄遁海濱。綸言爲草芥，臣
謂國家珍。」（〈唐明皇命吟屈軼草〉）

　　「屈軼草」據《宋書》載：「有屈軼之草生於庭，佞人入朝，則
草指之。」意即「屈軼草」爲古時傳說中的植物，能指出朝中之佞人，
故「屈軼草」可作爲諫官人格之象徵。「綸言」作爲皇帝所言之語，
然令之有意以皇帝認爲「屈軼草」僅是草芥的說法，進而強調「屈軼
草」是國家珍寶，目的蓋爲說明諫官之重要性，同時諫官應具有忠誠、

〔註251〕（宋）司馬光著；胡三省注：《資治通鑑》（臺北：天工，1988 年）
　　　　卷 211〈唐紀二十七・玄宗〉，頁 459～460。

〔註252〕（宋）王讜撰；周勛初校證：《唐語林校證》卷 5（北京：中華書局，
　　　　1987 年），頁 451。

〔註253〕（唐）玄宗御撰；（唐）李林甫等奉敕注：《大唐六典》（江戶：出
　　　　雲寺金吾，1836 年）早稻田大學圖書館藏，卷 8，頁 9～10。

正直的品格，亦有警示奸佞之臣之效。

　　至開元二十六年（西元 738），玄宗舉行冊封太子一事，李亨始入主東宮。〔註 254〕因此，虎關與歷來對於令之在「開元之間」任「右庶子」一職，即爲在開元二十六年之後的事。

　　承前所述，清代鄭方坤在《全閩詩話》中提及薛令之與賀知章「並侍肅宗東宮」而「知章自右庶子遷賓客，授秘書監。」然「令之以右補闕兼侍讀，積歲不遷，又官次清淡。」〔註 255〕在此可知，薛令之與賀知章，自開元中即爲肅宗之「侍讀」，「侍讀」與「右庶子」同屬東宮官員之一，負責陪侍皇子讀書論學，講授經史，然其職級不高，北宋陳巖肖於《庚溪詩話》中有言：「薛令之爲東宮侍讀，別無吏職，而俸廩甚薄。」〔註 256〕爾後，知章受拔擢爲「太子賓客」一職，又授「秘書監」，掌邦國經籍圖書等事，而令之則以「補闕兼侍讀」，積歲不遷，故爲清貧。

（二）薛令之與玄宗題詩之較

　　玄宗在開元二十二年（西元 734）至天寶十一載（西元 752），任李林甫爲宰相，李林甫此時即欲消弱諫官議政制度，亦對於朝中人士「凡才望功業出己右及爲上所厚，勢位將逼已者必百計去之，尤忌文學之士，或陽與之善，啗以甘言而陰陷之。世謂李林甫口有蜜，腹有劍。」〔註 257〕。又李林甫因冊立太子一事，而「恐異日爲己禍，常有動搖東宮之志」〔註 258〕，故開始約束東宮之事，使東宮官員生活

〔註 254〕　（後晉）劉昫等撰：《舊唐書》（臺北：藝文印書館，1972 年）卷108〈韋見素傳〉，頁 1618～1619。

〔註 255〕　（清）鄭方坤：《全閩詩話》，收入《欽定四庫全書》（上海：上海古籍，1987 年）卷一「薛令之」條，頁 1486～4。

〔註 256〕　（宋）陳巖肖：《庚溪詩話》（北京：中華書局，1985 年）卷下，頁16。

〔註 257〕　（宋）司馬光著；胡三省注：《資治通鑑》（臺北：天工，1988 年）卷215〈唐紀三十一・玄宗〉，頁 534。

〔註 258〕　（宋）司馬光著；胡三省注：《資治通鑑》（臺北：臺灣商務，1967年）卷215〈唐紀三十一・玄宗〉，頁 2108。

清苦。南宋朱勝非《紺珠集》指出其時「官僚清淡」〔註259〕，《新唐書》則載：「時東宮官積年不遷，令之書壁望禮之薄」〔註260〕是故，嘗題詩于壁曰：

> 朝日上團團，照見先生盤。盤中何所有？苜蓿長闌干。
>
> 飯澀匙難綰，羹稀筋易寬。只可謀朝夕，何由保歲寒。

〔註261〕

令之作爲東宮官員之清苦、清淡，由盤中所見僅「苜蓿」雜亂長如闌干交錯，而「飯澀」、「羹稀」之貧乏，又該如何生活？此詩看似牢騷語，然對於忠言直諫的令之而言，又何嘗不是對玄宗在開元末怠於政事，任用佞臣等作爲諷諫，小至東宮清貧「只可謀朝夕」，大至朝政腐敗而「只可謀朝夕」。然而，玄宗見之未容之，更未行之，反而於詩旁，索筆續之曰：

> 啄木觜距長，鳳凰毛羽短。若嫌松桂寒，任逐桑榆暖。

〔註262〕

玄宗此詩，大抵有託物以喻薛令之人格之處。蓋物性是自然本質，人之德性亦是自然本性，故詩歌中常取物象擬譬德行。若「啄木鳥」，《禽經》云：「鴷志在木」，而晉代左芬〈啄木詩〉「南山有鳥，自名啄木。飢則啄樹，暮則巢宿。無干於人，惟志所欲。」〔註263〕故詠啄木鳥者，有不慕榮利，無所求於人，依志而行事之意；亦有寄喻其除蠹之特性，卻又擇樹而啄，北宋梅堯臣〈彼鴷吟〉曰：「斷木喙雖長，不啄柏與松。

〔註259〕　（宋）朱勝非：《紺珠集》卷9，收入任繼愈；傅璇琮總主編：《文津閣四庫全書》（北京：商務印書館，2005年），頁152。

〔註260〕　（宋）歐陽修；（宋）宋祁等撰：《新唐書》（臺北：臺灣中華，1971年）卷196〈薛令之〉，頁7。

〔註261〕　《全唐詩》原詞爲「只可」（一作「無以」），詳參（清）聖祖御定：《全唐詩》（臺北：文史哲，1987年）卷215〈自悼〉，頁2247。

〔註262〕　（宋）王讜撰：周勛初校證：《唐語林校證》卷5（北京：中華書局，1987年），頁451。

〔註263〕　（明）鍾伯敬、譚元春評選；（明）劉戟重訂：《古詩歸》（明萬曆四十五年（西元1617）刊本）卷8，頁13。

松柏本堅直，中心無蠹蟲」〔註264〕。若「鳳凰毛羽短」則此以「鳳凰」
指德才高尚之人，卻以「毛羽短」表其無法展現其志，如明代周瑛〈送
陳白沙歸南海〉其三曰：「我欲爲鳳凰，毛羽苦未齊。我欲爲醯雞，甕
底不可棲。人生各有志，豈宜自束縛。願言從鳳凰，萬里翔寥廓。」
玄宗以「啄木」二句，將物之特性，喻薛令之志向、志趣無法伸展，
國政亦無須除蠹，那麼，身爲諫官的令之，自然無須再留任。因此，
再以「若嫌松桂寒，任逐桑榆暖」暗示薛令之可以隱居田園以展其志。
依《佩文齋詠物詩選》之物類，以「松」託喻有節操之人〔註265〕；「桂」
喻以德自守的君子〔註266〕。是故，玄宗此詩一方面透露薛令之有自命
清高之意，而欲遣令之歸園田去，另一方面玄宗對於令之的才德品性
尚持肯定，故以忠貞高潔之物性以喻令之其德與志。可見玄宗並非虎
關所謂暗於知人，只是朝政日漸廢弛，力有未逮，偶有識人未明，不
耐直諫，其言「任逐桑榆暖」不免貽人「薄人才」口實。

（三）薛令之謝病而歸之去從

薛令之看到玄宗所題「任逐桑榆暖」之意後，「依此令之謝病，
歸。」〔註267〕南宋朱勝非《紺珠集》中載：「令之乃謝病。」〔註268〕
而《新唐書》亦說：「令之即棄官徒步歸鄉里」〔註269〕令之最終選擇
託病辭官而「徒步歸鄉里」〔註270〕，其「徒步」東歸正好視其爲官

〔註264〕（宋）梅堯臣：《宛陵詩鈔》，收入《宋詩鈔》，州錢：吳氏鑑古堂，
　　　　康熙十年（1671年）序，土岐善麿舊藏，早稻田大學圖書館藏，頁
　　　　4。
〔註265〕（清）張玉書等編錄：《御定佩文齋詠物詩選》（臺北：廣文書局，
　　　　1960年），頁4969～4998。
〔註266〕（清）張玉書等編錄：《御定佩文齋詠物詩選》（臺北：廣文書局，
　　　　1960年），頁5551～5562。
〔註267〕（日）虎關師鍊：《濟北集》卷11〈濟北詩話〉。
〔註268〕（宋）朱勝非：《紺珠集》卷9，收入任繼愈；傅璇琮總主編：《文
　　　　津閣四庫全書》（北京：商務印書館，2005年），頁152。
〔註269〕（宋）歐陽修；（宋）宋祁等撰：《新唐書》（臺北：臺灣中華，1971
　　　　年）卷196〈薛令之〉，頁7。
〔註270〕（清）鄭方坤：《全閩詩話》，收入《欽定四庫全書》（上海：上海

多年廉潔之證明。

　　令之回歸鄉里後，「玄宗聞其貧，命有司資其歲賦，令之量受而已。」〔註271〕玄宗令官吏「資以歲賦」之舉，說明其對令之仍感關懷，惟令之「量受而已」，未嘗多取，再以此展現其清廉之舉。

　　直至廣德元年（西元763），安史之亂平定。肅宗即位，「以舊恩召，而令之已前卒」〔註272〕。肅宗得知此訊，為之惋惜，故為嘉惠其廉，而「因敕其村曰：『廉村』，水曰：『廉溪』。」〔註273〕

　　要之，北宋陳巖肖《庚溪詩話》中所說，大抵可為玄宗概括其執政前後之異同，其言：

　　　　唐明皇初好賢樂士，殊有帝王之志，遂致開元之治及其晚

　　　　節信讒好佞，遽改初志，遂致天寶之亂。〔註274〕

　　而虎關亦針對薛令之的事迹，作了總結，其說：

　　　　唐史云：「開元時，米斗五錢，國家富贍，然東宮官僚，何

　　　　冷至此邪？」有司不暇恤乎？明皇若或聞之，須大驚督譴。

　　　　儻自見，盍斥有司，勵僚屬，而徒賦閑詩聽謝歸乎？〔註275〕

虎關所謂「唐史」，指的應為《新唐書》，而「薛令之」事可見卷一九六。然而，開元盛世，國家富饒，然何以東宮官僚之清冷？虎關以為若玄宗聽聞官吏不及救濟其清苦，應該做的即是督促且譴責官吏未盡之處，然而，若玄宗能有辨才識人的賢德之心，若能明廉潔之人，又何以會造成令之「徒賦閑詩聽謝歸」之事。虎關以薛令之一事，證明

　　　　古籍，1987年）卷一「薛令之」條，頁1486～5。

〔註271〕（清）鄭方坤：《全閩詩話》，收入《欽定四庫全書》（上海：上海古籍，1987年）卷一「薛令之」條，頁1486～5。

〔註272〕（宋）歐陽修；（宋）宋祁等撰《新唐書》（臺北：臺灣中華，1971年）卷196〈薛令之〉，頁7。

〔註273〕（清）鄭方坤：《全閩詩話》，收入《欽定四庫全書》（上海：上海古籍，1987年）卷一「薛令之」條，頁1486～5。

〔註274〕（宋）陳巖肖：《庚溪詩話》（北京：中華書局，1985年）卷下，頁16。

〔註275〕（日）虎關師鍊：《濟北集》卷11〈濟北詩話〉。

玄宗「暗于知人」又「薄文才」。

　　承上之論，若從第二章第一節來看虎關所處時代，在政治、社會變革方面，隨著政權移轉，從擁有傳統文化的貴族公卿，轉至鎌倉、室町時期，由武士掌握實權的新時代，以致文教之風不再盛行，貴族文人亦不受重用，上村觀光《五山文學小史》即明確指出：

> 五山時期正值戰亂頻仍，文教極度頹喪，而五山僧侶仍能
> 超然於世俗之外，維持文哲之思緒，無疑是五山學僧之力
> 所致。〔註276〕

上村從政治、社會現況直指問題，亦凸顯文教之頹喪。雖然其提及五山禪僧幸能維持文哲之思緒，然而，政治實權掌握在武人手上卻又是當時大環境的限制，虎關從當時歷史文化角度作為思索，以中國唐代本事詩作為省思與借鑑，自然言之成理。

二、孟浩然

　　孟浩然（西元689～740），名浩，字浩然，號鹿門處士，唐朝人，為襄州襄陽（今湖北襄陽）人，又稱「孟襄陽」。虎關載孟浩然以「不才明主棄，多病故人疏」之詩句，而使玄宗「因命歸終南山」，虎關說：

> 王維侍金鑾殿，孟浩然潛往商較風雅，玄宗忽幸維所，浩
> 然錯愕伏牀下，維不敢隱，明皇欣然曰：「素聞其人，因得
> 召見。」詔念詩：「北闕休上書，南山歸舊閭。不才明主棄，
> 多病故人疏。」明皇憮然曰：「朕未曾棄人，自是卿不求進。
> 奈何有此作？」因命歸終南山。〔註277〕

〔註276〕（日）上村觀光：《五山文學小史》，收入（日）上村觀光：《五山文學全集》別卷（京都：思文閣出版社，1992年），頁4。
　　　　原文：蓋し當時戰亂相尋ぎて、文教の頹廢も亦極れり。此際、風塵の外に超然として、文權を既廢の餘に維持したるは、疑ひもなく五山學僧の力にして。

〔註277〕（日）虎關師鍊：《濟北集》卷11〈濟北詩話〉。

虎關載孟浩然之事，可與《新唐書・文藝傳・孟浩然傳》相互參看，
〈本傳〉言：

> 維私邀入內署。俄而玄宗至，浩然匿牀下，維以實對。帝喜
> 曰：「朕聞其人而未見也，何懼而匿？」詔浩然出。帝問其
> 詩，浩然再拜，自誦所爲，至「不才明主棄」之句，帝曰：
> 「卿不求仕而朕未嘗棄卿，奈何誣我？」因放還。〔註278〕

虎關與《新唐書》皆提及壬維在宮內待詔，卻私邀孟浩然入內署，遇
玄宗至，浩然匿伏床下，王維告知而浩然出。當時玄宗實有愛才之心，
因此才言「素聞其人」，進而「因得召見」。玄宗「問其近所作詩，浩
然再拜，自誦〈歲暮歸山〉詩」〔註279〕，詩曰：

> 北闕休上書，南山歸敝廬。不才明主棄，多病故人疎。
> 白髮催年老，青陽逼歲除。永懷愁不寐，松月夜窗虛。
>
> 〔註280〕

浩然誦至結句，玄宗以爲「不才明主棄」是浩然暗指其不知用人，故
說：「朕未曾棄人，自是卿不求進。奈何有此作？」虎關載「奈何有
此作？」口氣稍緩，扣其前文，以「明皇憮然」之神情，表現驚愕與
莫名之感。而〈本傳〉則口氣不悅說：「卿不求仕而朕未嘗棄卿，奈
何誣我？」一「誣」字，則可見玄宗以爲浩然直接將「不識才」的過
錯，推委予玄宗。玄宗怒之，故將浩然放還，歸終南山，甚至「不復
見錄」〔註281〕。

　　此事因〈歲暮歸南山〉一詩而起，故本節先推勘其詩意，再補述
虎關批評並比較之。

〔註278〕　（宋）歐陽修；（宋）宋祁等撰：《新唐書》（臺北：藝文印書館，
　　　　　1972年）卷203〈孟浩然〉，頁2308～2309。

〔註279〕　（宋）陳巖肖：《庚溪詩話》（北京：中華書局，1985年）卷下，頁
　　　　　16。

〔註280〕　（唐）孟浩然：《孟浩然詩集》，文久四年（1864年），國立國會圖
　　　　　書館藏，〈歲暮歸終南山〉，頁28。

〔註281〕　（宋）陳巖肖：《庚溪詩話》（北京：中華書局，1985年）卷下，頁
　　　　　16。

此詩爲浩然賦歸之作。首聯記事，以作爲朝廷別稱的「北闕」與
「南山」相對，正因北闕無法上書，不如歸隱南山之「敝廬」。頷聯
則訴說原由，當因自己不才，以致未得聖明皇上的重用；又因身子多
病懶散，所以知交的故友亦日漸疏遠。詩至頸、末二聯則寫景兼抒情。
「白髮」與「青陽」相對，一以年歲之逝去，一以春日之到來；一如
落日之將沈，一如初升之朝陽，以二者對比，亦代表面對世間的生與
老、榮與辱，都無法逃離「催」與「逼」之命運，無力改變世情之變
化。而內心那份愁緒積鬱於心，以致久而不寐，因爲不寐，得見松間
月映照空寂的窗扉，此情此景交融，又何嘗不是凸顯「虛」之意，松
月不獨照見窗扉虛寂，亦是仕途之虛寂，更作內心之空虛。清代高步
瀛在《唐宋詩舉要》指出：「結句意境深妙」〔註282〕如此，言有盡而
意無窮。

南宋王之望〈上宰相書〉嘗提及：

　　孟浩然在開元中詩名亦高，本無宦情，語亦平淡。及「北
　　闕」、「南山」之詩，作意爲憤躁語，此不出乎情性，而失
　　其音氣之和，果終棄於明主。〔註283〕

王之望說浩然「詩名亦高，本無宦情」，此說可從《新唐書》〈本傳〉
中得見：

　　採訪使韓朝宗約浩然偕至京師，欲薦諸朝。會故人，至劇
　　飲歡甚。或曰：「君與韓公有期。」浩然叱曰：「業已飲，
　　遑恤他？」卒不赴。朝宗怒，辭行。浩然不悔也。〔註284〕

〈本傳〉所載，浩然推辭韓朝宗欲引其薦諸朝的機會，而不悔。然王
氏接著則說浩然詩語本是平淡，〈歲暮歸南山〉詩句卻「作意爲憤躁

〔註282〕　（清）高步瀛：《唐宋詩舉要》（上海：上海古籍，1992年）卷4，
　　　　　頁442。
〔註283〕　（宋）王之望：《漢濱集》（臺北：臺灣商務，1986年）卷9〈上宰
　　　　　相書〉，頁777。
〔註284〕　（宋）歐陽修；（宋）宋祁等撰：《新唐書》（臺北：臺灣中華，1971
　　　　　年）卷203〈孟浩然〉，頁3。

語」而「失其音氣之和」，終遭棄。然而，浩然眞的無宦情嗎？其嘗有〈望洞庭上張丞相〉一詩，詩曰：「欲濟無舟楫，端居恥聖明。坐觀垂釣者，徒有羨魚情。」希求張丞相汲引，張丞相賞其才，招孟浩然入幕，浩然便以〈荊門上張丞相〉詩表心意。是故，孟浩然自身並未全然無任仕途之意，惟若未得「知音」，寧「還掩故園扉」。清代紀昀亦評：

> 三、四亦儘和平，不幸而遇明皇爾。或以爲怨怒太甚，不
> 及老杜「官應老病休」句之溫厚。〔註285〕

紀昀認爲「不才明主棄，多病故人疏。」二句當是平和之語，惟遇玄宗不明其詩，以爲孟浩然「怨怒太甚」，怪罪於玄宗不識才，因此遭放還。若浩然能像杜甫因休官致仕，於舟中感懷所作〈旅夜書懷〉之「官應老病休」詩句般溫厚委婉，大概不致使龍顏不悅。事實上，「不才明主棄，多病故人疏。」蓋藏怨悱之語，而言「明主」，實爲此主「不明」，否則怎未得詔見。北宋魏泰以爲〈歲暮歸南山〉爲放歸時所作，其云：

> 孟浩然入翰苑，訪王維，適明皇駕至，浩然倉皇伏匿，維
> 不敢隱而奏知。明皇曰：「吾聞此人久矣」，召使進所業。
> 浩然誦「北闕休上書，南山歸敝廬。不才明主棄，多病故
> 人疎。」明皇曰：「我未嘗棄卿，卿自不求仕，何誣之甚也！」
> 因命放歸襄陽。〔註286〕

而當孟浩然返歸時則作〈留別王維〉一詩，詩云：

> 寂寂竟無待！朝朝空自歸。欲尋芳艸去，惜與故人違。
> 當路誰相假？知音世所稀。祇因守寂寞，還掩故園扉。
>
> 〔註287〕

〔註285〕　（元）方回選評；李慶甲集評校點：《瀛奎律髓彙評》中（上海：
　　　　　上海古籍，2005 年）卷 23〈閒適類・歸終南山〉，頁 934。
〔註286〕　（宋）魏泰：《臨漢隱居詩話》（上海：古書流通處，1921 年），頁
　　　　　10。
〔註287〕　（唐）孟浩然：《孟浩然詩集》，文久四年（1864 年），國立國會圖

孟浩然此詩表明心境何必「空待」，既然當道不合時宜，知音又難尋，那麼不如歸去，惟不捨與故友王維之別情。此詩在頷、頸二聯，流露出惜別與不遇之意，世間既難得相知之人，亦不強求，幸得自己甘守寂寞，以歸故園掩扉自在。然詩中不免流露出懷才不遇之感，如同〈歲暮歸南山〉中「不才明主棄」句。

　　承此詩之意，浩然謂「不才」一詞，除作為自身謙詞外，亦兼及未遇伯樂之慨。虎關言及「不才明主棄者，自責之句也。」〔註288〕此「自責」說，若以浩然真的認為自己不才，而未為「明主」賞識，大抵可作為自責之語。然而，如前所述，「不才」句實有怨悱之情，否則亦不會「欲濟無舟楫，端居恥聖明」而「徒有羨魚情」了。誠如黃生《唐詩矩》云：「此詩未免怨」〔註289〕因此，孟浩然之自責，實有不遇之意。虎關接著又說：

> 夫士之負才也，不待進而承詔者有之，待進而承詔者有之。
> 不待進而承詔者，上才也；待進而承詔者，中才也。浩然
> 以中才望上才，故託句而自責。言上才者，不待進而有詔，
> 浩然未奉詔，是為明主所棄也。明皇少詩思，卻咎浩然，
> 可笑！〔註290〕

虎關認為一般懷才之人，分成二種：一為「不待進而承詔者」，此為「上才」之人；二為「待進而承詔者」，此為「中才」之人。而浩然因有「不才明主棄」之句，以表明「待進」之心，而又因匿於王維床下，而承玄宗之詔，故為「中才」之人。實則，虎關言浩然「以中才望上才，故託句而自責」，自是作為浩然原欲「不待進而有詔」，但是卻遲遲「未奉詔」，故作「不才明主棄」詩，方能明「待進」之心。因此，虎關認為浩然「未奉詔」，即是「明主所棄」，惟玄宗不懂浩然

書館藏，〈留別王維〉，頁28。
〔註288〕　（日）虎關師鍊：《濟北集》卷11〈濟北詩話〉。
〔註289〕　（清）黃生：《唐詩矩》卷2〈歲暮歸南山〉，收入《黃生全集》第四冊（合肥：安徽大學出版社，2009年），頁44。
〔註290〕　（日）虎關師鍊：《濟北集》卷11〈濟北詩話〉。

言外之意，而歸咎於孟浩然，故虎關以「可笑」嗤之！虎關又提及：

　　因此而言，玄宗非不嘗愛才，又不知詩矣。〔註291〕

再說：

　　玄宗自言，素聞其人，其才可測，不細思詩句，卻疏之。

　　〔註292〕

事實上，虎關不否認玄宗「識才」，因爲玄宗「素聞」孟浩然，可知浩然之才高，而玄宗亦有意承詔。惟虎關認爲玄宗未明浩然詩句，非但不悅，而且命其歸返終南山，終不復見，玄宗此舉，便是「不愛才」又「薄文才」。

　　北宋陳巖肖《庚溪詩話》評玄宗曰：

　　孟浩然因王維私邀至内直，俄而上至，浩然匿之。……明

　　皇之褊而不容，本無人君之量。然則開元之初，亦矯情強

　　勉而爲之者也。〔註293〕

陳巖肖批評玄宗心胸狹窄，無人君之量，正是針對玄宗以爲浩然誣罔之說而致。然而，陳氏省視開元之初，玄宗識才用賢，恢復諫官議政制度，理當有人君之氣度，然經浩然此事，則否定玄宗能容人用才，甚以爲昔日之爲，乃矯情勉強爲之，此評又爲太過。

　　綜合上述，虎關批評唐玄宗與孟浩然之事，和中國文史所載有何異同？以下即歸納爲三點。

　　其一：孟浩然詩「不才明主棄」之解讀同中有異。

　　虎關以此句爲「自責」語，未提「怨悱」之意，因其欲凸顯對玄宗「不知詩」與「薄文才」之評價；若從浩然詩無怨怒意著手，方得在批駁玄宗時得理而爲之。中國詩話則言浩然有「怨」，且「怨怒太甚」，作「憤躁語」，乃從浩然創作時代背景及詩意而發，得見浩然之

〔註291〕　（日）虎關師鍊：《濟北集》卷11〈濟北詩話〉。

〔註292〕　（日）虎關師鍊：《濟北集》卷11〈濟北詩話〉。

〔註293〕　（宋）陳巖肖：《庚溪詩話》卷下（北京：中華書局，1985年），頁16。

詩情，而玄宗「知詩」，才會言「誣」，因「薄文才」，才會「放還」。因此，虎關與中國詩話相同之處，則是唐玄宗的「薄文才」，但就「知不知詩」而言，虎關評玄宗「不知詩」，而中國詩話以玄宗「知詩」，正凸顯浩然言外之意。

其二：對於唐玄宗責孟浩然用字之口吻相異。

虎關語氣稍緩，以「憮然」、「奈何有此作」，表現驚訝、無奈且莫名之口吻，因此承接而下的是玄宗「『命』歸終南山」，以皇上諭令，直指浩然去處，呼應其語氣緩，而用理性的思維作結。中國文史，則作激憤語，以「誣」字，表現受冤而怨之口吻，故而承玄宗之說，直言「因放還」、「不復見錄」，此皆可作爲玄宗以感性情緒之詞作結。

其三：虎關依此事提出之見解，中國詩話無。

虎關緣此事，進而將懷才之人，分成「不待進而承詔者」，爲「上才」之人，和「待進而承詔者」，爲「中才」之人的說法。虎關以此爲依據去解讀唐玄宗對孟浩然之作爲，得浩然「未奉詔」是「明主所棄」之故，以此論點再次強調唐玄宗「不知詩」與「薄文才」之意。

三、李白

玄宗不養才，除了前述「薛令之」和「孟浩然」之外，虎關又以「李白」爲例。李白（西元 701～762），字太白，號青蓮居士，唐朝人，有《李太白集》傳世。關於李白，虎關說：

> 李白進〈清平調〉三詩，眷遇尤渥，而高力士以靴怨譖妃子，依之見黜，嗟乎！玄宗之不養才者多矣，昏于知人乎？建「沉香亭」賞妃子，營「梨花園」縱姪樂，鬥雞舞馬之費，其侈靡不可言矣！何厚彼而薄此乎？〔註294〕

虎關這一段話，爰從三個方面來探究。首先，以玄宗賞妃子、縱姪樂作爲背景敘述；其次，探知高力士以靴怨譖妃子一事；復次，考察李白〈清平調〉三詩之思想內涵，最後則歸結玄宗不養才、昏知人、賞

〔註294〕 （日）虎關師鍊：《濟北集》卷 11〈濟北詩話〉。

妃子、縱婬樂，致使敗國蠱賢。虎關之說，是否信而有徵？此分三小節續探之。

（一）玄宗賞妃子、縱婬樂

　　開元初期的唐玄宗，勵經圖治，知人善任，賞罰分明，以諫律己，因此，方得「開元盛世」。然，開元後期，於內，將政權委任李林甫、楊國忠等奸臣，於外，則重用安祿山等人，使得朝政日漸衰敗。

　　玄宗除了任用奸臣為相，其亦耽溺美色，天寶三載（西元744），以楊氏為女官，號「太真」〔註295〕。天寶四載（西元745），冊楊太真為「貴妃」。然而，不僅楊貴妃受寵，其三個姐姐各有才色，亦賜府邸於京師，並承恩寵，受封為韓國、虢國、秦國三夫人。楊貴妃性機警，善承玄宗之意，方能「後宮佳麗三千人，三千寵愛在一身。」杜甫〈哀江頭〉亦有：「昭陽殿裡第一人，同輦隨君侍君側。」《資治通鑑》亦記載：

> 楊貴妃方有寵，每乘馬則高力士執轡授鞭；織繡之工專供貴妃院者七百人，中外爭獻服器珍玩。嶺南經略使張九章，廣陵長史王翼，以所獻精美，九章加三品，翼入為戶部侍郎；天下從風而靡。民間歌之曰：「生男勿喜女勿悲，君今看女作門楣。」妃欲得生荔支，歲命嶺南馳驛致之，比至長安，色味不變。〔註296〕

從《資治通鑑》中所載，楊貴妃受寵可由三方面觀之。一則，貴妃乘馬，高力士專為執轡授鞭；二則，為貴妃織繡服裝者，多達七百人，且朝野內外爭相獻上器物珍寶，張九章、史王翼因所獻物品精美而封官加爵，官吏競相仿效；三則，貴妃喜食嶺南荔枝，故年年以驛馬自

〔註295〕　《新唐書・本紀・第五・睿宗玄宗》：開元二十八年（西元740）正月癸巳……十月甲子，幸溫泉宮。以壽王妃楊氏為道士，號「太真」。詳參（宋）歐陽修；（宋）宋祁等撰：《新唐書》（臺北：藝文印書館，1972年）卷5〈本紀・第五・睿宗玄宗〉，頁88。
〔註296〕　（宋）司馬光著；胡三省注：《資治通鑑》（臺北：天工，1988年）卷215〈唐紀三十一・玄宗〉，頁544。

嶺南飛馳送達，時則色、味皆不變。因此，當時民間傳唱：「生男勿喜女勿悲，君今看女作門楣。」於此可知，玄宗寵愛貴妃之事，廣爲人知。

　　玄宗爲能與貴妃有一避暑之地，故以名貴的沉香木建築了「沉香亭」。又因玄宗「知音律，又酷愛法曲，選坐部伎子弟三百，教於梨園。」〔註297〕「梨園」在長安禁苑內，後設置「梨園亭」供樂工演奏曲子，宮女則習舞演唱。此即虎關所謂：

　　　　建「沉香亭」賞妃子，營「梨花園」縱婬樂。〔註298〕

於此可知虎關之說與中國文史所載不貳。

（二）高力士以靴怨譖妃子事

　　玄宗與貴妃皆好牡丹，故於宮內栽植牡丹。唐代李濬於《松窗雜錄》記載：

　　開元中，禁中初重木芍藥，即今牡丹也（《開元天寶花呼木芍藥本記》）云：「禁中爲牡丹花」），得四本，紅、紫、淺紅、通白者。上因移植興慶池東「沉香亭」前，會花方繁開，上乘月夜，召太眞妃以步輦從。詔特選梨園子弟中尤者，得樂十六色。李龜年以歌擅一時之名，手捧檀板，押眾樂前，欲歌之。上曰：「賞名花，對妃子，焉用舊樂詞爲？」

　　　　〔註299〕

此載開元中，宮內重視牡丹，並在興慶池東爲太眞妃建成的「沉香亭」前，栽植紅、紫、淺紅、通白等顏色的牡丹花。時值花會繁簇，玄宗乘著月夜，召太眞妃則乘步輦從之，前往沉香亭賞花。又下詔以優秀的梨園弟子，得樂曲十六部。李龜年因擅長歌曲而享盛名，其手捧檀板，於眾樂弟子前，準備歌唱。此時，玄宗謂：「賞名花，

〔註297〕　（宋）歐陽修；（宋）宋祁等撰：《新唐書》（臺北：臺灣中華，1971年）卷22〈禮樂志〉，頁2。

〔註298〕　（日）虎關師鍊：《濟北集》卷11〈濟北詩話〉。

〔註299〕　（唐）李濬：《松窗雜錄》（臺北：木鐸，1982年），頁4～5。

對妃子」怎能用舊曲舊詞爲之？玄宗此語，正可顯見其對貴妃獨有鍾愛之情。

　　因此，玄宗命李龜年持灑有泥金的箋紙，使李白作〈清平調〉詞三首，李白已醉，「左右以水頹面，稍解，授筆賦之，婉轉精切無留思。」〔註300〕雖然李白承詔旨，但是酒未醒，醉寫〈清平調〉，又命高力士爲其脫靴，「高力士終以脫『烏皮六合』爲深恥。」〔註301〕而《新唐書》亦載：

　　　　力士素貴，恥之，摘其詩以激楊貴妃，帝欲官白，妃輒沮
　　　　止。〔註302〕

針對此事，唐代李濬於《松窗雜錄》有更詳細之記錄，其云：

　　　　異日太眞妃重吟前詞，力士戲曰：「始謂妃子怨李白深入骨
　　　　髓，何拳拳如是？」太眞妃因驚曰：「何翰林學士能辱人如
　　　　斯？」力士曰：「以飛燕指妃子，是賤之甚矣。」太眞頗深
　　　　然之。〔註303〕

高力士藉由貴妃重吟〈清平調〉詩，作爲讒構李白之語，以爲詩中用「飛燕」比「貴妃」，實爲卑賤之意，清代王琦在《李太白全集》中提及：

　　　　巫山雲雨、漢宮飛燕，唐人用之已爲數見不鮮之典實。……
　　　　巫山一事只可以喻聚淫之艷冶，飛燕一事只可以喻微賤之
　　　　宮娃。〔註304〕

是以，〈清平調〉其二有「雲雨巫山」與「漢宮飛燕」之典故〔註305〕，

〔註300〕　（宋）計有功：《唐詩紀事》（臺北：臺灣中華，1960 年）卷 18，
　　　　　　頁 268。
〔註301〕　（唐）李濬：《松窗雜錄》（臺北：木鐸，1982 年），頁 5。
〔註302〕　（宋）歐陽修；（宋）宋祁等撰：《新唐書》（臺北：藝文印書館，
　　　　　　1972 年）卷 202〈李白〉，頁 2300。
〔註303〕　（唐）李濬：《松窗雜錄》（臺北：木鐸，1982 年），頁 5。
〔註304〕　（唐）李白撰；（清）王琦集注：《李太白全集》（臺北：臺灣中華，
　　　　　　1955 年）卷 5〈清平調〉其二，頁 18。
〔註305〕　〈清平調〉原詩詳見其後。

若高力士有意諂譖李白，此二典可如王琦之解釋，皆爲睥睨貴妃之語，貴妃因「深然之」，認同高力士所言，致使玄宗本欲拜李白爲官，卻一再遭阻。虎關說：

> 李白進〈清平調〉三詩，眷遇尤渥，而高力士以靴怨譖妃子，依之見黜，嗟乎！〔註306〕

虎關以「李白進〈清平調〉三詩，眷遇尤渥」即說明李白原受詔作詩，且「（上）嘗欲命李白官，卒爲宮中所捍而止」〔註307〕，李白即便受到玄宗之賞識，惟因高力士脫靴事而使其見黜，蓋緣於此，然而，虎關對此有不勝唏噓之嘆！

（三）李白〈清平調〉三詩之思想內涵

李白〈清平調〉何以使貴妃原「拳拳如是」那般眷愛？又何以之後說「翰林學士能辱人如斯」？本小節在此先錄〈清平調〉詞三首〔註308〕，進而探究原委：

其一：

> 雲想衣裳花想容，春風拂檻露華濃。
> 若非羣玉山頭見，會向瑤臺月下逢。

其二：

> 一枝紅豔露凝香，雲雨巫山枉斷腸。
> 借問漢宮誰得似？可憐飛燕倚新粧。

其三：

> 名花傾國兩相歡，長得君王帶笑看。
> 解釋春風無限恨，沉香亭北倚闌干。

〈清平調〉三首於內容上彼此相貫串，於體例上可謂爲「聯章詩」。任二北在《敦煌曲初探》中言及：「普通聯章之認定，須詳玩原辭內

〔註306〕（日）虎關師鍊：《濟北集》卷11〈濟北詩話〉。
〔註307〕（唐）李濬：《松窗雜錄》（臺北：木鐸，1982年），頁5。
〔註308〕（唐）李白撰；（清）王琦集注：《李太白全集》（臺北：臺灣中華，1955年）卷5〈清平調詞三首〉，頁17～18。

容，確屬貫串者。」〔註309〕聯章之作，乃爲完整的有機體，夏承燾、吳熊和於《讀詞常識》中說：

> 把二首以上同調或不同調的詞按照一定方式聯合起來，組
> 成一個套曲，歌詠同一或同類題材，便稱爲聯章。〔註310〕

引文雖以詞作爲要，然放諸詩歌之聯章亦然，目的爲擴充詩之內容思想，由各別絕句，鋪陳而使一意貫串。清代黃生《杜詩說》言：

> 古人有一題展作數詩者，有數題合作一詩者。數題一詩，
> 貴在聯絡無痕。〔註311〕

準此，〈清平調〉一題，以三首詩呈現，作爲與楊貴妃相關之主題，詩人於抒發情感之際，聯章詠嘆，層次分明，意緒各清，反覆吟詠，增強敘事抒情之效。清代黃生《唐詩摘鈔》以三首詩意總云：

> 三首皆詠妃子，而以花旁映之，其命意自有賓主。〔註312〕

又，清代吳烶《唐詩選勝直解》言：

> 〈清平調〉三首章法最妙。第一首賦妃子之色，二首賦名
> 花之麗，三首合名花與妃子夾寫之，情境已盡于於，使人
> 再續不得，所以爲妙。〔註313〕

根據黃生所言，三首皆詠妃子，故以妃子爲主，而花旁映，則花爲賓；然吳烶則以爲一、二首分詠妃子之色、名花之麗，第三首則將名花與妃子合論。而清代沈德潛《唐詩別裁》則合花與人爲一，其謂：

> 三章合花與人言之，風流旖旎，絕世豐神。或謂首章詠妃

〔註309〕任二北：《敦煌曲初探》（上海：上海文藝聯合出版社，1954年），頁319。

〔註310〕夏承燾、吳熊和：《讀詞常識》（香港：中華書局，2002年），頁31。

〔註311〕（清）黃生：《杜詩說》卷2〈暇日小園散病將種秋菜督勤耕牛兼書觸目〉，收入《黃生全集》第二冊（合肥：安徽大學出版社，2009年），頁83。

〔註312〕（清）黃生：《唐詩摘鈔》卷4〈清平調三首〉，收入《黃生全集》第三冊（合肥：安徽大學出版社，2009年），頁334～335。

〔註313〕（清）吳烶選註：《唐詩選勝直解》，哈佛燕京圖書館藏，台大圖書館藏微捲。

子，次章詠花，三章合詠，殊見執滯。〔註314〕

沈氏合花與人言之，則是將其視爲詠物之作，表現物與人之間「不即不離」之關係。明代王士禎言及：「詠物之作，須如禪家所謂不黏不脫，不即不離，乃爲上乘。」（〈跋門人黃從生梅花詩〉）而清人吳雷發《說詩菅蒯》亦云：「詠物詩要不即不離，工細中須具縹緲之致。」〔註315〕其意在說明詠物之層次，必須在狀物時能表現物象，卻又在物象之外不受形體拘執，進而能「隨物賦形」，於表述之時，物我融攝無分際。要之，筆者以爲沈德潛之評論，對於詩之含蓄與意在言外的旨意，或許更能傳達〈清平調〉之思想內涵。

〈清平調〉其一，起句「雲想衣裳花想容」詠妃子之衣服容貌。一「想」字作爲想像之馳騁，可作爲「實寫」，以雲之輕柔想見妃子衣裳之飄然，因見雍榮華貴之牡丹，想見貴妃美麗之容顏。然若承三、四句寫仙境而言，此句亦可作爲「虛寫」，塑造一仙境，李白〈夢遊天姥吟留別〉中有「霓爲衣兮風爲馬，雲之君兮紛紛而來下。」〔註316〕緣此，若以雲之君，披雲霓爲衣，驅長風爲馬而下，那麼，雲霓作爲衣裳，想見更爲華美，在雲霓映照下，花同容顏更顯出色，營造出似幻似眞的情境。次句「春風拂檻露華濃」則以「春風」承「雲衣」，以「露華濃」承「花容」，則進一步點染出牡丹之形貌，因春風之輕拂使其在露水中更顯柔媚；而春風亦指君王恩澤，則貴妃因承恩寵，使其面容更顯精神，寫花又寫人。此句以「露」承上句，則再鋪一層朦朧。三、四句則以西王母所居之「羣玉山」和「瑤臺」爲其仙境，則詩意一脈而下，欲見花與人超凡之美，惟在仙境中才得見，意指牡丹之高貴豔麗，同時言明貴妃有著仙女般的容顏。

〈清平調〉其二，起句以「一枝紅豔露凝香」實指貴妃即是一

〔註314〕　（清）沈德潛：《唐詩別裁》（臺北：　廣文書局，1978年）。

〔註315〕　（清）吳雷發：《說詩菅蒯》，收入丁福保編：《清詩話》（臺北：藝文印書館，1971年），頁4。

〔註316〕　（唐）李白撰：（清）王琦集注：《李太白全集》（臺北：臺灣中華，1955年）卷15〈夢遊天姥吟留別〉，頁11。

枝帶露之牡丹，紅豔凝香，披之於觸覺、視覺與嗅覺之摹寫，較之前首「露華濃」，此句更顯香豔嬌貴；尤次句以「雲雨巫山枉斷腸」，取楚王與神女於巫山相會之事，而將神女與之相較，亦自嘆弗如，若承上首，係以貴妃比作仙女，而於此卻說神女枉斷腸，便將貴妃之美再上推一層。三、四句轉為實寫，若求諸漢宮能相媲美者，即是漢成帝的皇后趙飛燕，惟飛燕之美，徒靠新粧專寵，不若貴妃與牡丹之美，不須脂粉，乃天然國色。然而，高力士以此詩大作文章，將李白以「楊貴妃」與「趙飛燕」相比一說，解為貶損貴妃之地位，如前文載「巫山一事只可以喻聚淫之艷冶，飛燕一事只可以喻微賤之宮娃。」〔註317〕且《西京雜記》和《飛燕外傳》有載趙氏姐妹淫亂宮闈之事，因此，李白以「可憐」作結，蓋因揚中有抑。

　　〈清平調〉其三，首句「名花傾國兩相歡」總承前二詩，雙寫花與人，「名花」為「牡丹」，「傾國」為「貴妃」，將花中之王牡丹與貴妃傾國之美，以使「君王帶笑看」。前二首尚且在詠花，實為詠貴妃，二者可謂「不即不離」，然第三首，則收束詩意，將牡丹、貴妃與玄宗之關係點明。至三、四句回到現實，玄宗在沉香亭「賞名花，對妃子」，然而，「解釋春風無限恨」與第一首「春風拂檻露華濃」以「春風」前後呼應，而推展此「恨」字，其作「憾恨」意，則花與人能得「君王帶笑看」，又有幾回？蓋因名花有零落之時，而美人有遲暮之年，帝王之榮寵終有時，不如此刻之纏綿，以「沉香亭北倚闌干」作結，餘韻不盡。

　　承前綜論，〈清平調〉三首以聯章詩之體例詠牡丹花，合玄宗命李白進〈清平調〉之「本事」。李白三首皆合花與人雙寫，實為詠物之作，依《佩文齋詠物詩選》中載牡丹為春開植物，花朵華豔，人人愛賞，尊為花中之王，而花開富麗，喻國色天香之美人。〔註318〕緣

〔註317〕　（唐）李白撰；（清）王琦集注：《李太白全集》（臺北：臺灣中華，
　　　　　　1955年）卷5〈清平調〉其二，頁18。
〔註318〕　（清）張玉書等編錄：《御定佩文齋詠物詩選》（臺北：廣文書局，

此，李白詠牡丹之美豔與花中之王的地位，貼合於貴妃之美及其享有玄宗的榮寵，另一方面，李白又不拘於其形貌之束縛，而以虛實交錯之手法，將景物和人的心緒結合寫來，構成一個流動的敘事過程，使詩意含蓄且餘韻無窮。

至若高力士以〈清平調〉構陷李白，主要是第二首，以「雲雨巫山」與「可憐飛燕」作卑賤之意。蓋因「詩無達詁」，故在判讀上，各有其解，正因如此，高力士便能動搖貴妃原對詩意之眷愛，最後方怒而以爲李白「辱人如斯」。要之，以上作爲解段成式引《松窗雜錄》之語。

承上而論，虎關以爲玄宗「縱婬樂」、「侈靡」之行爲，即是針對玄宗寵幸楊貴妃，爲其建沉香亭、梨花園，又聽信高力士怨譖之語，因而罷黜李白，此即虎關之謂「不養才」。

四、小結

虎關謂玄宗「豪奢之君，兼暗于知人」〔註 319〕、「其所厚者，婦女戲樂，其所薄者，文才官職也。」〔註 320〕之事，應從玄宗執政前後期來作全面觀照。玄宗於開元初期，勵精圖治，知人善任，恢復諫官議事之職，在政治、社會、經濟方面積極進取，故開創歷史上的「開元盛世」。迨至開元後期，玄宗驕奢之心日生，又任用李林甫、楊國忠爲相，寵幸楊貴妃，開始安逸享樂，聽信讒言，罷黜賢能之士，諸如薛令之、孟浩然、李白皆然，以致國勢衰敗。虎關說：

> 開元之盛也，姚（崇）、宋（璟）之功也，及李林甫爲相，
> 敗國蠹賢，無所不至，晚年語高力士曰：「海內無事，朕將
> 吐納導引，以天下事付林甫。」迷而不反者乎！〔註 321〕

事實上，虎關並非不知有開元之盛世，也知姚崇、宋璟爲其輔助國政之賢才，惟其批評玄宗爲「豪奢之君，兼暗于知人」、「其所厚者，婦

1960 年），頁 5781～5807。

〔註 319〕 （日）虎關師鍊：《濟北集》卷 11〈濟北詩話〉。

〔註 320〕 （日）虎關師鍊：《濟北集》卷 11〈濟北詩話〉。

〔註 321〕 （日）虎關師鍊：《濟北集》卷 11〈濟北詩話〉。

女戲樂，其所薄者，文才官職也」都是緣於開元後期，暗于知人之故。玄宗到了中、晚年，仍以「海內無事」而安於吐納導引之事，將朝政之事託付李林甫、楊國忠，因此，虎關終以「迷而不反」批評之。

　　綜合而論，虎關以爲玄宗「厚彼而薄此」，所「厚」者爲「婦女戲樂」，寵溺楊貴妃，建沉香亭、梨花園，作爲戲樂之地；所「厚」者又爲寵幸奸佞之臣，聽信高力士、李林甫、楊國忠之讒言；若所「薄」者則爲「文才官職」，命孟浩然歸終南山，遣薛令之歸園，罷李白之職。因此，虎關以玄宗爲「豪奢之君」和「暗于知人」批評之。

　　若反思虎關所處的時代，即有幕府豪奢，暗于知人，以遭致討伐之狀。日本鎌倉幕府第十四代「北條高時」（西元 1303～1333）於正和五年（西元 1316）取得執政權後，北條高時無視於飽嘗貧困之苦的御家人，使御家人對於幕府產生不滿之情。北條高時讓當時擔任「內管領」的「長崎高資」管理政務，其卻中飽私囊，收受賄賂，此爲北條高時「暗于知人」；再加上北條高時終日酒不離手，且沉迷於玩樂，特別是「鬥犬」及「田樂」，其以徵收悍犬作爲繳稅方式之一，將徵收之鬥犬，集中至鎌倉，終日以鬥犬尋求刺激感；另又尋求田樂，將原本爲感謝田神而歌舞的活動，北條高時卻將以田樂爲業之農民，召至京都，使其互相競舞，勝者得賞，此即爲其「豪奢」之行爲。緣此而論，虎關特意以唐玄宗爲「豪奢之君」與「暗于知人」爲例，另一方面，承第二章所述，兩次的蒙古襲來，對於日本本身亦產生重大的影響，爲因應戰事所需，幕府下令動員御家人，確立武人政權的地位，爲抵禦外來的入侵，武人的地位相對提升，而朝廷公卿的政治實權相對的減弱。是以，日本著意賦予武士之權，而「薄文才」，或許虎關之論，即以此作爲對時政之反思與慨嘆。

第四節　以唐宋邊功之弊，反思日本禪門邊號之弊

　　虎關用以彼說此的方式，將「唐宋代，立邊功，多因嬖幸不才之

臣也。」〔註 322〕，如同日本禪家據大刹者，多因援假名爲住持，在邊刹勾引淨信，陷沒邪途。〔註 323〕要之，虎關以唐宋立邊功之弊與禪門立邊號之弊相提而論，是故，筆者即以二者爲考察，進而探討虎關認爲同中有異之處。

一、唐宋立邊功之事

關於唐宋代，立邊功一事，虎關說：

> 蓋才者及第得官，不才者雖嬖幸無由官，故立邊功取封侯。
> 唐曹松詩云：「憑君莫話封侯事，一將功成萬骨枯。」宋劉
> 貢父詩云：「自古邊功緣底事，多因嬖倖欲封候（按：侯）。
> 不如直與黃金印，惜取沙場萬髑髏。」〔註 324〕

虎關將「（有）才者及第得官」與「不才者雖嬖幸無由官」相映襯，凸顯欲「立邊功取封侯」者，皆爲「不才之人」。虎關又以唐代曹松詩〈己亥歲二首〉其一與北宋劉貢父詩〈詠史〉二詩爲例，以詩論史，表達「立邊功取封侯」之看法，虎關之說，是否符合唐代實況？以下析論之。

（一）憑君莫話封侯事，一將功成萬骨枯

唐代曹松（西元？～903），字夢征，舒州（今安徽省潛山縣）人，其〈己亥歲二首〉其一，詩云：

> 澤國江山入戰圖，生民何計樂樵蘇。
> 憑君莫話封侯事，一將功成萬骨枯。

詩題作〈己亥歲二首〉，題下注有「僖宗廣明元年」。「廣明」是唐僖宗李儇（西元 862～888）的年號，庚子歲，西元 880 年，改元「廣明元年」。至於「己亥歲」，指陳的即是乾符六年（西元 879），意即，

〔註 322〕（日）虎關師錬：《濟北集》卷 11〈濟北詩話〉。
〔註 323〕（日）虎關師錬：《濟北集》卷 11〈濟北詩話〉。
〔註 324〕（日）虎關師錬：《濟北集》卷 11〈濟北詩話〉。引文中關於「嬖『幸』」與「嬖『倖』」之用法，依〈濟北詩話〉原文，虎關將「幸」與「倖」通用。

曹松此詩，當寫前一年之事，該年發生黃巢求授「節度使」不成，轉攻廣州之事。《資治通鑑》記載：

> 黃巢與浙東觀察使崔璆、嶺南東道節度使李迢書，求天平節度使，二人爲之奏聞，朝廷不許。巢復上表求廣州節度使，上命大臣議之。

> （乾符六年，西元 879）九月，黃巢得率府率告身，大怒，詬執政，急攻廣州，即日陷之，執節度使李迢，轉掠嶺南州縣。〔註325〕

是以，黃巢於乾符六年（西元 879）五月，致書給崔璆、李迢，要求二人爲其上書予朝廷，若朝廷願授其「天平節度使」一職，即不動干戈，願意歸順。僖宗最終未批准崔璆、李迢之奏書。黃巢求「天平節度使」不成，退而要求爲「廣州節度使」，朝廷暫時安撫黃巢，給予「率府」〔註326〕一職，此爲太子屬官，主要掌東宮兵仗、儀衛、門禁及巡邏等事。然而，黃巢得到率府的委任狀，怒斥執政者，同年九月，揮軍攻打廣州，俘虜李迢，斥責朝廷「因詆宦豎柄朝，垢蠹紀綱，指諸臣與中人賂遺交構狀，銓貢失才，禁刺史殖財產，縣令犯贓者族」〔註327〕，其所指「皆當時極敝」〔註328〕。黃巢攻下廣州後，本欲盤據於此，未料因氣候環境之故，遂不能如願，《資治通鑑》接著說：

> （乾符六年，西元 879）黃巢在嶺南，士卒罹瘴疫死者什三四，其徒勸之北還以圖大事，巢從之。自桂州編大栰數十，乘暴水，沿湘江而下，歷衡、永州，癸未，抵潭州城下。

〔註325〕　（宋）司馬光著；胡三省注：《資治通鑑》（臺北：天工，1988 年）卷 253〈唐紀六十九・僖宗〉，頁 640～641。

〔註326〕　（後晉）劉昫等撰：《舊唐書》（臺北：藝文印書館，1972 年）卷 42〈職官誌〉，頁 862。

〔註327〕　（宋）歐陽修；（宋）宋祁等撰：《新唐書》（臺北：藝文印書館，1972 年）卷 225〈逆臣下〉，頁 2656。

〔註328〕　（宋）歐陽修；（宋）宋祁等撰：《新唐書》（臺北：藝文印書館，1972 年）卷 225〈逆臣下〉，頁 2656。

李係嬰城不敢出戰，巢急攻，一日，陷之，係奔朗州。巢盡殺戍兵，流尸蔽江而下。尚讓乘勝進逼江陵，眾號五十萬。時諸道兵未集，江陵兵不滿萬人，王鐸留其將劉漢宏守江陵，自帥眾趣襄陽，云欲會劉巨容之師。鐸既去，漢宏大掠江陵，焚蕩殆盡，士民逃竄山谷。會大雪，僵尸滿野。後旬餘，賊乃至。漢宏，兗州人也，帥其眾北歸為羣盜。〔註329〕

在此即述說黃巢率領之隊伍，因環境不適，再加上疫病流行，以致「士卒罹瘴疫死者什三四」，因此，編製數十個大木筏，乘著江水暴漲，自桂州湘江順流而下，經過衡州（今湖南衡陽）、永州（今湖南零陵），抵達潭州（今湖南長沙）。朝廷在「乾符六年，西元 879」五月，命「李係」為「泰寧節度」，但李係「有口才而實無勇略」〔註330〕，而「王鐸以其家世良將，奏為行營副都統兼湖南觀察使，使將精五萬并土團屯潭州，以塞嶺北之路，拒黃巢。」〔註331〕

　　然而，黃巢攻城，李係不敢迎戰，黃巢於是急攻，一日而下，李係奔逃朗州，此時黃巢「盡殺」恪守邊疆的士兵，尸首遍江，血染湘水。黃巢遣尚讓進逼江陵（今湖北），率眾人數之多，號稱有五十萬。時王鐸率眾退守襄陽，留部將劉漢宏專守江陵，為掩遁逃之由，故云：「欲會（東道節度使）劉巨容之師。」

　　劉漢宏見王鐸棄城逃離，忿怒之餘，「大掠江陵，焚蕩殆盡」，江陵士民逃竄山谷，時值大雪，百姓凍亡者滿山遍野，令人怵目驚心，劉漢宏則率眾北歸而為羣盜。城已失守，百姓凍亡，部將為羣盜，情況慘烈，此時，劉巨容與曹全晟合兵，設陷破黃巢部隊，《資治通鑑》

〔註329〕（宋）司馬光著：胡三省注：《資治通鑑》（臺北：天工，1988 年）卷253〈唐紀六十九・僖宗〉，頁 642。
〔註330〕（宋）司馬光著：胡三省注：《資治通鑑》（臺北：天工，1988 年）卷253〈唐紀六十九・僖宗〉，頁 640。
〔註331〕（宋）司馬光著：胡三省注：《資治通鑑》（臺北：天工，1988 年）卷253〈唐紀六十九・僖宗〉，頁 640。

即載：

> （乾符六年，西元 879）黃巢北趣襄陽，劉巨容與江西招討
> 使淄州刺史曹全晸合兵，屯荊門以拒之。賊至，巨容伏兵
> 林中，全晸以輕騎逆戰，陽不勝而走，賊追之，伏發，大
> 破賊眾，乘勝逐北，比至江陵，俘斬其什七八。巢與尚讓
> 收餘眾渡江東走。或勸巨容窮追，賊可盡也。巨容曰：「國
> 家喜負人，有急則撫存將士，不愛官賞，事寧則棄之，或
> 更得罪；不若留賊以爲富貴之資。」眾乃止。〔註332〕

此時，雖然黃巢與尚讓合兵，繼續進攻襄陽，然而，劉巨容與江西招
討使曹全晸亦合兵，屯兵于荊門（今湖北）合抗黃巢。黃巢至此，劉
巨容設伏兵於林中，曹全晸則率輕騎引黃巢進入埋伏兵之處，黃巢中
了劉巨容的埋伏，大敗，遭追殺至江陵，被俘虜和殺死者眾，約十分
之七八。

　　如果，在此存亡之際，劉巨容趁勝追擊，餘賊可盡。但是，劉巨
容卻停止進攻，而且率言國家常常出爾反爾，危急時，撫慰獎士，不
吝惜賞官之職，然，一旦平息後，往往棄之或羅織罪名使之得罪；如
此，不如留賊，以利下次再靠打這些盜賊來求富貴。由此可見，此時
朝廷在官員將領心中，已不值得信任，尤其爲求富貴，任賊而行。不
過，黃巢部隊未被殲滅，勢力亦逐漸擴大，朝廷只好派部將繼續追擊
黃巢，在廣明元年（西元 880）三月，則記載：

> 淮南節度使高駢遣其將張璘等擊黃巢屢捷，盧攜奏以駢爲
> 諸道行營都統。駢乃傳檄徵天下兵，且廣召募，得土客之
> 兵共七萬，威望大振，朝廷深倚之。〔註333〕

此時，淮南節度使高駢受命於朝廷，其派遣部將張璘等人狙擊黃巢，

〔註332〕　（宋）司馬光著；胡三省注：《資治通鑑》（臺北：天工，1988 年）
　　　　　卷 253〈唐紀六十九・僖宗〉，頁 642〜643。
〔註333〕　（宋）司馬光著；胡三省注：《資治通鑑》（臺北：天工，1988 年）
　　　　　卷 253〈唐紀六十九・僖宗〉，頁 645。

屢獲捷報，宰相盧攜奏請使高駢爲諸道行營都統。高駢則傳檄徵召天
下土客之兵，「土客」謂淮南之兵也，高駢得兵七萬人，威望大振，
朝廷因此深爲倚重。黃巢既兵敗，退守信州（治今江西上饒），然而，
卻又逢疾疫之流行，死傷亦多，《資治通鑑》在廣明元年（西元 880）
五月記載：

> 黃巢屯信州，遇疾疫，卒徒多死。張璘急擊之，巢以金啗
> 璘，且致書請降於高駢……。時昭義、感化、義武等軍皆
> 至淮南，駢恐分其功，乃奏賊不日當平，不煩諸道兵，請
> 悉遣歸；朝廷許之。賊詗知諸道兵已北渡淮，乃告絕於駢，
> 且請戰。駢怒，令璘擊之，兵敗，璘死，巢勢復振。〔註334〕

黃巢在危急存亡之際，致送黃金給張璘，請求張璘莫趕盡殺絕，又致
書請降於高駢。此時，正當昭義、感化、義武等數道軍皆集結於淮南，
可以一舉攻之，但是，張駢卻憂平賊之功受到均分，因此，上奏朝廷，
言及「賊不日當平，不煩諸道兵，請悉遣歸」，朝廷應允。然而，黃
巢探知諸道兵已北渡淮河，立即和高駢絕交，並向其請戰，高駢大怒，
遣張璘攻打黃巢失敗，張璘亡，而黃巢再次重振勢力。到了廣明元年
（西元 880）七月，黃巢從采石北渡長江，圍攻天長、六合等縣，兵
勢正盛。《資治通鑑》即載：

> 黃巢自采石度江，圍天長、六合，兵勢甚盛。淮南將畢師
> 鐸言於高駢曰：「朝廷倚公爲安危，今賊數十萬眾乘勝長
> 驅，若涉無人之境，不據險要之地以擊之，使踰長淮，不
> 可復制，必爲中原大患。」駢以諸道兵已散，張璘復死，
> 自度力不能制，畏怯不敢出兵，但命諸將嚴備，自保而已，
> 且上表告急，稱：「賊六十餘萬屯天長，去臣城無五十里。」
> 先是，盧攜謂：「駢有文武長才，若悉委以兵柄，黃巢不足
> 平。」朝野雖有謂駢不足恃者，然猶庶幾望之。及駢表至，

〔註334〕（宋）司馬光著；胡三省注：《資治通鑑》（臺北：天工，1988 年）
　　　　卷 253〈唐紀六十九・僖宗〉，頁 646。

上下失望，人情大駭。詔書責駢散遣諸道兵，致賊乘無備
度江。駢上表言：「臣奏聞遣歸，亦非自專。今臣竭力保衛
一方，必能濟辨；但恐賊迤邐過淮，宜急敕東道將士善爲
禦備。」遂稱風痺，不復出戰。〔註335〕

於此可得知，黃巢勢力大盛，若要阻止黃巢東進，必須要據險要之地
以擊之，淮南將畢師鐸如是告訴高駢，同時更以黃巢東進，必爲中原
之大患爲憂。然而，高駢卻以諸道兵已散，張璘又亡，估量力不能制，
畏懼膽怯而不敢出兵，只求自保。又向朝廷上表告急，言及黃巢軍有
六十餘萬，距離揚州不到五十里。原本朝廷對高駢寄予厚望，至其上
表，使朝野之人大失所望。僖宗此時下詔書譴責高駢因散遣諸道兵，
以致黃巢軍能乘此渡江。高駢見之又上表自白，宣稱自己肢節麻木疼
痛，無法出戰。

　　由是而論，根據前文史事之記載，曹松以乾符六年（西元879）
黃巢之亂爲背景，以示黃巢於該年攻下廣州、潭州等地之際，而有「流
尸蔽江」、「僵尸滿野」之慘況。而高駢在廣明元年（西元880）因戰
功而爲諸道行營都統，有了功績，卻未振於時，同年五月原有機會擊
潰黃巢軍，卻因高駢貪立邊功，以致黃巢重振旗鼓，後又因高駢畏怯，
佯言「風痺，不復出戰」，使朝廷困於危難之中。唐代以立邊功求富
貴之心態，大概如劉巨容所言：「不若留賊以爲富貴之資。」在此背
景之下，唐代很難不走向覆滅。

　　是故，虎關以曹松此詩爲例，寫「澤國江山入戰圖」，以「澤國」
表江漢流域，即指長江、漢水一帶地區，其以詩委婉之語彙，不直言
戰亂之慘烈，而說美好江山「入戰圖」，以「澤國」對比「戰圖」，凸
顯原應安樂之地，一夕間風雲變色，形象地描繪戰事之眞實場景與畫
面。戰亂對於人民而言，自是苦不堪言，對於砍柴刈草之人，原能簡
單自適地生活，如今，卻連平凡之樂亦不再。「樂樵蘇」，以底層人民

〔註335〕　（宋）司馬光著；胡三省注：《資治通鑑》（臺北：天工，1988年）
　　　　　卷253〈唐紀六十九・僖宗〉，頁648。

－339－

樵蘇之心聲爲代表，實則擴至民間百姓，在戰事下，「樂」字更顯諷刺。

　　至若「憑君莫話封侯事，一將功成萬骨枯」爲此詩核心。一「憑」字有請求之意，請求莫話「封侯事」，正由此揭露出因戰事封侯者，實爲千萬將士生命堆疊而至，曹松以「一將功成」之喜情與「萬骨枯」之悲情作爲對比，正同唐代張蠙詩云：「可憐白骨攢孤冢，盡爲將軍覓戰功」（〈吊萬人冢〉），極盡諷刺之語。然而，曹松以乾符六年（西元 879）爲背景，意在以高駢爲立邊功犧牲千萬人性命，甚而爲憂功績受到瓜分，而枉顧大局，以致朝政一再陷入危機。

　　綜觀中世紀是個戰亂的時代，虎關正是在這樣的背景成長（詳參第二章）。虎關成長期間發生之戰事有「弘安之役」（西元 1281），即蒙古無預警的二次襲日。日本經過第一次蒙古襲擊的「永文之役」（西元 1274）後，已強化邊關防務之役。正因幕府必須警覺蒙古再次來襲，因此，即使此時虎關未經涉世，然「蒙古襲來」的效應與影響，隨著整個社會、政治之氛圍，虎關亦能於成長過程中，深感戰事之殘酷與人生之無常。當時參與戰事的御家人，爲幕府奮力抗元之際，死傷者甚多。有的御家人爲了讓後代子孫得知其奮戰過程，特請畫家繪製《蒙古襲來繪詞》〔註336〕，畫中除描繪戰事，亦記錄戰後之恩賞。

　　然而，最直接影響虎關的則是日本「南北朝時期」（西元 1336～1392），當時日本的朝廷分爲「京都」的「北朝」與「吉野」的「南朝」，爲取得政權，彼此對立爭戰。如若以此來觀「憑君莫話封侯事，一將功成萬骨枯」，大抵可知，無論是幕府或是天皇，若欲取得政權，勢必犧牲無數將士之性命，因此，虎關生處於亂世，在接觸此詩之際，或心有所感，以此抒發。

〔註336〕　（日）《蒙古襲來繪詞》，卷末に「永仁元年（1293年）二月九日」
　　　　　とあり，柴野栗山舊藏，早稻田大學圖書館藏。繪詞之內容可參「附
　　　　　錄九」。

（二）自古邊功緣底事，多因嬖倖欲封侯

北宋劉攽（西元 1023～1089），字貢父，號公非。其〈詠史〉詩云：

> 自古邊功緣底事，多因嬖倖欲封侯。
>
> 不如直與黃金印，惜取沙場萬髑髏。

劉攽此詩直指自古以來，爲求「邊功」者，往往是受到皇上「嬖倖」之人，藉此得到「封侯」的機會。然而，誠如前文載曹松詩意，「一將功成萬骨枯」，一個人的功成名就，卻要犧牲無數人之性命以換得。因此，劉攽詩續云：「不如直與黃金印，惜取沙場萬髑髏。」劉攽提及，欲立邊功者，若是貪戀功名一事，又何必大費周章，不如直接授予官職，就可以免去沙場上的征伐與傷亡，亦不致民不聊生。

劉攽的〈詠史〉敘寫直白，嘲諷自古求邊功者，憑藉受到嬖倖反而更貪封侯事。關於劉攽寫此詩之背景，南宋周密在《齊東野語》之「詩用史論」條中載：

> 劉貢父〈詠史〉詩云：「自古邊功緣底事，多因嬖倖欲封侯。
>
> 不如直與黃金印，惜取沙場萬髑髏。」其意蓋指當時王韶、
>
> 李憲輩耳。〔註337〕

周密指出詩用史論之意，即以宋神宗時期王韶、李憲等人欲立邊功之事，加以諷刺。南宋劉後村《後村詩話》亦載：

> 劉貢父〈詠史〉……往往指王韶、李憲輩。〔註338〕

劉氏同樣指出貢父〈詠史〉詩指陳對象爲王韶、李憲等人，另一方面，又以曹松「憑君莫話封侯事，一將功成萬骨枯」爲例，同作爲針砭欲因一己立邊功而使沙場萬髑髏之人。

關於王韶、李憲等人之事跡，《宋史紀事本末》載：

〔註337〕　（宋）周密：《齊東野語》，收入（明）毛晉輯：《津逮秘書》第十
　　　　　五集（崇禎中刊）國立國會圖書館藏，卷 1〈詩用史論〉，頁 11。
〔註338〕　（宋）劉克莊：《後村詩話》（前集）（臺北：廣文書局，1971 年）
　　　　　卷 2，頁 3～4。

熙寧六年（西元 1073）二月，王韶復河州，獲木征妻子。
〔註 339〕

熙寧七年（西元 1074）三月壬寅，木征寇岷州，木征雖
屢敗，而董氈別將青宜結鬼章之眾，復數擾河州屬蕃。
時，王韶入朝，景思立既敗死，木征勢復熾，遂寇岷州。
〔註 340〕

宋神宗熙寧六年，王韶請求興兵河州，宋神宗准奏，又命李憲與王韶
協力進兵，後大軍攻占河州，同時俘虜河州酋長木征之妻。

　　熙寧七年，木征聯合董氈、鬼章羌兵之眾，再擾河州之地。當時
王韶入朝，而河州知州景思聞訊出師，卻遭圍困，於亂軍中亡。同年
四月，木征等人把河州圍住，其氣勢之盛。王韶與李憲日夜奔馳至熙
州，選兵得二萬人，趨河州。王韶有謀略：

韶曰：「賊所以圍城者，恃有外援也。攻其所恃，則圍自解」
乃直趨定羌城，破西番結河川族，斷夏國通路，進臨寧河，
分命偏將入將山。木征知援絕，拔柵去。韶還熙州，以兵
循西山，繞踏白城後，焚賊八十帳，斬首七千餘級。木征
窮蹙，率酋長八十餘人，詣軍門乞降。〔註 341〕

王韶知木征等人圍河州，目的是憑恃有外援，若攻其所憑恃者，河州
之圍自可不戰而解。因此，此以直趨、破、斷、進之行為動作，使木
征知外援已絕，進而向宋軍乞降。

　　而李憲在當時與王韶不同謀略，其以朝廷賜予的黃旗書「敕諭將
士」，上寫「如用命破賊者倍賞」，李憲以此示眾，眾將因此「呼用命
以進」，屢得捷報，而加以官職，「以功加昭宣使、嘉州防禦使。還，

〔註 339〕　（明）馮琦撰：陳邦瞻纂輯：《宋史紀事本末》（臺北：藝文印書館，
　　　　　1972 年）卷 41〈熙河之役〉，頁 319。
〔註 340〕　（明）馮琦撰：陳邦瞻纂輯：《宋史紀事本末》（臺北：藝文印書館，
　　　　　1972 年）卷 41〈熙河之役〉，頁 320。
〔註 341〕　（明）馮琦撰：陳邦瞻纂輯：《宋史紀事本末》（臺北：藝文印書館，
　　　　　1972 年）卷 41〈熙河之役〉，頁 320。

爲入內內侍省押班，幹當皇城司。」〔註342〕

　　至熙寧九年（西元1076）交趾民眾集結隊伍，圍攻欽州、廉州。此時，神宗使李憲回西北邊疆，計議秦鳳、熙河之邊事，亦詔令諸將聽命於李憲。當時有反對此詔令者：

　　　　御史中丞鄧潤甫、御史周尹、蔡承禧、彭汝礪極論其不可。

　　　　又言「鬼章之患小，用憲之患大。憲功不成其禍小，有成

　　　　功其禍大」章再上，不聽。〔註343〕

御史中丞鄧潤甫、御史周尹、蔡承禧、彭汝礪皆極爲反對，若將西羌與李憲之患相較，那麼「西羌禍患小，任用李憲禍患大；李憲若無功時禍患小，然若有功則禍患大。」然而，李憲受神宗恩寵，故未接受鄧潤甫等人的上疏。

　　另外，神宗寵幸李憲之例，《宋史紀事本末》於元豐四年（西元1081）載：

　　　　六月，夏人幽其主秉常。知慶州俞充知帝有用兵意，屢請

　　　　伐夏，又言「諜報云：夏將李清，本秦人，說秉常以河南

　　　　地來歸。秉常母梁氏知之，遂誅清，奪秉常政而幽之。宜

　　　　興師問罪，此千載一時也」帝然之。秋，七月庚寅，詔熙

　　　　河經制李憲等會陝西、河東五路之師，大舉伐夏。而召鄜

　　　　延副總管种諤入對。諤至，大言曰「夏國無人，秉常孺子，

　　　　往持其臂而來爾」帝壯之，乃決意西伐。方議出師，孫固

　　　　諫曰：「舉兵易，解禍難，不可。」帝曰：「夏有釁不取，

　　　　則爲邊人所有，不可失也。」固曰：「必不得已，請聲其罪，

　　　　薄伐之，分裂其他，使其酋長自守。」帝笑曰：「此真鄜生

　　　　之說爾。」時執政有言便當直渡河，不可留曰，固曰：「然

〔註342〕　（元）脫脫：《宋史》（臺北：藝文印書館，1972年）卷467〈宦者
　　　　　二・李憲〉，頁5626。
〔註343〕　（元）脫脫：《宋史》（臺北：藝文印書館，1972年）卷467〈宦者
　　　　　二・李憲〉，頁5626。

則孰爲陛下任此者。」帝曰：「朕已屬李憲」。〔註344〕

元豐四年六月，俞充知宋神宗有用兵意，因此藉夏人「誅（李）清」而「興師問罪」，屢請伐夏。同年七月，神宗命熙河經制李憲等會合陝西、河東五路軍隊，大舉伐夏。又召种諤入內以問，种諤說：「夏國無人，秉常只是豎子，待臣等持其臂前來。」此時，神宗更有信心，決意西伐。惟孫固直諫：「發兵容易，解戰事難，不可。」然神宗則以爲此良機不可失。孫固又言：「若必用兵，請應聲其罪以征討，後則分裂夏地，使各酋長自守之。」神宗以孫固之說爲「迂論」，同時亦屬意李憲爲此次兵之統帥。孫固接著說：

固曰：「伐國大事，而使宦者（李憲）爲之，則士大夫孰肯爲用。」〔註345〕帝不悅。他日，固又曰：「今五路進師，而無大帥，就使成功，兵必爲亂。」帝諭以無其人。呂公著進曰：「問罪之師，當先擇帥。既無其人，曷若已之。」固曰：「公著之言是也。」帝不聽，竟命李憲出熙河，种諤出鄜延，高遵裕出環慶，劉昌祚出涇原，王中正出河東，分道並進。又詔吐番首領董氈集兵會伐。〔註346〕

伐夏乃爲大事，怎可用「宦者爲之」，又如何使諸將士聽命爲用，且「就使成功，兵必爲亂。」神宗卻言已無統帥之材。呂公再進諫：「當無統帥之材，不如罷兵。」孫固附和，然神宗堅持以「李憲」出熙河，「种諤」出鄜延，「高遵裕」出環慶，「劉昌祚」出涇原，「王中正」出河東，五路分道並進，又詔吐番首領「董氈」集兵會伐，聲勢浩大。《宋史》元豐四年（西元1081）又記：

八月丁丑，李憲總熙秦七軍及董氈兵三萬，敗夏人於西市

〔註344〕（明）馮琦著；（明）陳邦瞻纂輯；（明）張溥論正：《宋史紀事本末》（臺北：藝文印書館，1972年）卷40〈西夏用兵〉，頁307～308。
〔註345〕孫固之諫言，亦見諸（元）脫脫：《宋史》（臺北：藝文印書館，1972年）卷341，頁4302。
〔註346〕（明）馮琦著；（明）陳邦瞻纂輯；（明）張溥論正：《宋史紀事本末》（臺北：藝文印書館，1972年）卷40〈西夏用兵〉，頁308。

新城。庚申，又襲破之於女遮谷，斬獲甚眾。遂復古蘭州，城之，請建爲帥府。辛亥，鄜延經略副使种諤率鄜延兵出綏德城，以攻米脂。夏人八萬來救，諤與戰於無定川，敗之，遂克米脂。冬，十月庚午，環慶經略使高遵裕將步騎八萬七千出慶州，與夏人戰，敗之，復通遠軍。种諤遣曲珍率兵通黑水安定堡，與夏人遇，亦大敗之。內使王中正率涇原兵，出麟州，渡無定河，循水北行。地皆沙濕，士馬多陷沒，糗糧不能繼，又恥無功，遂入於宥州。時，夏人棄城走河北，城中遺民百餘家，中正遂屠之，掠其牛馬以充食。時，劉昌祚率番、漢兵五萬，受高遵裕節制，令兩路合軍伐夏。既入境，而慶州兵不至。昌祚次磨啾隘，遇夏眾十萬扼險，大破之，遂薄靈州城。〔註347〕

元豐四年八月，李憲統領熙秦七軍與董氈兵三，擊敗夏人，收復「古蘭州」，卻築城設置帥府；九月，种諤攻下「米脂城」；十月，高遵裕大敗夏人於慶州，奪還清遠軍；王中正率涇原兵入宥州，而劉昌祚則破夏眾十萬扼險，夏軍敗走，於是遁還靈州城，五路皆爲捷報。神宗甚喜，然而，卻旋及聞耗，各路將士，「凍溺死」、「軍食又乏」，遂潰而還，神宗又詔令李憲統率五路兵，直趨興州、靈州，惟「時五路兵皆至靈州，獨（李）憲不至」〔註348〕。然而，神宗經此役之敗，雖然懊悔未聽孫固語，帝曰：「朕始以孫固言爲迂，今悔無及矣。」〔註349〕然而寵信李憲之心，依然表現其行，元豐五年（西元1082），因「討敗師罪」，各有責難：

高遵裕責受郢州團練副使，本州安置。种諤、王中正、劉

〔註347〕　（明）馮琦著；（明）陳邦瞻纂輯；（明）張溥論正：《宋史紀事本末》（臺北：藝文印書館，1972年）卷40〈西夏用兵〉，頁308。

〔註348〕　（明）馮琦著；（明）陳邦瞻纂輯；（明）張溥論正：《宋史紀事本末》（臺北：藝文印書館，1972年）卷40〈西夏用兵〉，頁308。

〔註349〕　（明）馮琦著；（明）陳邦瞻纂輯；（明）張溥論正：《宋史紀事本末》（臺北：藝文印書館，1972年）卷40〈西夏用兵〉，頁309。

> 昌祚並降官。李憲欲以開蘭會功贖罪，孫固曰：「兵法，後
> 期者斬。況諸路皆至，而憲獨不行，不可赦。」帝以憲有
> 功，但令詰其擅還之由？憲以餽餉不接爲辭，釋弗誅。憲
> 復上再舉之策，詔以爲涇原經略安撫制置使，知蘭州，李
> 浩副之。〔註350〕

時高遵裕、种諤、王中正、劉昌祚皆受罰，孫固更以李憲因於會兵時
不至，不可赦。但神宗卻以李憲收復古蘭州有功不忍誅之，問及何以
「擅還」？李憲則以餽餉不繼爲由，最終仍得到釋放。

綜合上述，王韶與李憲都爲宋神宗親信之人，使其執掌權利，又
欲延攬功績，當其立邊功時，得加以封官加爵；而朝廷亦以大賞誘將
帥士卒，「如用命破賊者倍賞」。

要之，唐宋當時，以「立邊功」作爲「覓封侯」的重要途徑。唐
代王昌齡〈閨怨〉詩云：「忽見陌頭楊柳色，悔教夫婿覓封侯。」和
南宋陸游〈訴衷情〉說：「當年萬里覓封侯，匹馬戍梁州。」其言「覓
封侯」，正是透過從軍以求取邊功。岑參〈送李副使赴磧西官軍〉對
於立邊功之人，視爲一英雄，其云：「功名只向馬上取，眞是英雄一
丈夫。」正說明此途徑爲其理想之期待。

惟在此理想之下，詩人不乏反思是否因此成爲恣肆殺戮以求名的
殘酷之舉。如唐朝白居易〈新豐折臂翁〉之內容，便是以楊國忠「欲
求恩幸立邊功」，故發動南詔之戰事，最終全軍覆沒作爲背景，更以
「邊功未立生人怨」之沈痛語作結。假若能如唐代開元初期的宋璟，
以「不賞郝靈佺斬默啜之功，恐啓天子倖邊功。」〔註351〕之作法，
或許方得以抑制好戰貪功之人。

事實上，若因國家受敵，而爲保護家國者，能在「馬上」立功績，

〔註350〕（明）馮琦著；（明）陳邦瞻纂輯；（明）張溥論正：《宋史紀事本
　　　　末》（臺北：藝文印書館，1972年）卷40〈西夏用兵〉，頁309。
〔註351〕（清）趙翼：《二十二史劄記》（臺北：臺灣中華，1966年）卷17，
　　　　頁3。

方為眞英雄；惟若僅貪功生事之人，則應以其輕視人命爲戒。戰爭實非人人所願，唐代王翰〈涼州詞〉對戰爭即表明：「醉臥沙場君莫笑，古來征戰幾人回？」即時行樂，因爲出征能返回者，少之又少。又晚唐陳陶〈隴西行〉則對於征人之家人寄予同情，詩云：「可憐無定河邊骨，猶是春閨夢裡人。」其以「可憐無定河邊骨」與「猶是春閨夢裡人」表述兩種情懷，前者以實寫，寫絕望與悲痛爲陳述，後者以虛寫，寫懷著希望與等待的喜悅，虛實相應，對於征人及其家人心境之描寫，實多有感慨。

就虎關之謂「不才者雖孽幸無由官，故立邊功取封侯」，大抵是針對好戰求功之人而發，誠如其引曹松詩，以高駢專意求邊功爲例，又引劉貢父詩，則以王韶、李憲等人爲戒。

若反思彼時虎關所處之政治、社會，則如第二章所闡述幕府與天皇爲取得政權，而彼此相互征伐，最終形成「南北朝」。此時，在南朝的後醍醐天皇於實施「建武新政」期間，虎關受到天皇重用，玉村竹二於《五山禪僧傳記集成》中載：

> 西元 1322 年，虎關還任「濟北庵」，八月《元亨釋書》完成三校稿，該月十六日，虎關獻呈《元亨釋書》予後醍醐天皇，並奏請將《元亨釋書》編入《大藏經》，同時頒行天下，天皇未許。〔註352〕

然而，虎關未因此放棄，其又於正慶元年（西元 1332），虎關再上表奏請光嚴天皇將《元亨釋書》編入《大藏經》一事，惟當時天下騷亂，仍未果。同年九月二十日，東福寺住持天柱宗昊圓寂，依九條相國之請，虎關就任住持。〔註353〕至正慶二年（西元 1333），北條氏亡，後醍醐天皇重祚，虎關入謁，天皇於仁壽殿接見。〔註354〕

〔註352〕　（日）玉村竹二：《五山禪僧傳記集成》（東京：思文閣，2003 年），頁 206。

〔註353〕　（日）玉村竹二：《五山禪僧傳記集成》（東京：思文閣，2003 年），頁 207。

〔註354〕　（日）玉村竹二：《五山禪僧傳記集成》（東京：思文閣，2003 年），

　　除此之外，虎關對天皇之影響，還可得見於建武三年（西元 1336）二月發生之事，玉村竹二載：

> 近衛基嗣從兄弟近衛經忠，因後醍醐天皇受讒言而免其官
> 職，近衛家向虎關求援，虎關慰諭近衛家，並預言將來復
> 官。果於同年五月復職，爲此虎關與上級公家近衛家交
> 好，又天皇皇子龍泉冷淬亦爲虎關學生，皇子並爲虎關撰
> 成「年譜」。至此虎關與公家、朝廷往來頻繁，深具影響
> 力。〔註 355〕

於此可知，虎關受後醍醐天皇之信任，而其子龍泉冷淬與虎關爲師生關係，亦爲虎關撰成《海藏和尚紀年錄》，亦可顯見其對虎關之敬重。另一方，虎關與近衛家交好，近衛家又爲當時的貴族公卿。是故，虎關在當時即立足於政治權利之核心。緣此而論，虎關面對後醍醐天皇與幕府之間的爭戰，不免會對天皇多些同情。如是，若把「立邊功取封侯」一事與日本相較，或許虎關指陳的主要爲武人政權，而戰事之殘酷，死傷無數，卻是針對「一將功成萬骨枯」而發。

　　然而，對於協助取回政權的武士而言，原欲能因立功而得恩賞，可惜「建武新政」問題多，特別是在武人爭功部份，《日本政記》有言：

> 八月置決斷所，議賞軍功，時將士聚闕下者數萬爭功，紛
> 挐不決，使權中納言藤原實世司之，旬月僅定二十餘人，
> 以多失當罷。〔註 356〕

又說：

> 其餘近習僧尼伎樂以內降，多受地，雖軍功論定，無地可
> 頒，內敕與外議牴牾往往數人爭一邑，所在武人，頓失勢，

　　頁 207。
〔註 355〕（日）玉村竹二：《五山禪僧傳記集成》（東京：思文閣，2003 年），
　　　　　頁 207。
〔註 356〕（日）賴山陽：《日本政記》唐物町（大阪）：河內屋吉兵衛刊本，
　　　　　1861 年，早稻田大學圖書館藏，頁 9～10。

　　　　被奴虜使，天下囂然，復思武門之治。〔註357〕

承此而論，後醍醐天皇於建武奪回政權，係因武人之戰功，若以軍功
論，有功者達數萬人，一時紛爭難下，處斷難當，在此背景下，恩賞
不公，無地可頒，內外異賞，使天下嘩然，武人再度懷念幕府之治，
此爲建武新政失敗的導火線。

　　總之，正因日本當時分裂爲南北兩帝，造成各有政權武力互爲擁
護，自各有殺戮，又不乏欲取功名者，因而，虎關身處其中，自有慨
嘆。

二、禪門立邊號之事

　　虎關從唐宋之事，反思禪門之事，其云：

　　　　今時禪家據大刹者，以邊鄙小院，茅屋三五間者，申官爲
　　　　定額，黨援假名之徒，差爲住持，或居一夏，或半歲，急
　　　　迴本山，衒長老西堂之號位。賓主相欺，宗風墜地，不謂
　　　　唐宋弊政，移在我門中乎，彼假名練若徒，在邊刹掠虛説
　　　　話，狂妄伎倆，勾引淨信，陷沒邪途，此輩盈寰宇，吾末
　　　　之如何？〔註358〕

虎關以爲當今禪家據大寺廟，卻在邊鄙小院設茅屋三五間，爲能使其
合法化，故「申官定額」，又借此名義爲「住持」，僅住一夏，或半年，
便急著前往各宗派傳法的中心寺院，炫稱自己爲曾於其他寺院任住
持，而今客居本寺，故奉以爲賓客，名爲「西堂」之號位。若寺院本
寺之前任住持者，則爲「東堂」。既以東方爲主位，西方爲賓位，那
麼，虎關此謂「賓主相欺，宗風墜地」即是指這些東堂（主）之住持，
並非不知西堂（賓）住持，多因「在邊刹掠虛說話」，以「狂妄伎倆，
勾引淨信，陷沒邪途」取得「住持」一職，但東堂之主，卻又縱容，

〔註357〕　（日）賴山陽：《日本政記》唐物町（大阪）：河內屋吉兵衛刊本，
　　　　　　1861 年，早稻田大學圖書館藏，頁 9～10。
〔註358〕　（日）虎關師鍊：《濟北集》卷 11〈濟北詩話〉。

互相欺瞞，使清淨佛法之禪風不復，就虎關而言，唐宋有才在朝爲官，而無才者受嬖倖者無由官，只好立邊功，取得晉級加爵之地位，如同，有能力者，能爲大廟住持，而無能力者，僅藉由邊鄙小院得住持之位，而受到西堂之號位。

　　虎關何以有此憂心？蓋因日本禪寺管理制度已然位階化與世俗化。玉村竹二在〈五山文學の變質と衰頹〉一文，指出：日本禪寺的官僚管理制度源於中國。五山初期官僚本身除尊崇文化，亦熱衷於求法及信仰，公家官僚與禪僧間源於佛法及文學的交流甚篤。惟進入室町幕府時代，到了至德年間（西元 1384～1386），關於「住持」一職之「形式」、「任期」、「僧階」、「僧職」，以及「昇進」等，皆已制度化。〔註 359〕

　　玉村接著說：這些制度皆由所謂的「僧錄司」來統一規範，而掌管與此相關職務者，得以接近將軍，其名譽與實力亦伴隨而至，此部份使得基層卻擁有知識的禪僧不以爲然。就寺院本身有雅、俗對立之狀況，此時寺院經營方面分爲管理「經營事務」之「東班」，還有管理「修行」之「西班」。「東班」握有經濟力及寺院實權，「西班」則以維持清高修行身分，二者互不相容，形成內部雅（修行）、俗（寺務）之對立，所產生的內耗不止，使得僧寺修行亦呈現世俗爭鬥樣態。〔註 360〕

　　承玉村所言，其以「俗」與「雅」作爲禪寺階級化後的情形，就「制度」而言，「僧錄司」之職爲「俗」，擁有知識之僧但無權勢者爲「雅」；就「寺院」而言，「東班」管事務者爲「俗」，「西班」管修行者爲「雅」。由此可知玉村仍崇尙禪寺應回歸在修養內涵與修行之初心。

〔註 359〕　（日）玉村竹二：《五山文學：大陸文化紹介者としての五山禪僧の活動》（東京：至文堂，1955 年），頁 236～245。
〔註 360〕　（日）玉村竹二：《五山文學：大陸文化紹介者としての五山禪僧の活動》（東京：至文堂，1955 年），頁 236～245。

是以，虎關秉持著禪僧應回歸修行，不該務求名利與職階之事，若是，則會喪失修禪之宗旨與本質。

三、中日邊功、禪門類比之用意

虎關將「唐宋立邊功」與「禪門立邊号」之事彼此相說，皆爲急求功利之名，然而，若歸其根本之罪責，約歸於主事者。若「立邊功者，非嬖幸之罪也，唐宋帝王之罪矣」，若「立邊号者，非啞羊之罪也，大刹住持之罪矣」。〔註361〕易言之，唐宋帝王無有立邊功即賞者，亦無嬖幸者爲求邊功之事；若禪門無有住持相欺，亦不會有無明不知解悟之人圖邊鄙小院之邊號。

要之，虎關以世俗之事，相對於淨修之事，原二者是不相雜染，可如今卻都趨於世俗之事，禪林世俗化所產生之弊，自然「宗風墜地」，以此爲諷刺與警示之用。虎關提及詩人與修行者所關注之處不同，他說：

> 詩人所歎者，身命而已，我所怕者，性命而已，彼亡一世，
> 此亡曠劫。鳴呼！〔註362〕

由是而論，虎關將詩人所感歎與悲憫之因，在於將士、百姓之「身命」；而虎關所怕者，則是「性命」。在佛家的立場看「身命」，即爲身與命（壽命）。身是色法，即肉體；命是心法，即心靈、精神；身命是指生命自體。是以，虎關言及「彼亡一世」，正因「身」爲肉體，蓋肉體依恃今世之「命」，逐漸腐朽與消亡。此「命」爲「命根」，指的是「壽命的長短」，壽命長短由誰決定？

乃由過去之業所引生……《成惟識論》卷一載，依於第八識之「名言種子」上，由過去世之業所牽引而可賴以執持、維繫此世之身命者，其功能具有決定色、心等住時長短之差別，由是之故，遂假立爲命根。因此，壽命長短由「過去業」之牽引而致，依於業的根本來確定。第

〔註361〕　（日）虎關師鍊：《濟北集》卷11〈濟北詩話〉。
〔註362〕　（日）虎關師鍊：《濟北集》卷11〈濟北詩話〉。

八識裡有「業」的「種子」，相應於外面一切的緣，業的種子才會引發而顯現，如果此緣與種子不相應，即使有業的種子，沒有相應之緣亦不會生發。是故，人的壽命即是業的種子相應於何種緣，而決定色、心在人身所住之長短，以確定一個人的壽命之長短。

　　然而，何爲「第八識」？第八識即爲「阿賴耶識」，其存在之意義在於：它是輪迴的主體；人死後，色身毀壞，但阿賴耶識內所藏的精神涵義的種子，並不消散，卻積集成一個精神團，或習氣團，繼續在世界中輪轉。……這根本識本身又藏有清淨成分（無漏種子），由此可生起轉依，故它又是修持可能的根本。

　　緣此，人同時存在「色身」〔註363〕和「精神之種子」二者，惟前者有限性，會毀壞；後者可輪轉，不消散。虎關以詩人在乎的是「身命」，而詩人筆下的「萬骨枯」、「萬髑髏」之沈痛與歎惜，都僅是在「一世」，色身之毀壞，此生此世告別肉身而已。

　　然而，就修行者而言，「得人身」是「成佛」的必要條件之一，但是，「人身難得，如優曇花」，因此，「一失人身，萬劫不復」。若當色身毀壞，阿賴耶識蘊藏的種子不斷輪轉，此輪轉必須歷經百千萬劫才可能再得人身，誠如佛陀向弟子開示「失人身如大地土，得人身如爪上泥」。是故，虎關所怕者爲「此亡曠劫」，而此「曠劫」，不是此生此世，而是「無窮盡之彼時」〔註364〕。

　　因此，必須透過今生修行，方能使曠劫得以轉依。然如何轉依？如何修行？正如上文所言，「清淨成分（無漏種子）」則爲修持之根本，所以人們可藉由修行而使習氣轉依而爲清淨。但是，修行者關注的不是「身命」，而是「性命」，此說指陳又爲何？

　　蓋因修行者修行已具備的本質即是「性」，此「性」爲「心性」、

〔註363〕「色身」即「有形質之身，即肉身。反之，無形者稱爲法身，或智身。」
〔註364〕佛教對於「時間」之觀念，以「劫」爲基礎，來說明世界生成與毀滅之過程。

「自性」。《大乘義章》第一卷說性有四義，其一即爲成佛的種子、本因。易言之，人人皆有佛性，若能「明心見性」、「見性成佛」即可免受因果輪迴之輪轉。〈開經偈〉即云：「無上甚深微妙法，百千萬劫難遭遇。我今見聞得受持，願解如來眞實義。」此雖爲武則天在《華嚴經》開篇題寫的偈，卻能與虎關所怕的爲「性命」相呼應。偈中以爲世間之學問，無一能超越佛教精神微妙之義理，因此，若得人身又聞佛法，勢必依教法修行，以證得如來傳達之眞實義。是故，虎關所以怕「性命」之亡，蓋因此生此世不依「教中修定之法」修行，又必須受「曠劫」輪迴之苦。

　　誠然，虎關所謂「教中修定之法」，即是修習「心性」、「自性」之方法，虎關與弟子說法時有記載：

　　　或問，〈坐禪儀〉曰：「念起即覺，覺之即失，其義如何？」
　　　師曰：「此句諸方穿鑿甚多，皆戾禪意。我今正解，子善聽
　　　之！至有念起覺知其非，纔知其非，妄念失滅。」曰：「諸
　　　方解釋皆悉高妙，今之箋解，恐似不如。」曰：「子之高妙
　　　者，謂穿鑿之多者也，此兩句八字是定修之通法也。」「今
　　　此多不知禪，又不委教中修定之文句，只見此兩句，任性
　　　推度，故多邪解。」今出其證句《菩提資糧論》偈曰：「緣
　　　境心若散，應當專念知。還於彼境中，隨動即令住。」釋
　　　曰：「於中修定比丘。心思惟時專意莫亂。若心離境即應覺
　　　知。乃至不令離境遠去。還攝其心安住境中。」〔註365〕

蓋此則說法，爲解「念起即覺，覺之即失」之義。虎關以爲此八字爲「修習禪定」之通法，惟今人不知禪，又不循教理而行，故妄自推度，反而「皆戾禪意」。筆者於此探討其謂「教中修定之文句」爲何？此八字何以是「定修之法」？又如何與《菩提資糧論》之理相呼應。

　　其一，「教中修定之文句」：《妙法蓮華經·安樂行品》說：「在於

〔註365〕　（日）虎關師鍊：《濟北集》卷12〈清言〉，頁243〜244。

閑處，修攝其心，安住不動，如須彌山，觀一切法，皆無所有，猶如虛空，無有堅固，不生不出，不動不退，常住一相。」〔註366〕而《佛遺教經》則言：「若攝心者，心則在定。心在定故，能知世間生滅法相，是故汝等，常當精勤修習諸定，若得定者，心則不散。譬如惜水之家，善治堤塘。行者亦爾，爲智慧水故，善修禪定，令不漏失，是名爲定。」〔註367〕此二說，以修攝一心，使其安住不動，以智慧覺照，使無始劫之貪、瞋、痴、慢、疑之意念煩惱，在知世間生滅法相後，能常住一相。惟如何使心不散，則應善修「禪定」，所謂「禪」者，虎關有言：

> 佛心者，禪也。禪者，佛心也。佛心之宗，又名禪宗。……
>
> 禪者，心之見思想者也，雖見思想無動亂，故云：「禪」也。
>
> 〔註368〕

虎關以「禪」謂「佛心」，即能心見思想而無亂。然若「禪定」爲何？《六祖壇經講話‧坐禪品》曰：「禪定」者，外在無住無染的活用是「禪」，心內清楚明了的安住是「定」，所謂「外禪內定」，就是「禪定一如」。對外，面對五欲六塵、世間生死諸相能不動心，就是「禪」；對內，心裏面了無貪愛染著，就是「定」。參究禪定，那就如暗室放光。是故，若能在面對外境而心不著此相，如如不動，方爲「禪定」，意即人人皆有佛心，若能安住此心，便能身於世間萬事萬物，心卻能對外相了了分明。

其二，「念起即覺，覺之即失」何以爲「定修」之通法？在此先明瞭何謂「念」與「覺」。「念」者，意即「心之作用之名，即對外緣之事明白記憶而不令忘失之精神作用。」；而「覺」若作爲相對於「煩惱障」而言，則爲「覺察」之義，煩惱之侵害如賊，僅聖者能覺知而

〔註366〕 宗淵：《妙法蓮華經‧安樂行品第十四》，天保六年（1835年）承眞跋，無頁數。

〔註367〕 證嚴法師講述；靜思書齋編輯：《佛遺教經》（臺北：慈濟文化，2002年）第十四章〈禪定〉，頁226。

〔註368〕 （日）虎關師鍊：《濟北集》卷12〈清言〉。

不受其害。因此「不怕念起只怕覺遲」，當此念一出，未化爲行動，即已覺察行爲之是非，便能行於中道上。

是故，此八字應以起心動念時，便要以心察覺，一旦有了覺知之心，即可知此「念」之是非，若爲「妄念」，則可以因爲察覺此念而不受其干擾。

其三，虎關舉《菩提資糧論》偈語爲證，以爲在定境之中，若能修習此心，則「專意莫亂」，若見心離定境，即要覺知，方能使「其心安住境中」。虎關說：「中誕妄而無警策者，不足言矣。」〔註369〕蓋可說明當起誕妄之念時，若未察覺而起警策之心者，易「任性推度，故多邪解」〔註370〕，易言之，若此心感於邪，即得「邪解」。

是故，修習心性、自性之重要，應關注修禪之歷程，使心安住不動，便能以智慧覺知貪、瞋、痴、慢、疑之意念煩惱，在見自性、本性之當下，蓋能如虎關言及所修之「性命」，即能跳脫「曠劫」之輪迴。

承前綜論，虎關從中日類比以相喻之精神，欲傳達「立邊功者」與「立邊號者」同爲務求功名與爵祿。「立邊功者」，忽略邊功之意義，應爲保家衛國，安定民心；「立邊號者」則失卻「禪門」之本質應爲修行而非求名利。因此，虎關再從二者得出同中有異卻相通之精神：虎關以爲中國詩人所知、所嘆者，僅是「身命」於一世之消亡，但是，詩人未知佛法之中，「身命」之難得；如今，日本禪門之人，既然明白得人身、得身命、聞佛法，方能見性成佛，以脫曠世累劫之苦，然卻又不專修「性命」，反而著相於世俗之名與利，最終輪轉於世間，此無異於詩人所嘆之「身命」而已。

〔註369〕　（日）虎關師鍊：《濟北集》卷20〈通衡之五〉。
〔註370〕　（日）虎關師鍊：《濟北集》卷12〈清言〉。

第六章　結　論

　　茲歸納本論文研究成果，以彰顯日本五山文學《濟北集》對中國詩文的接受之意義與價值。研究結果分別臚列如下：

一、中日交流傳播促進五山文學盛行

　　日本爲學習中國制度與文化，自推古八年（隋文帝開皇二十年，西元 600）開始向中國派遣使節，迄至寬平六年（唐昭宗乾寧元年，西元 894），菅原道眞（西元 845～903）以出航所費不貲，加之唐朝衰落等因素，日本便終止派遣使節。雖然使節制度廢除，但僧侶與商船往來仍相尋不絕。

　　是故，根據本論文之研究問題，以瞭解五山文學爲何成爲中國文學傳播流行之關鍵？爲何五山禪僧會受到幕府青睞？以及爲何日本由宗白居易轉而宗盛唐與宋詩？以下即於中日禪僧往來、雕版印刷之盛行，以及政治社會變革爲要，歸納三點爲「學問僧推動五山文學之形成」、「傳播效應改變五山文學對中國文學之評賞對象」、「幕府仰賴五山禪僧取得文化權，促成禪學、宋學之流行」以呼應本論文之研究問題與目的。

（一）學問僧推動五山文學之形成

　　五山時期日僧入宋求法和宋元禪僧東渡彼此往來頻繁。對於禪宗教理、儀式、經論、語錄、儒書、寺院建築、雕塑、印刷等影響日本甚鉅。

　　當時一山一寧作爲特殊使節東渡日本，玉村竹二認爲其乃爲中國禪僧素質提升之重要指標，另，中國由元入明後，亦即日本由鎌倉進入室町時代，前往日本的禪僧素質更高。

　　要之，一山歸化日本，有「宋地萬人傑，本朝一國師」之譽，其門下有虎關師鍊、中巖圓月、夢窓疎石等，皆爲五山文學之先導，特別是虎關受一山啓發，爲日本研究宋學之先驅，並編撰日本第一本禪僧傳紀《元亨釋書》，以及日本詩文集《濟北集》，其中〈濟北詩話〉又爲日本第一部詩話，因此，若以日本禪僧而言，虎關爲五山文學之祖即源於此。

　　而五山文學中期，則以「五山文學雙璧」之稱的義堂周信、絕海中津，爲漢詩創作之高峰；至若室町初期則有希世靈彥、彥龍周興、橫川景山等爲代表。誠然，五山時期之禪僧，未必是直接入宋元學習中國文學，然卻在中日僧侶交往與書籍傳播之際，爲五山時期推展中國文學具有重要之意義。

（二）傳播效應改變五山文學對中國文學之評賞對象

　　宋代雕版印刷興起後，對於圖書傳播有著助長之功。平安初期，日本受中國影響最顯著的是魏晉六朝文學，《文選》的傳入爲其重要因素，亦以其作爲「進士」科的考試用書。

　　平安中期以後，白居易文集傳入日本，時人爭相仿效，以爲典範，以貴族公卿爲創作主體爲要，對其閑適、感傷詩的接受性高，又因白詩平淺易曉，詩之題材貼近庶民，使域外讀者易於理解與接受。惟白居易在日本之形象爲優雅、瀟灑、有貴族風度和聰明處世哲學的人物，此觀點與中國認爲白居易詩應是「爲歌生民病」之社會現實派詩人。此爲日本接受中國詩文後，與中國不同看法之一。

　　五山時期的漢詩無論質量，都遠超過了平安時期。由於禪僧往往詩與偈并作，詩境與禪境相融，因此，五山漢詩受喜好說理的宋詩之影響尤深。另一方面，宋儒學的傳入與禪學之間的融合，於思想方面，

給予五山禪僧豐富的滋養。

　　中國宋朝爲論詩盛行的時代，以北宋歐陽脩的《六一詩話》爲始，北宋陳師道的《後山詩話》，南宋楊萬里的《誠齋詩話》，南宋嚴羽的《滄浪詩話》，以及南宋魏慶之的《詩人玉屑》等作品，皆爲宋詩話的拔萃之作，日本禪僧將其視爲質量皆佳的作品。而這些詩話中，對李白、杜甫、蘇軾、黃庭堅等諸多唐宋詩人有所仰慕和模仿，故影響五山時期不再以崇尚白居易詩，反而傾向學習杜甫、蘇軾、黃庭堅之詩作。特別是當時禪林隨著禪僧與貴族接觸增多，爲能應付交酬，因此「贈答詩」隨之激增，故杜甫交友富「情」且「道義」的詩作，亦於此時受到關注。

　　因此，中國文學從平安初期《文選》傳入，使其成爲考試用書；至平安中期以後《白居易詩文集》傳入，使貴族士卿以崇尚白居易詩爲風雅；迨至五山時期，中國詩話之傳入，隨著詩話內容大多宗盛唐，品賞宋詩，亦影響五山文學對中國文學評賞對象之轉變。

（三）幕府仰賴五山禪僧取得文化權，促成禪學、宋學之流行

　　平安時期，學問掌握在皇室貴族手中，至鎌倉時期，政權移轉，官學逐漸式微。此時，武人欲建立自身文化，經年累月沈浸於學習和傳播中國文化之禪僧，便成爲武人仰賴之對象，禪宗在幕府的支持下，得到迅速發展。故仿中國禪宗五山十刹制度，并設五山爲「京都」和「鎌倉」。

　　五山時期，提倡禪學致力最盛者爲北條時賴，初期，時賴對於禪宗之信奉，僅作爲政策手段之一，然因禪僧寡慾儉樸之特質與武士精神相似，故時賴漸次誠心皈依禪宗。另外，禪宗修行方式以坐禪爲主，以心傳心，簡單直接，除了作爲武士精神之依歸，亦與其果斷明決之特質有相通之處。至於生活常規方面，禪僧要求嚴正，同時又專心致力於道，此皆爲武士所欽賞。

　　若於中日兩國的禪僧們在日本兼習與傳播宋學，其目的最初並不在於推廣儒學，而是將宋學視爲「助道之一」，藉以弘佈禪宗。禪僧們在武士階層所弘播的宋學，其影響不僅波及以幕府統治者「將軍」和「執政」爲首的武士階層，也波及朝廷中的天皇、公卿和以儒學爲家業的博士家族。後醍醐天皇在「建武中興」的政治鬥爭中，便是以朱子學的「大義名分」論爲思想武器進行輿論號召的。

　　總之，幕府爲使自身擁有文化權，因此，必須藉由五山禪僧之學問，方能與貴族公卿相抗衡。爲此，幕府本作爲手段之禪學與宋學，間接促進其發展與流行。

二、虎關師錬《濟北集》詩文主張之要略

　　首先，虎關以爲詩文應合「醇全之意」與「適理」之說。若合醇全之意，即厚實本心的「醇」意，使性情意念純正無雜，再「涵養熟練」，即輔以「修練之工」，方可臻於「天然渾成」，即能「自合」；而「適理」之「理」則源自於中國宋明理學，虎關之「理」涵攝於性情之中，故「適理」若從創作手法而言，當是不專事雕鑿，凡事符合自然規律運作，進而觸感於外物，不必以平淡或工巧論高低；從藝術情感而觀，重視詩人的主體，則爲使之性情純正，直抒情感以表現詩情與詩意。

　　其次，虎關認爲詩文求風雅之正，詞嚴義密。虎關將爲文之目的，作爲「載道」、「貫道」之器，特別推崇韓文之嚴明。若中國「載道」，乃是將文章作爲承載道的工具，是手段，而「貫道」則是將文與道一意相貫，是結果。然於虎關則以爲兩者無異，最終目的相同，使實際行爲皆合事物本然規律之中道，不乖違此理，以遵循常理或準則。另一方面，虎關提出此主張，即是對時人提出警惕與反思，認爲創作要避免浮矯之情，亦不必一味追求高尚之華美綺麗的詩風。

　　最後，虎關提出詩文應雅俗共賞，才力論高低。虎關認爲「俗」與「雅」，並非全然對立，亦不在其使用詞語或方法之工樸，或將「俗」與時人相待之態度相關聯。就虎關由俗返雅之觀點，除了鎔裁中國詩

話之觀點外，仍關注「雅」之層面，並呼應創作者性情正邪論詩之優劣，同時虎關更著力於詩人才力高低與作品良窳有密切關係。

三、《濟北集》對中國詩文接受之比較與展望

根據本論文之研究問題，欲瞭解中國詩文傳至日本之後如何發展？又與中國詩文品賞有何不同？且虎關作為禪僧之身分，其於批評詩文之觀點，是否有獨特處？以下即歸納本論文對於虎關師鍊《濟北集》對中國詩文的接受情形。

（一）詩文風格──平淡說

虎關見解	中國詩話觀點	虎關和中國詩話之異同
趙宋人評詩，貴朴古平淡，賤奇工豪麗		
詩不必古淡，不必奇工，適理而已	氣象崢嶸→落其華芬→平淡之境→天然處	虎關僅見平淡語，未見中國對造平淡語之間的層次變化

（二）修辭藝術

1. 夸飾法、反常合道

（1）石敏若、李白

虎關見解	中國詩話觀點	虎關和中國詩話之異同
《玉屑集》句豪畔理者，以石敏若「冰柱懸簷一千丈」與李白「白髮三千丈」之句並按。		
1.敏若：無當玉卮 2.翰林：措意極其妙	1.敏若：雖豪覺畔理 2.李白： 「可謂豪矣，奈無此理」 「字字皆成妙義」 「托興深微」	虎關在接受《玉屑集》後，只接受石敏若之評，不認同李白之評，反而認為李白詩句奇豪，措意極妙。
1.引自南宋魏慶之《玉屑集》，《玉屑集》之評，亦非魏氏所言，而是載南宋嚴有翼《藝苑雌黃》 2.創見：虎關在此以「禪僧」身分解「白髮三千丈」為「白髮生愁裏，人有愁也，天地不能容之者」，此為其獨到之見解		

2. 奪胎換骨、襲改

（1）韓愈、謝無逸

〈濟北詩話〉引用之詩句	虎關見解	中國詩話觀點	虎關和中國詩話之異同
退之〈聯句〉「遙岑出寸碧，遠目增雙明。」以爲後句不及前句，謝逸詩：「忽逢隔水一山碧，不覺舉頭雙眼明」始知韓聯圓美渾醇。凡詩人取前輩兩句竝用者，皆無韻。然此謝聯，不覺醜，豈其奪胎乎？			
遙岑出寸碧，遠目增雙明。	圓美渾醇	爲佳句	皆給予肯定，批評互作補充
忽逢隔水一山碧，不覺舉頭雙眼明。	不覺醜，豈奪胎？	句意清快	成功奪胎換骨
源自南宋陳巖肖《庚溪詩話》未全然相似			

（2）王荊公、白居易

〈濟北詩話〉引用之詩句	虎關見解	中國詩話觀點	虎關和中國詩話之異同
荊公「北澗欲通南澗水，南山正遶此山雲」者，取樂天「東磵水流西澗水，南山雲起北山雲」也			
北澗欲通南澗水，南山正遶北山雲。	一連雙偶并取，寧非下下邪。	清代《臥雪詩話》：此句尤墮惡道	對荊公此句，皆提出否定意見，中國尤盛
虎關在皎然《詩式》「三偷」之基礎上，提出「三竊」，由高而低依序爲：竊勢、竊意、竊詞			

（3）王荊公、林和靖

〈濟北詩話〉引用之詩句	虎關見解	中國詩話觀點	虎關和中國詩話之異同
《遯齋閑覽》荊公詩：「鬚撚黃金危欲墮，蔕團紅蠟巧能裝。」不惟造語巧麗，可謂能道人不到處矣。荊公此詩，麗則麗矣，能道人不到處者，非也。和靖詩云：「蔕團紅蠟綴初乾」荊公豈不見此句耶？			
鬚撚黃金危欲墮，蔕團紅蠟巧能裝。	麗則麗矣，能道人不到處	北宋《春渚紀聞》：	虎關僅認同詩巧麗，但詩句在和靖詩後，

	者，非也。和靖詩荊公豈不見此句？	荊公與林和靖所賦一聯極相似	因此仍認爲其有襲改之嫌，中國詩話亦有此說者
引自北宋陳正敏《遯齋閑覽》評荊公〈梅花〉詩之說法，而說「《遯齋》過稱，可笑矣」			

3. 反其意而用：王荊公、王文海

〈濟北詩話〉引用之詩句	虎關見解	中國詩話觀點	虎關和中國詩話之異同
王文海云：「鳥鳴山更幽」，荊公云：「一鳥不鳴山更幽」，反其意而用之，蓋不言沿襲之耳。《苕溪》爲說其惑甚矣。只反其意而用之者，可也，不言沿襲者，非也，寧未有前句而得後句乎？若有之者，不爲佳句矣。			
文海：鳥鳴山更幽 荊公：一鳥不鳴山更幽	荊公反其意而用之者，可也；不言沿襲者，非也	南宋《艇齋詩話》： 卻覺無味	虎關僅認同《苕溪》言荊公「反其意而用之」；而認爲未有前句何能得後句，故認爲有沿襲耳。
引自南宋胡仔《苕溪漁隱叢話》，作後設批評			

（三）作家分類

1. 唐前

（1）孔子

虎關見解	中國詩話觀點	虎關和中國詩話之異同
孔子不作詩，只刪詩而已	經、史學者當作考辨；而詩評家肯定孔子刪《詩》說	1.刪詩說看法，二者皆相同 2.虎關視《詩》爲教化，反映人品說；中國詩話作教化外，兼有鑒賞的審美意趣
三百篇，爲萬代詩法，是知仲尼爲詩人	孔子述而不作	虎關和中國詩話看法不同。

（2）陶淵明

	虎關見解	中國詩話觀點	虎關和中國詩話之異同
引中國詩話	1.虎關引鍾嶸《詩品》「陶淵明爲（隱逸）詩人之宗」之說法，接受此說，以評陶氏只長沖澹 2.虎關見解淵明「豈大賢之舉乎？」蓋作爲回應南朝梁蕭統於《陶淵明集·序》中說淵明「自非大賢篤志，與道污隆，孰能如此乎」		
爲人	1.爲彭澤令，纔數十日而去，爲傲吏，豈大賢之舉 2.大賢爲政不言小	1.「氣節學術」無所用，亦不可問，因此「有託而逃」 2.固窮以濟意，不委曲而累己。既軒冕之非榮，豈縕袍之爲恥？	1.中日看法不同 2.虎關忽略淵明詩文中所表述之心志與文意之詮解 3.虎關未有懷才不遇，亦其思想主儒，與中國詩話所論立基點相左。
爲詩	詩格萬端，陶氏只長沖澹，非盡美	1.詩風兼豪放、忠憤、高曠 2.大巧之樸，意語新工 3.熟讀有奇趣，興象高妙	1.中日看法沖澹部份相同 2.虎關引鍾嶸《詩品》而有「沖澹」說，然中國詩話認爲亦具氣象崢嶸，高致有生氣
說明	1.虎關使用「傲吏」一詞，引用中國詩文用語的可能性頗大，惟解釋有異。 2.虎關以「其詩如其人」，對於「介潔沖朴之士」所爲的詩，自然以「朴質」、「沖澹」、「平淡」作爲相應之說，而既然是朴實無華，便「非盡美」		

注：「非全才」與「可謂全才」分別跨越「中國詩話觀點」欄「爲人」、「爲詩」兩列。

2. 唐代

（1）唐玄宗

	虎關見解	中國詩話觀點	虎關和中國詩話之異同
暗于知人	薛令之： 明皇若或聞之，須大驚督譴。儻自見，盡斥有司，勵僚屬，而徒賦閑詩聽謝歸	1.令之乃謝病徒步歸 2.歸後，資以歲賦、發舊恩詔	中日詩話皆以玄宗令薛令之歸，但中國詩話未進一步作評價，惟作作歸後，玄宗、肅宗對其之嘉惠之行

	孟浩然： 1.不才明主棄者，「自責」之句，明皇少詩思，卻咎浩然，可笑 2.將懷才之人分「不待進而承詔者」，為「上才」、「待進而承詔者」，為「中才」之人的說法，進而說明浩然「未奉詔」是「明主所棄」之故	中國詩話則言浩然有「怨」，且「怨怒太甚」，作「憤躁語」，玄宗「知詩」，才會言「誣」，因「薄文才」，才會「放還」。	1.「不才明主棄」解讀同中有異 2.虎關依「不才明主棄」提出見解，中國詩話無
	李白： 高力士以靴怨譖妃子，依之見黜	高力士以〈清平調〉構陷李白，主要是第二首，以「雲雨巫山」與「可憐飛燕」作卑賤之意	中日詩話、史書皆載明高力士以靴怨譖妃子事，惟虎關未釋義，而中國詩話明確說明之。
厚戲樂	建「沉香亭」賞妃子，營「梨花園」縱婬樂。	以名貴的沉香木建築了「沉香亭」。玄宗「知音律，酷愛法曲，選坐部伎子弟三百人，教于梨園。」	虎關之說與中國文史所載不貳
總評	晚年語高力士曰：「海內無事，朕將吐納導引，以天下事付林甫。」迷而不反者乎！	唐明皇初好賢樂士，殊有帝王之志，遂致開元之治及其晚節信讒好佞，遽改初志，遂致天寶之亂。	事實上，虎關引唐玄宗「薄文才」與「厚戲樂」之說，蓋可呼應其虎關所處時代，為當時幕府豪奢，暗于知人，以遭致討伐之狀。

1.玄宗於開元初期，勵精圖治，知人善任，恢復諫官議事之職，在政治、社會、經濟方面積極進取，故開創歷史上的「開元盛世」。

2.故虎關見解唐玄宗「薄文才」與「厚戲樂」，皆是玄宗「中後期」任奸臣、縱女色，以致國家衰敗

3.虎關引「厚戲樂」，與當時日本「北條高時」暗于知人，又十分豪奢之事，不無相關；至於「薄文才」，則與兩次的蒙古襲來，乃至南北朝戰事，武士地位提升，文人地位相對減弱。

（2）杜甫（一）

虎關見解	中國詩話觀點	虎關和中國詩話之異同
吳楚東南坼，乾坤日夜浮。		
1.註意此句「不活」 2.虎關說「言洞庭之闊，好浮乾坤也。」目的為狀洞庭之闊	氣象闊放，涵蓄深遠，殆與洞庭爭雄、不知少陵胷中吞幾雲夢、氣象過之	1.中日詩話相類，皆言洞庭之闊 2.惟中國詩話兼及杜甫其人、其才、其胸襟之展現，虎關無
日本太田亨考證，盛行於「五山禪僧」，初期（鎌倉末～南北朝末）主要採用南宋徐居仁編，南宋黃希、黃鶴父子補注的《集千家注分類杜工部詩》		

杜甫（二）

虎關見解		中國詩話觀點		虎關和中國詩話之異同
深山催短景，喬木易高風。				
了無瑕纇	盡美盡善	1.了無瑕纇 2.傷客居寥落，情寓景中。三、四衰疾之悲 3.眼前景寫來眞切 4.含蓄深遠，殆不可模傚	盡美盡善	1.虎關引《古今詩話》之評且認同 2.中國詩話多了含蓄深遠，殆不可模傚
「深山」二句之詩評，引用《古今詩話》作後設批評。然《古今詩話》載〈杜甫詩勝嚴維〉一則，乃出自北宋劉攽《中山詩話》。				

（3）韓愈

虎關見解	中國詩話觀點	虎關和中國詩話之異同
虎關並不認為韓愈是排佛論者《濟北集》記載，韓愈與大顚和尚唱和	韓愈為排佛論	二者看法不同
韓愈認為佛骨散發的光非佛光，韓愈向憲宗直諫之際，卻無法說明何謂佛光，故得罪憲宗。非因〈諫佛骨表〉遭貶謫	韓愈因〈諫佛骨表〉遭貶謫	二者看法不同

（4）嚴維

虎關見解		中國詩話觀點		虎關和中國詩話之異同
柳塘春水慢，花塢夕陽遲。				
善矣！夕陽遲則繫花，而春水慢不繫柳	盡善不盡美	1.「漫」宋人訛爲「慢」，合掌，又少味 2.五、六於第五字用意 3.五、六作二景語，見己之對景相懷也 4.融景入情，寄情於景	盡美盡善	1.虎關引《古今詩話》之評且認同 2.虎關中國詩話之評不同。中國取情景相融 3.「漫」與「慢」釋詩，詩意自有不同
「柳塘」二句之詩評，引用《古今詩話》作後設批評。然《古今詩話》載〈杜甫詩勝嚴維〉一則，乃出自北宋劉攽《中山詩話》。				

3. 宋代

（1）林和靖

虎關見解		中國詩話觀點		虎關和中國詩話之異同
〈山園小梅〉：疏影橫斜水清淺，暗香浮動月黃昏。 〈詠梅〉：雪後園林纔半樹，水邊籬落忽橫枝。				
橫斜之疏影，實清水之所寫也	盡美不盡善	1.爲古今絕唱 2.絕唱，亦未見過之者 3.極妙 4.澄淡高遠，如其爲人	盡美盡善	1.中日詩話相類 2.中國以梅格兼寫人格
浮動之暗香，寧昏月之所關				1.中日詩話不同 2.虎關未明詩歌有通感手法
雪後半樹者，形似		1.「雪後」二句，傳梅之「梅格」 2.「以形寫神」		1.中日詩話相類 2.惟中國視「以形傳神」更佳
水邊橫枝者，實事也				1.中日詩話不同 2.中國取其神韻與「直尋」，自能無意於佳乃佳
1.「疏影」二句、「雪後」二句之詩評，源自南宋陳巖肖《庚溪詩話》 2.文章大槩亦如女色，好惡繫於人				

（2）蘇軾

虎關見解	中國詩話觀點	虎關和中國詩話之異同
東坡〈論學校貢舉狀〉云：「使天下之士，能如莊周齊死生、一毀譽、安貧賤，則人主之名器爵祿，所以礪世摩鈍者，廢矣。」坡公道德文章，爲趙宋之表帥，然言之「不醇」也，往往而在。		
虎關以〈議學校貢舉狀〉爲例，認爲蘇軾排佛老之論述，故指其言不醇厚，而有雜質。	若中國詩話之批評，對於「不醇」之說，乃從蘇軾創作手法而論，如清代紀昀評〈有美堂暴雨〉云：「此首爲詩話所盛推，然獷氣太重。」爲例	虎關以佛老思想批評東坡言不醇厚，但肯定其道德文章。 事實上蘇軾並非排佛論者，甚而與僧友交往頗繁。若以中國詩話而言，則蘇軾言之不醇，往往如所謂「獷氣太重」，乃以文爲詩，使用譬喻連結太密，又以議論爲詩，以敘述句直陳心中想法。

（四）唐宋立邊功與日本禪門立邊號

虎關見解	中國詩話觀點	虎關和中國詩話之異同
1.立邊号者，非啞羊之罪也，大刹住持之罪矣 2.我所怕者，性命而已，彼亡一世，此亡曠劫	1.立邊功者，非嬖幸之罪也，唐宋帝王之罪矣 2.詩人所歎者，身命而已	1.「立邊功者」與「立邊号者」同爲務求功名與爵祿。 2.二者同中有異卻相通之精神： 詩人嘆「身命」於一世之消亡，因詩人未知「身命」之難得；而日本禪門之人，明白得人身方能見性成佛，以脫曠世累劫之苦，然卻又不專修「性命」，最終輪轉於世間，此無異於詩人所嘆之「身命」而已。
1.此則虎關意在作二者比較，故此僅摘虎關語，直接見中國唐宋邊功與日本禪門之弊 2.虎關在此則中，乃以「禪僧」修行之身分，提出獨特見解 3.另外，虎關此概嘆，除嘆修行者未知修行之功，其對於「立邊功」一事，亦與虎關所處當時背景可作一反思，蓋因日本當時分裂爲南北兩帝，造成各有政權武力互爲擁護，自各有殺戮，又不乏欲取功名者，虎關身處其中，自有慨嘆。		

（五）綜論

虎關在《濟北集》中，有時直接沿用中國詩話之觀點；有時則有意誤讀，產生新看法；有時因國情文化不同，而對語言文字理解產生誤讀理解與對話，進而創造出獨特之見解，以下綜合討論之。

1. 虎關對中國詩文誤讀之新變

（1）孔子為「詩人」說

中國詩文大抵以孔子述而不作，然虎關卻認為孔子詩雖不見，但認為孔子還是詩人，惟因秦火而不存。虎關進一步說，若不能作詩者，焉能得刪詩？又如何使三百篇為萬代詩法？因此，推論出仲尼為詩人。

（2）李白「白髮三千丈」之見解

中國詩話以為髮因愁而白，愁既長，則髮亦長矣，採夸飾手法；虎關亦認同此說，惟虎關進而再以「禪僧」身分解「白髮三千丈」為「白髮生愁裏，人有愁也，天地不能容之者」。易言之，人於天地之間，煩惱、愁思無處不生，累世不斷，那麼，李白以「白髮三千丈」喻「愁」，自然「猶為短焉」，此即為以身分不同，而有不同之看法

（3）韓愈「非排佛論」者

中國詩文普遍認為韓愈是排佛論者，然而，虎關卻極力為其辯護，認為韓愈非排佛論者。虎關認為韓愈被貶謫乃因認為佛骨散發的光非佛光，韓愈向憲宗直諫之際，卻又無法說明何謂佛光，故得罪憲宗，而非如中國以為因呈〈諫佛骨表〉之故，同時，虎關又於《濟北集》中提出相關證據論述，由此可見虎關認同韓愈其人。

事實上，虎關十分讚賞韓愈，亦言明其文嚴明，用字不苟。另一方面，依蔭木英雄歸納，虎關與韓愈的共同點為：貫徹「醇」性情、著重「道統」、崇尚古文，因此，不難解釋為何虎關極力為韓愈辯護。

（4）孟浩然「不才明主棄」之意

虎關以「不才明主棄」之事，提出懷才之人，分成「不待進而承

詔者」，爲「上才」之人，和「待進而承詔者」，爲「中才」之人的說法。虎關以此爲依據去解讀唐玄宗對孟浩然之作爲，因孟浩然有「不才明主棄」之句，故表明有「待進」之心，後因匿於王維床下，而承玄宗之詔，故爲「中才」之人。實則，虎關言孟浩然「以中才望上才，故託句而自責」，自是作爲浩然原欲「不待進而有詔」，但是卻遲遲「未奉詔」，故作「不才明主棄」詩，方能明「待進」之心。因此，虎關認爲浩然「未奉詔」，即是「明主所棄」，以此論點再次強調唐玄宗「不知詩」與「薄文才」之意。然，中國詩話大抵僅以玄宗見「不才明主棄」一句，怒其誣而放還，不復見錄。

（5）以唐宋邊功之弊，反思日本禪門邊號之弊

虎關用以彼說此的方式，將唐宋代立邊功，多因嬖幸不才之臣也。如同日本禪家據大剎者，多因援假名爲住持，在邊剎勾引淨信，陷沒邪途。虎關以爲「立邊功者」與「立邊号者」同爲務求功名與爵祿。然而，虎關言及「我所怕者，性命而已，彼亡一世，此亡曠劫」，而「詩人所歎者，身命而已」。如是，詩人嘆「身命」於一世之消亡，因詩人未知「身命」之難得；而日本禪門之人，明白得人身方能見性成佛，以脫曠世累劫之苦，然卻又不專修「性命」，最終輪轉於世間，此無異於詩人所嘆之「身命」而已。

虎關此概嘆，除嘆修行者未知修行之功，其對於「立邊功」一事，亦與虎關所處背景作一反思，蓋因日本當時分裂爲南北兩帝，造成各有政權武力互爲擁護，自各有殺戮，又不乏欲取功名者，虎關身處其中，自有慨嘆。虎關在此則中，乃以禪僧修行之身分，提出獨特見解

2. 虎關因文化差異對中國詩文之誤讀、對話與新解

（1）對「平淡」之見解

中國詩話對於「平淡」，乃由氣象崢嶸→落其華芬→平淡之境→天然處，而虎關未見其層次之變化。因此，其對於「趙宋人評詩，貴朴古平淡，賤奇工豪麗」之見解，自然與中國有不同看法。

（2）評陶淵明為人是「傲吏」，非大賢；為詩長「沖澹」，
　　非盡美，故淵明「非全才」

首先，就其「爲人」而言，虎關評其爲「傲吏」，而「傲吏」一
詞，虎關引用中國詩文之用語而得的可能性頗大，惟解釋「傲吏」之
意與中國詩文不同。中國對於「傲吏」之意，大抵作爲「隱士」、「賢
士」、「高情逸韻」等正面評價；然虎關則以「爲彭澤令，纔數十日而
去，是爲傲吏，豈大賢之舉乎」，一「豈」字作爲激問，表示虎關將
「傲吏」作爲負面之批評。

虎關言淵明「豈大賢之舉乎？」乃作爲回應南朝梁蕭統於《陶淵
明集‧序》中說淵明「自非大賢篤志，與道污隆，孰能如此乎」的說
法。另外又批評陶淵明大賢爲政不言小矣，以爲淵明因小邑而不爲
政。是以，在中國詩文而言，則因淵明處亂世而氣節學術皆無所用，
亦不可問，因此「有託而逃」，故寧固窮以濟意，不委曲而累己，既
軒冕之非榮，豈縕袍之爲恥？

承此，虎關此番論述，忽略淵明詩文中所表述之心志與文意之詮
解，另則因虎關受到幕府青睞，未有懷才不遇之感，亦未能明淵明所
處南北朝之國情，虎關又是以儒家思想爲要，自然與中國詩話所論立
基點不同。

再者，就其「爲詩」而言，虎關認爲詩格萬端，陶氏只長沖澹，
非盡美。然而，就中國詩話而言，則認爲淵明詩除沖澹外，亦兼豪放、
忠憤、高曠之風格，特別其詩表現大巧之樸，意語新工，看似平淡，
熟讀實有奇趣，興象高妙，其平淡如前提及，實爲氣象崢嶸，高致有
生氣。

誠然，虎關是以「其詩如其人」批評陶淵明，因此，對於「介潔
沖樸之士」所爲的詩，自然以「樸質」、「沖澹」、「平淡」作爲相應之
說，而既然是樸實無華，便「非盡美」。

要之，虎關對陶淵明之見解與中國有差異，值得思考之處在於：
虎關於〈濟北詩話〉嘗引《苕溪》和《詩人玉屑》之詩評，那麼，《苕

溪》和《詩人玉屑》皆對淵明在人格與詩文方面皆給予高度推崇。然而，虎關之論，何以與中國詩文評有如此大的差異？或許可說虎關「其詩如其人」之論點，以「其人」爲首，再推而與「其詩」相較，則有其人非大賢，其詩非盡美之說。二則，或許虎關未嘗研讀淵明詩文集，因爲在虎關的論述中，不曾引用淵明的任一詩，更遑論能夠周全地論陶詩之風格。

因此，虎關有可能僅從史書及唐宋詩文評對淵明其人其詩之看法，擇取「不爲五斗米折腰」，「棄官歸園」之事，以及「隱逸詩人」的說法接受之，惟接受此說法的虎關，便依其品評標準，而對淵明提出不同見解。不過，由此亦可見虎關對於中國詩評的內容，不會亦步亦趨。

（3）評唐玄宗「暗于知人」，又「薄文才」、「厚戲樂」之說

虎關對於唐玄宗「暗于知人」、「薄文才」與「厚戲樂」之批評，皆是玄宗「中後期」任奸臣、縱女色，以致國家衰敗之故。事實上，玄宗於開元初期，勵精圖治，知人善任，恢復諫官議事之職，在政治、社會、經濟方面積極進取，曾開創歷史上的「開元盛世」。然何以虎關會以玄宗之事作爲反思？或許可呼應虎關所處之背景，因當時「北條高時」暗于知人，任由貪官收受賄賂，其自身又十分豪奢；若以「薄文才」而言，或許與兩次蒙古襲來，乃至南北朝戰事，武士地位提升，而文人地位相對減弱有關。

（4）評嚴維詩「柳塘春水慢，花塢夕陽遲」爲「盡善不盡美」之意

虎關引《古今詩話》評嚴維之說，以爲「柳塘春水慢，花塢夕陽遲。」乃「善矣！夕陽遲則繫花，而春水慢不繫柳」，僅盡善非盡美。事實上，此則爲《古今詩話》引《中山詩話》之看法，故詩評乃出自《中山詩話》。然，清代紀昀考辨宋人詩話訛「漫」爲「慢」，既合掌，

又少味，故當以「漫」能表現生氣盎然，情景交融之貌。是故，中國詩話方肯定嚴維五、六二句，皆於第五字用意作工，進而作景語，見己之對景相懷也。若虎關當時亦得見作「漫」字之版本，或許會有不同之評價。另，虎關在此則詩話中，全盤接受《古之詩話》之評，僅以「盡善不盡美」作如是詩評。然若其他詩話內容之綜整後，可以得知嚴維此聯可為「盡美盡善」。

（5）評林和靖詩「疏影橫斜水清淺，暗香浮動月黃昏」和「雪後園林纔半樹，水邊籬落忽橫枝」為「盡美不盡善」之說

虎關以「橫斜之疏影，實清水之所寫也。浮動之暗香，寧昏月之所關乎」與「雪後半樹者，形似；水邊橫枝者，實事也」評之。然若「橫斜之疏影，實清水之所寫也」和「雪後半樹者，形似」大抵與中國詩話相類，惟虎關不知是否如中國詩話一般，亦將梅格兼寫人格之高潔？又不知是否「以形傳神」更佳？然若「浮動之暗香，寧昏月之所關」則因虎關未明詩歌有通感藝術手法；而「水邊橫枝者，實事也」之說，則於中國詩話取其神韻，透過「直尋」，自能無意於佳乃佳。故中國詩話認為此二聯可謂「盡美盡善」，而虎關「盡美不盡善」之見解，與中國詩話有所不同。

然而，值得思考的則是，若虎關認為嚴維「春水慢不繫柳」，故評之為「盡善不盡美」；那麼何以「浮動之暗香，寧昏月之所關」同為不合事實情理，卻又評之為「盡美不盡善」？

（6）評蘇軾「道德文章，為趙宋之表帥，然言之『不醇』也」

虎關以〈議學校貢舉狀〉為例，認為蘇軾排佛老之論述，故指其言不醇厚，而有雜質，但肯定其道德文章。然若從中國詩詩話之批評，對於「不醇」之說，則從蘇軾創作技巧而言，大抵以清代紀昀批評〈有美堂暴雨〉為例，其言：「此首為詩話所盛推，然獷氣太重。」若以「獷氣太重」與蘇軾「言之不醇」相參看，則可謂蘇軾以文為詩，使

用譬喻連結太密，又以議論爲詩，以敘述句直陳心中想法，少了詩所具有的含蓄特質。

總之，本論文以「日本五山文學《濟北集》對中國詩文的接受」爲主體。因此，欲先以宏觀之「比較文學法」，瞭解中日兩國文化交流之情形。故探究中日使節、僧侶之交往，以及雕版印刷對中日交流之影響。特別是五山時期，透過禪僧推動五山文學之形成，又因幕府仰賴五山禪僧取得文化權，以促成禪學、宋學之流行。另一方面，傳播效應亦使日本接受中國文學評賞對象與詩學批評產生改變。

除此之外，本論文以微觀之「接受美學」理論，探究虎關（讀者）在接受且閱讀中國詩文（文本）之後，因中日國情、語言文字、文化思想等不同造成差異，促使虎關以讀者的角色閱讀中國詩文，然又因爲虎關受到閱讀經驗、師承、交游、禪僧身分、審美偏好等影響，所以，虎關接受中國文學之際，用自己既有之方式解讀對中國詩文之內容，甚而對中國詩文作後設批評，至若對於隱晦之表達，則以「詩有可解、不可解、不必解」進行對文本之「詮釋」與「評點」，彼此互爲主體性，而使虎關對中國詩文有接受、有誤讀而新變內容之處。

要之，本論文最後以「誤讀理論」來檢閱虎關在接受中國詩文之後，透過「誤讀」、「誤釋」或「輕視的批評」，補充表達自己之意見，不作亦步亦趨的「後設批評」，「再現」虎關自我獨特之看法，如對孔子爲詩人之評論、陶淵明爲傲吏之見解、韓愈爲排佛論者之引證等內容均爲新的創見。

綜括而論，日本五山文學之祖「虎關師鍊」的《濟北集》及其〈詩話〉，在中日詩文對話中，使漢字文化圈挹注了由中國向外輻射而形成的一大文化圈之可能性，五山文學不再爲文學界之孤兒，其相關論題與研究相繼受到關注，五山文學乃至江戶時期之詩話，值得後學進一步研究，期能將中日詩文之觀點，產生更多元之激盪與視野交融之契機。

徵引文獻

壹、專書

一、虎關專著（按出版順序排列）

1. （日）虎關師鍊：《聚分韻略》，國立國會圖書館藏天文十六年（西元 1547）椊雪之寫本。

2. （日）虎關師鍊：《元亨釋書》，早稻田大學圖書館藏日本慶長四年（西元 1599）洛陽（京都）如庵宗乾刊本。

3. （日）虎關師鍊：《聚分韻略》，慶應義塾大學圖書館藏寬永十六年（西元 1639）之版本。

4. （日）虎關師鍊：《濟北集》，慶應義塾大學圖書館藏慶安庚寅（西元 1650）京都中野是誰刊本。

5. （日）虎關師鍊：《濟北集》，收入（日）上村觀光：《五山文學全集》第一卷，京都：思文閣出版社，1992 年。

6. （日）虎關師鍊：《元亨釋書》，收入《域外漢籍珍本文庫》第三輯第十八冊，北京：人民出版社，2012 年。

二、五山時期專著（按出版順序排列）

1. （日）義堂周信著，辻善之助編：《空華日用工夫略集》，東京：太洋社，1939 年。

2. （日）令淬編：《海藏和尚紀年錄》，收入（日）塙保己一、太田藤四郎：《續群書類從・第九輯下》，東京：續群書類從完成會，1957 年。

3. （元）竺仙梵仙：《天柱集》，收入（日）上村觀光：《五山文學全集》，京都：思文閣出版社，1992 年。

4. （日）景徐周麟：《翰林葫蘆集》，收入（日）上村觀光：《五山文學全集》，京都：思文閣出版社，1992 年。

5. （日）天岸慧廣：《東歸集》，收入（日）上村觀光：《五山文學全集》，京都：思文閣出版社，1992 年。

6. （日）夢巖祖應：《旱霖集》，收入（日）上村觀光：《五山文學全集》，京都：思文閣出版社，1992 年。

7. （日）別源圓旨：《南游東歸集》，收入（日）上村觀光：《五山文學全集》，京都：思文閣出版社，1992 年。

8. （日）中巖圓月：《東海一漚集》，收入（日）上村觀光：《五山文學全集》，京都：思文閣出版社，1992 年。

9. （日）義堂周信：《空華集》，收入（日）上村觀光：《五山文學全集》，京都：思文閣出版社，1992 年。

10. （日）景徐周麟：《翰林胡蘆集》，收入（日）上村觀光：《五山文學全集》，京都：思文閣出版社，1992 年。

三、古籍（按作者時代排列）

（一）詩話、詩論及文學批評相關專著

（1）詩話、詩論論著

1. （梁）劉勰：《文心雕龍》，臺北：臺灣商務，1979 年。

2. （唐）李濬：《松窗雜錄》，臺北：木鐸，1982 年。

3. （唐）司空圖：《二十四詩品》，北京：中華書局，1985 年。

4. （唐）皎然：《詩式》，北京：中華書局，1985 年。

5. （宋）費袞：《梁溪漫志》，上海：古書流通處，1921 年。

6. （宋）魏泰：《臨漢隱居詩話》，上海：古書流通處，1921 年。

7. （宋）何溪汶：《竹莊詩話》，上海：商務書局，1935 年。

8. （宋）陽枋：《字溪集》，上海：商務，1935 年。

9. （宋）周紫芝：《竹坡老人詩話》，臺北：藝文印書館印行，1965 年。

10. （宋）鍾嶸：《詩品》，臺北：臺灣商務，1965 年。

11. （宋）宋祁：《宋景文公筆記》，臺北：藝文出版社，1965 年。

12. （宋）洪邁：《容齋隨筆》，臺北：臺灣商務，1965 年。

13. （宋）葉夢得：《石林詩話》，臺北：藝文，1965 年。

14. （宋）吳沆：《環溪詩話》，臺北：藝文出版社，1967 年。

15. （宋）鍾嶸撰；（宋）周履靖校正：《詩品》，臺北：臺灣商務，1969 年。

16. （宋）魏慶之：《詩人玉屑》，臺北：世界書局，1970 年。

17. （宋）曾季貍：《艇齋詩話》，臺北：廣文書局，1971 年。

18. （宋）劉克莊：《後村詩話》，臺北：廣文書局，1971 年。

19. （宋）陳起：《前賢小集拾遺》，收入於《南宋羣賢小集》，臺北：藝文，1972 年。

20. （宋）蔡絛：《西清詩話》，收入《宋詩話輯佚》，臺北：哈佛燕京學社，1972 年。

21. （宋）阮閱：《詩話總龜》，臺北：廣文書局，1973 年。

22. （宋）李耆卿：《文章精義》，臺北：臺灣商務，1975 年。

23 （宋）李頎：《古今詩話》，收入《宋詩話輯佚》，臺北：華正書局，1981 年。

24. （宋）嚴有翼：《藝苑雌黃》，收入《宋詩話輯佚》，臺北：華正書局，1981 年。

25. （宋）蔡啓：《蔡寬夫詩話》，收入《宋詩話輯佚》，臺北：華正書局，1981 年。

26. （宋）司馬光：《溫公續詩話》，收入（清）何文煥編：《歷代詩話》，臺北：漢京文化事業，1983 年。

27. （宋）吳可：《藏海詩話》，收入《景印文淵閣四庫全書》，臺北：臺灣商務，1983 年。

28. （宋）延君壽：《老生常談》，收入郭紹虞編：《清詩話續編》，上海：上海古籍出版社，1983 年。

29. （宋）張鎡：《仕學規範》》，收入《景印文淵閣四庫全書》，臺北：臺灣商務，1983 年。

30. （宋）劉攽：《中山詩話》，收入（清）何文煥編：《歷代詩話》，臺北：漢京文化事業，1983 年。

31. （宋）吳處厚：《青箱雜記》，北京：中華出版，1985 年。

32. （宋）何薳：《春渚紀聞》，北京：中華書局，1985 年。

33. （宋）葉夢得：《避暑錄話》，北京：中華書局，1985 年。

34. （宋）葛立方：《韻語陽秋》，北京：中華書局，1985 年。

35. （宋）吳聿：《觀林詩話》，北京：中華書局，1985 年。

36. （宋）范晞文：《對牀夜語》，北京：中華書局，1985 年。

37. （宋）張戒：《歲寒堂詩話》，北京：中華書局，1985 年。

38. （宋）許顗：《許彥周詩話》，北京：中華書局，1985 年。

39. （宋）陳巖肖：《庚溪詩話》，北京：中華書局，1985 年。

40. （宋）惠洪：《冷齋夜話》，北京：中華書局，1985 年。

41. （宋）王讜撰；周勛初校證：《唐語林校證》，北京：中華書局，1987 年。

42. （宋）陳模：《懷古錄》，北京：中華書局，1993 年。

43. （宋）趙次公：《杜詩先後解》；林繼中輯校：《杜詩趙次公先後解輯校》，上海：上海古籍出版社，1994 年。

44. （宋）趙令畤：《侯鯖錄》，北京：中華書局，2002 年。

45. （宋）惠洪：《冷齋夜話》，收入朱易安主編：《全宋筆記》，鄭州：大象，2003 年。

46. （宋）蔡正孫：《詩林廣記》，收入蔡鎮楚編：《中國詩話珍本叢書》，北京：北京圖書館，2004 年。

47. （宋）朱勝非：《紺珠集》，收入任繼愈；傅璇琮總主編：《文津閣四庫全書》，北京：商務印書館，2005 年。

48. （宋）胡仔：《苕溪漁隱叢話》，臺北：世界書局，2009 年。

49. （宋）陳師道：《後山詩話》，收入（明）毛晉輯：《津逮秘書》第五集，崇禎中刊，國立國會圖書館。

50. （宋）嚴羽；（明）鄧原岳校：《滄浪詩話》，柳田泉舊藏，早稻田大學圖書館藏和刻本。

51. （宋）歐陽脩：《六一詩話》，收入（明）毛晉輯：《津逮秘書》第五集，崇禎中刊，國立國會圖書館藏。

52. （金）王若虛：《滹南詩話》，北京：中華書局，1985 年。

53. （金）王若虛：《滹南集》，收入任繼愈；傅璇琮總主編：《文津閣四庫全書》，北京：商務印書館，2005 年。

54. （元）方虛谷原選；（清）紀曉嵐批點：《紀批瀛奎律髓》，臺北：佩文書社，1950 年。

55. （元）方回：《瀛奎律髓》，臺北：臺灣商務，1978 年。

56. （元）方回選評；李慶甲集評校點：《瀛奎律髓彙評》，上海：上海古籍，2005 年。

57. （明）周履靖：《騷壇祕語》，臺北：廣文書局，1960 年。

58. （明）徐師曾：《詩體明辯》，臺北：廣文書局，1972 年。

59. （明）胡應麟：《詩藪》，臺北：廣文書局，1973 年。

60 （明）薛瑄：《讀書錄》，臺北：廣文書局，1975 年。

61. （明）謝榛：《四溟山人全集》，臺北：偉文，1976 年。

62. （明）謝榛：《四溟詩話》，北京：中華書局，1985 年。

63. （明）李東陽：《麓堂詩話》，北京：中華書局，1985 年。

64. （明）周珽：《唐詩選脈會通評林》，臺北：國立中央圖書館，1991
    年。

65. （明）徐增：《而庵詩話》，收入《續修四庫全書》，上海：上海古
    籍，1995 年。

66. （明）李日華：《紫桃軒雜綴》，收入《四庫全書存目叢書》，臺南：
    莊嚴文化，1997 年。

67. （明）董其昌：《容臺別集》，收入《四庫禁燬書叢刊》，北京：北
    京出版社出版發行，2000 年。

68. （明）唐汝詢選釋：王振漢點校：《唐詩解》，保定：河北大學出版
    社，2001 年。

69. （明）田藝蘅：《香宇詩談》，收入周維德集校《全明詩話》，濟南：
    齊魯書社，2005 年。

70. （清）紀曉嵐批點《紀批瀛奎律髓》，臺北：佩文書社，1950 年。

71. （清）劉熙載：《藝概》，臺北：廣文書局，1964 年。

72. （清）施補華《峴傭說詩》，收入丁福保編：《清詩話》，臺北：藝
    文出版社，1965 年。

73. （清）沈德潛：《古詩源》，臺北：臺灣商務，1965 年。

74. （清）葉燮：《原詩》，收入丁福保編：《清詩話》，臺北：藝文出版
    社，1965 年。

75. （清）馬位：《秋窗隨筆》，收入丁福保編：《清詩話》，臺北：藝文
    出版社，1965 年。

76. （清）梁章鉅：《退庵隨筆》，臺北：文海，1969 年。

77. （清）溫謙山纂訂：《陶詩彙評》，臺北：新文豐出版，1970 年。

78. （清）趙翼：《甌北詩話》，臺北：廣文書局，1971 年。

79. （清）袁枚：《隨園詩話》，臺北：廣文書局，1971 年。

80. （清）吳雷發：《說詩菅蒯》，收入丁福保編：《清詩話》，臺北：藝

文出版社，1971 年。

81. （清）高宗御選：《唐宋詩醇》，臺北：臺灣中華，1971 年。

82. （清）沈德潛：《杜詩評鈔》，臺北：廣文書局，1976 年。

83. （清）沈德潛：《唐詩別裁》，臺北：廣文書局，1978 年。

84. （清）崔東壁：《讀風偶識》，臺北：學海，1979 年。

85. （清）陳廷焯：《白雨齋詞話》，上海：臺灣開明，1982 年。

86. （清）吳喬：《圍爐詩話》，收入郭紹虞編：《清詩話續編》，上海：
    上海古籍出版社，1983 年。

87. （清）賀裳：《載酒園詩話》，收入郭紹虞編：《清詩話續編》，上海：
    上海古籍出版社，1983 年。

88. （清）梁章鉅《浪跡叢談》，臺北：漢京，1984 年。

89. （清）李佳：《左庵詞話》，臺北：新文豐，1988 年。

90. （清）王夫之：《古詩評選》，收入《船山全書》，長沙：嶽麓書社
    出版，1988～1996 年。

91. （清）王夫之：《明詩評選》，收入《船山全書》，長沙：嶽麓書社
    出版，1988～1996 年。

92. （清）王夫之：《薑齋詩話》，收入《船山全書》，長沙：嶽麓書社
    出版，1988～1996。

93. （清）朱彝尊：《靜志居詩話》，臺北：明文出版，1991 年。

94. （清）高步瀛：《唐宋詩舉要》，上海：上海古籍，1992 年。

95. （清）邱嘉穗：《東山草堂陶詩箋》，收入《四庫全書存目叢書》（臺
    南：莊嚴文化，1997 年。

96. （清）沈德潛：《說詩晬語》，上海：上海古籍，2002 年。

97. （清）袁嘉穀：《臥雪詩話》，收入張寅彭編：《民國詩話叢編》，上
    海：上海書店，2002 年。

98. （清）方東樹：《昭昧詹言》，收入《續修四庫全書》，上海：上海
    古籍，2002 年。

99. （清）陳衍《石遺室詩話》，收入張寅彭編：《民國詩話叢編》，上
    海：上海書局，2002 年。

100. （清）施潤章：《蠖齋詩話》，收入（清）何文煥、丁福保編：《歷
     代詩話》，北京：北京圖書館，2003 年。

101. （清）吳雷發：《說詩菅蒯》，收入丁福保編：《清詩話》，北京：北
     京圖書館出版社出版發行，2003 年。

102. （清）施補華《峴傭説詩》，收入丁福保編：《清詩話》，北京：北京圖書館出版社出版發行，2003 年。

103. （清）黃生：《杜詩説》，收入《黃生全集》，合肥：安徽大學出版社，2009 年。

104. （清）黃生：《唐詩矩》，收入《黃生全集》，合肥：安徽大學出版社，2009 年。

105. （清）黃生：《唐詩摘鈔》，收入《黃生全集》，合肥：安徽大學出版社，2009 年。

106. （清）王士禛：《池北偶談》，濟南：山東大學出版社，2009 年。

107. （清）李重華：《貞一齋詩説》，收入《貞一齋集》，上海：上海古籍，2010 年。

108. （清）吳汝綸評選：《古詩鈔》，收入《吳汝綸全集》，合肥：黃山書社出版發行，2014 年。

109. （清）吳烶選註：《唐詩選勝直解》，哈佛燕京圖書館藏，台大圖書館藏微捲。

（2）詩集、文集專著

1. （晉）陶潛；（清）胡鳳丹輯：《六朝四家全集》，臺北：華文書局，1968 年。

2. （晉）陶潛撰；（清）陶澍註：《陶靖節集》，臺北：臺灣商務，1970 年。

3. （晉）陶潛撰；（宋）李公煥箋註：《箋註陶淵明集》，臺北：中央圖書館，1991 年。

4. （晉）陶潛撰；（清）吳瞻泰《陶詩彙註》，收入《四庫全書存目叢書》，臺南：莊嚴文化，1997 年。

5. （晉）陶潛撰；（明）黃文煥析義：《陶元亮詩》，收入《四庫全書存目叢書》，臺南：莊嚴文化事業，1997 年。

6. （晉）陸機：《陸士衡文集》，收入《續修四庫全書》，上海：上海古籍，2002 年。

7. （晉）陶潛撰；（明）張自烈：《箋註陶淵明集》，明崇禎間著書堂重刊本，國家圖書館藏。

8. （梁）蕭統撰；（唐）李善注：《昭明文選》，嘉慶十四年（1809 年），柳田泉舊藏，早稻田大學圖書館藏。

9. （梁）蕭統：《陶淵明集》，收入（晉）陶潛撰；（宋）李公煥箋註：《箋註陶淵明集》，臺北：中央圖書館，1991 年。

10. （唐）韓愈撰；（宋）朱晦庵考異；王留畊音釋：《朱文公校昌黎先生文集》，寶慶三年序（1227年）の後刷，早稻田大學圖書館藏。

11. （唐）白居易撰；那波道円校：《白氏文集》，元和四年（1618年）跋，尾張深田印記，早稻田大學圖書館藏。

12. （唐）孟浩然：《孟浩然詩集》，文久四年（1864年），國立國會圖書館藏。

13. （唐）李白撰；（清）王琦集注：《李太白全集》，臺北：臺灣中華，1955年。

14. （唐）杜甫著；（明）王嗣奭《杜臆》，臺北：臺灣中華，1960年。

15. （唐）杜甫撰；（明）王嗣奭；曹樹銘增校：《杜臆增校》（臺北：藝文印書館，1971年）

16. （唐）杜甫撰；（宋）徐居仁編；（宋）黃鶴補註：《集千家注分類杜工部詩》，臺北：大通，1974年。

17. （唐）王維；（清）趙松谷箋注：《王右丞集箋註》，臺北：廣文書局，1977年

18. （唐）杜甫著；（清）浦起龍：《讀杜心解》，臺北：鼎文書局，1979年。

19. （唐）白居易著，朱金城箋校：《白居易箋校》，上海：上海古籍出版社，1988年。

20. （唐）李白；詹鍈主編：《李白全集校注彙釋集評》，天津：百花文藝出版，1996年。

21. （唐）杜甫著；（清）楊倫：《杜詩鏡銓》，臺北：華正書局，2003年。

22. （宋）林逋著；近藤元粹編：《林和靖詩集》，大阪：青木嵩山堂，1897年。

23. （宋）姜夔：《白石道人詩集》，臺北：臺灣商務，1967年。

24. （宋）黃庭堅：《山谷全集》，臺北：中華書局，1970年。

25. （宋）楊時：《楊龜山先生全集》，臺北：臺灣學生，1974年。

26. （宋）陸游：《渭南文集》，臺北：商務出版社，1978年。

27. （宋）劉克莊：《後村先生大全集》，臺北：商務出版社，1979年。

28. （宋）黃庭堅：《豫章黃先生文集》，臺北：商務出版社，1979年。

29. （宋）楊萬里：《誠齋詩集》，臺北：臺灣中華，1981年。

30. （宋）林逋：《林和靖詩集》，臺北：廣文書局，1982年。

31. （宋）黃庭堅：《山谷集》，收入《景印文淵閣四庫全書》，臺北：

臺灣商務，1983 年。

32. （宋）蘇軾著；（清）王文誥、馮應榴輯註：《蘇軾詩集》，臺北：
學海，1983 年。

33. （宋）郭茂倩撰：《樂府詩集》，臺北：里仁書局，1984 年。

34. （宋）蘇軾：《東坡志林》，北京：中華書局，1985 年。

35. （宋）王之望：《漢濱集》，臺北：臺灣商務，1986 年。

36. （宋）蘇軾著，孔凡禮點校：《蘇軾文集》，北京：中華書局，1986
年。

37. （宋）劉辰翁著，段大林校點：《劉辰翁集》，南昌：江西人民出版
社，1987 年。

38. （宋）羅大經：《鶴林玉露》，收入《欽定四庫全書》，上海：上海
古籍，1987 年。

39. （宋）蘇軾著；（清）王文誥輯註：《蘇軾詩集》，北京：中華書局，
1992 年。

40. （宋）梅堯臣：《林和靖先生詩集》，臺北：臺灣商務，1967 年。

41. （宋）王十朋：《王十朋全集》，上海：上海古籍出版，1998 年。

42. （宋）梅堯臣：《宛陵詩鈔》，收入《宋詩鈔》，州錢：吳氏鑑古堂，
康熙十年（1671 年）序，土岐善麿舊藏，早稻田大學圖書館藏。

43. （金）元好問；張德輝編：《元遺山先生集》，京都：翰文齋書坊，
1882 年，早稻田大學圖書館藏。

44. （元）劉履：《選詩補註》，明宣德甲寅（1434 年），吉安知府陳本
深刊本，國家圖書館藏。

45. （元）程鉅夫：《程雪樓文集》，臺北：國立中央圖書館，1970 年。

46. （元）楊維楨：《東維子文集》，上海：涵芬樓，柳田泉舊藏，早稻
田大學圖書館藏。

47. （元）傅若金《傅與礪詩集》，收入《傅與礪詩文集》，臺北：臺灣
商務，1972 年。

48. （元）韋居安：《梅澗詩話》，收入（清）顧修輯《讀畫齋叢書》，
出版者不明，嘉慶刊，國立國會圖書館藏。

49. （明）王世貞：《弇州山人四部稿》，臺北：偉文出版社，1976 年。

50. （明）李于麟：《唐詩廣選》，收入《四庫全書存目叢書補編》，濟
南：齊魯書社，2001 年。

51. （明）沈顥：《歷代論畫名著彙編》，臺北：世界書局，2010 年。

52. （清）張玉書等編錄：《佩文齋詠物詩選》，臺北：廣文書局，1960

年。

53. （清）永瑢等編：《四庫全書總目提要》，臺北：臺灣商務，1965年。

54. （清）顧炎武：《日知錄》，臺北：臺灣商務，1965年。

55. （清）顧炎武：《日知錄》，臺北：臺灣中華，1978年。

56. （清）陶澍；戚煥塤校：《靖節先生集》，臺北：華正書局，1982年。

57. （清）聖祖御定：《全唐詩》，臺北：文史哲，1987年。

58. （清）陳祚明：《采菽堂古詩選》，上海：上海古籍出版社，2008年。

59. （清）林雲銘評註：《古文析義初編》，出版地不詳：錦章圖書印行。

（二）史籍專著

1. （漢）司馬遷：《史記》，臺北：臺灣中華，1984年。

2. （漢）司馬遷；瀧川龜太郎考證：《史記會注考證》，臺北：文史哲出版社，1997年。

3. （漢）班固；（清）王先謙注：《漢書》，臺北：藝文印書館，1972年。

4. （漢）班固；（唐）顏師古注：《漢書》，臺北：臺灣中華，1966年。

5. （後晉）劉昫等撰：《舊唐書》，臺北：藝文印書館，1972年。

6. （南朝宋）范曄；（唐）李賢等注：《後漢書》，臺北：藝文印書館，1972年。

7. （梁）沈約：《宋書》，臺北：藝文印書館，1972年。

8. （唐）玄宗御撰；（唐）李林甫等奉敕注：《大唐六典》，江戶：出雲寺金吾，1836年，早稻田大學圖書館藏。

9. （唐）趙國公等撰：《隋書》，臺北：藝文印書館，1958年。

10. （唐）房玄齡等：《晉書》，臺北：藝文印書館，1972年。

11. （唐）釋僧肇：《寶藏論》，北京：中華書局，1985年。

12. （唐）杜佑：《通典》，北京：中華書局，1988年。

13. （宋）計有功：《唐詩紀事》，臺北：臺灣中華，1960年。

14. （宋）司馬光著；胡三省注：《資治通鑑》，臺北：臺灣商務，1967年。

15. （宋）歐陽修；（宋）宋祁等撰：《新唐書》，臺北：臺灣中華，1971年。

16. （宋）歐陽修；（宋）宋祁等撰：《新唐書》，臺北：藝文印書館，1972 年。

17. （宋）司馬光著；胡三省注：《資治通鑑》，臺北：天工，1988 年。

18. （元）脫脫：《宋史》，臺北：藝文印書館，1972 年。

19. （明）宋濂等修：《元史》，臺北：臺灣中華，1971 年。

20. （明）宋濂等修：《元史》，臺北：藝文印書館，1972 年。

21. （明）馮琦撰；陳邦瞻纂輯：《宋史紀事本末》，臺北：藝文印書館，1972 年

22. （明）宋濂等修：《元史》，臺北：藝文印書館，1988 年。

23. （清）趙翼：《二十二史箚記》，臺北：臺灣中華，1966 年。

24. （清）章學誠：《文史通義》，北京：中華書局，1985 年。

25. （清）章學誠：《文史通義》，臺北：頂淵文化事業有限公司，2002 年。

（三）其他專著

1. （周）管仲撰；（唐）房玄齡註釋；劉績增註；朱長春通演；朱養和輯訂：《管子》，姑蘇：聚文堂，1804 年，早稻田大學圖書館藏。

2. （周）荀卿著；（唐）楊倞注、王先謙集解：《荀子集解》，北京：中華書局，1954 年。

3. （周）莊周撰；（晉）郭象注：《莊子》，臺北：藝文印書館，1968 年。

4. （周）管仲撰；（唐）房玄齡注：《管子》，收入《景印文淵閣四庫全書》，臺北：臺灣商務，1983 年。

5. （周）列禦寇撰；（晉）張湛注：《列子》，北京：中華書局，1985 年。

6. （秦）呂不韋撰；（漢）高誘注：《呂氏春秋》，杭州：浙江書局，1875 年，早稻田大學圖書館藏。

7. （漢）毛亨撰；鄭玄箋：《毛詩鄭箋》，臺北：臺灣中華，1966 年。

8. （漢）劉向著；（日）松本万年標註：《列女傳》，東京：別所平七，1878 年，國立國會圖書館藏。

9. （漢）趙岐註；（宋）孫奭疏；孟子附記 /（清）翁方綱撰：《孟子》，臺北：中國子學名著集成編印基金會，1978 年。

10. （魏）何晏集解；（梁）皇侃義疏：《論語集解義疏》，臺北：廣文書局，1968 年。

11. （南朝宋）劉義慶撰；（梁）劉孝標注：《世說新語》，東京：育德
　　財團，1929 年，國立國會圖書館藏。

12. （唐）孔穎達疏：《毛詩正義》，臺北：臺灣中華，1966 年。

13. （唐）陸德明：《經典釋文》，出版地不明：抱經堂，1791 年，早稻
　　田大學圖書館藏。

14. （唐）歐陽洵：《八訣》，收入《歷代書法論文選》，臺北：華正書
　　局，1984 年。

15. （唐）黃璞：《閩川名士傳》，收入《總志之屬》，上海：上海交通
　　大學出版社，2009 年。

16. （南唐）釋靜，筠二禪德編纂：《祖堂集》，臺北：新文豐，1987
　　年。

17. （宋）沈括：《夢溪筆談》，臺北：臺灣商務，1968 年。

18. （宋）朱熹：《大學或問》，京都：中文出版社，1977 年。

19. （宋）周敦頤：《周子全書》，臺北：臺灣商務，1978 年。

20. （宋）程顥、程頤撰，（日）岡田武彥編：《二程全書》，臺北：廣
　　文書局，1979 年。

21. （宋）朱熹；（宋）黎靖德編：《朱子語類》，臺北：正中書局，1982
　　年。

22. （宋）程顥、程頤：《二程集》，臺北：漢京文化，1983 年。

23. （宋）朱熹；（清）李光地、熊賜履等奉敕編：《御纂朱子全書》，
　　收入《欽定四庫全書》（臺北：臺灣商務，1983 年。

24. （宋）鄭樵：《六經奧論》，臺北：臺灣商務，1983 年。

25. （宋）韓拙：《韓氏山水純全集》，北京：中華書局，1985 年。

26. （宋）比丘悟明集：《聯燈會要》，高雄：佛光大藏經編修委員會主
　　編，1994 年。

27. （宋）朱熹：《朱子全書》，上海：上海古籍，2002 年。

28. （宋）朱熹集註；蔣伯潛廣解：《語譯廣解孟子讀本》，收入《民國
　　時期經學叢書》，臺中：文听閣，2009 年。

29. （宋）周敦頤；朱熹注：《周子通書》，服部文庫，早稻田大學圖書
　　館藏。

30. （宋）周密：《齊東野語》，收入（明）毛晉輯：《津逮秘書》第十
　　五集，崇禎中刊，國立國會圖書館藏。

31. （宋）范成大：《范村梅譜》，皇清嘉慶十四年張海鵬較梓，成功大
　　學圖書館藏。

32. （元）陳澔：《禮記集說》，京都：今村八兵衛，1724 年，早稻田大學圖書館藏。

33. （明）丘濬：《大學衍義補》，臺北：臺灣商務，1983 年。

34. （明）沈襄：《梅譜》，收入俞崑編：《中國畫論類編》，臺北：華正書局，1977 年。

35. （明）沈顥：《畫麈》據《歷代論畫名著彙編》，臺北：世界書局，2010 年。

36. （清）汪灝等撰：《廣羣芳譜》，臺北：臺灣商務，1968 年。

37. （清）方玉潤：《詩經原始》，臺北：藝文印書，1981 年。

38. （清）張英；（清）王士禎等奉敕纂：《御定淵鑑類函》，臺北：臺灣商務，1983 年。

39. （清）鄭方坤：《全閩詩話》，收入《欽定四庫全書》，上海：上海古籍，1987 年。

40. （清）孫詒讓：《墨子閒詁》，臺北：華正書局，1987 年。

四、日本專著（按出版順序排列）

（一）文學批評專著

1. （日）大江匡房【談】；藤原實兼【記】：《江談抄》，早稻田大學圖書館藏寫本，書寫年不明。

2. （日）菊池桐孫：《五山堂詩話》，載於蔡鎮楚編：《域外詩話珍本叢書》，北京：北京圖書館出版社，1807 年。

3. （日）池田四郎次郎：《日本詩話叢書》，東京：文會堂書局，1920 年。

4. （日）林梅洞：《史館茗話》，收入（日）池田四郎次郎：《日本詩話叢書》，東京：文會堂書局，1920 年。

5. （日）江村北海：《日本詩史》，收入（日）池田四郎次郎：《日本詩話叢書》，東京：文會堂書局，1920 年。

6. （日）船津富彥：《中國詩話研究》，東京：八雲書店，1977 年。

7. （日）大江匡房：《江談抄》，收入（日）後藤昭雄、（日）池上洵一、（日）山根對助校注《江談抄・中外抄・富家語》，東京：岩波書局，2005 年。

8. （日）皆川淇園：《淇園詩話》，收入蔡鎮楚編：《域外詩話珍本叢書》第 5 冊，北京：北京圖書館出版社，2006 年。

9. （日）遍照金剛撰，盧盛江校考：《文鏡祕府論彙校彙考》，北京：

中華書局，2006 年。

（二）文史思想專著

1. （日）賴山陽：《日本政記》，唐物町（大阪）：河內屋吉兵衛刊本，文久元年（西元 1861），早稻田大學圖書館藏。

2. （日）德川光圀編：《大日本史》，東京：吉川半七，1900 年。

3. （日）林羅山：《羅山林先生文集》，京都：平安考古學會編，1918 年。

4. （日）北村澤吉：《五山文學史稿》，東京：富山房，1942 年。

5. （日）玉村竹二：《五山文學：大陸文化紹介者としての五山禪僧の活動》，東京：至文堂，1955 年。

6. （日）小島憲之：《上代日本文學と中國文學——出典論を中心とする比較文學的考察——》，東京：塙書房，1965 年。

7. （日）大矢根文次郎：《陶淵明研究》，東京：早稻田大學出版部，1967 年。

8. （日）玉村竹二：《五山文學新集》，東京：東京大學出版，1967～1981 年。

9. （日）青木正兒：《青木正兒全集》東京：春秋社，1969 年。

10. （日）石田一良，金谷治：《藤原惺窩、林羅山》，東京：岩波書店，1975 年。

11. （日）祇園南海著；田中峴嶁輯錄；葛城蠧庵校閱：《南海先生文集》，江戶：須原茂兵衛，1795 年，慶應義塾大學圖書館藏刊本。

12. （日）阿部吉雄：《日本朱子學と朝鮮》，東京：東京大學出版會，1976 年。

13. （日）鈴木大拙：《禪與儒教在日本》，收入張曼濤編《現代佛教學術叢刊》第 81 冊〈中國佛教關係研究〉，臺北：大乘文化出版社，1976 年。

14. （日）陰木英雄：《五山詩史の研究》，東京：笠間書院，1977 年。

15. （日）市古貞次：《日本文學史概說》，長春：東北師範大學出版，1987 年。

16. （日）上村觀光：《五山文學全集》，京都：思文閣出版社，1992 年。

17. （日）林鵞峰編，小島憲之校注：《本朝一人一首》，東京：岩波書店，1994 年。

18. （日）入矢義高校注：《五山の詩を読むたあに》，收入《五山文學

集》，東京：岩波出版社，1996 年。

19. （日）川合康三：《中國の文學史觀》，東京：創文社，2002 年。

20. （日）黑住眞：《近世日本社会と儒教》，東京：ぺりかん社，2003年。

21. 俞慰慈：《五山文學の研究》，東京：汲古書院，2004 年。

22. （日）岡村繁著，俞慰慈、陳秋萍、韋海英等譯：《日本漢文學論考》，收錄於《岡村繁全集》第柒卷，上海：上海古籍出版社，2009年。

23. （日）本居宣長著，王向遠譯：《日本物哀》，長春：吉林出版集團，2014 年。

（三）其他專著

1. （日）《蒙古襲來繪詞》，卷末に「永仁元年（1293 年）二月九日」とあり，柴野栗山舊藏，早稻田大學圖書館藏。

2. （日）足利衍述：《鎌倉室町時代之儒教》，東京：日本古典全集刊行會，1932 年。

3. （日）宗淵：《妙法蓮華經》，天保六年（1835 年）承眞跋，早稻田大學圖書館藏刊本。

4. （日）蓮田善明：《鴨長明》，東京：八雲書林，1943 年。

5. （日）大江文城：《本邦儒學史論考》，全國書房，1944 年。

6. （日）芳賀幸四郎：《中世禪林の學問および文学に関する研究》，東京：日本學術振興會，1956 年。

7. （日）玉村竹二：《五山詩僧》，收入《日本の禪語錄》，東京：講談社，1978 年。

8. （日）玉村竹二：《五山禪僧傳記集成》，東京：講談社，1983 年。

9. （日）藤原佐世撰：《日本國見在書目錄》，臺北：新文豐，1984年。

10. （日）玉村竹二：《五山禪林宗派圖》，京都：思文閣出版社，1985年。

11. （日）木宮泰彥撰，陳捷譯：《中日佛教交通史》，臺北：華宇出版社，1985 年。

12. （日）玉村竹二：《日本禪宗史論集》，京都：思文閣，1988 年。

13. （日）安江良介發行：《國書總目錄》，東京：岩波書店，1989～1991年。

14. （日）溝口雄三、富永健一、中嶋嶺雄、濱下武志：《漢字文化圈の歷史と未來》，東京：大修館書店，1992 年。

15. （日）榮西：《興禪護國論》，東京：株式會社講談社，1994 年。

16. （日）佐佐木馨：《中世佛教と鎌倉幕府》，東京：吉川弘文館，1997年。

17. （日）西嶋定生：《中國古代國家と東アジア世界》，東京：東京大學，1997 年。

18. （日）福井文雅：《漢字文化圈の思想と宗教》，東京：五曜書房，1998 年。

19. （日）岸米造編：《日本史教科書參照圖》，東京：光風館，1909年。

20. （日）金文京：〈漢文文化圈の提唱〉，收入（日）小峯和明：《漢文文化圈の說話世界》，東京：竹林舍，2010 年。

21. （日）印刷往來社編：《印刷產業綜攬》，東京：印刷往來社，1937年，國立國會圖書館藏。

22. （日）揖斐高：〈江戶の漢詩人〉，收入諏訪春雄、日野龍夫編：《江戶文學と中國》，東京：每日新聞社，1977 年。

23. （日）玉村竹二：《五山禪僧傳記集成》，京都：思文閣出版，2003。

24. （日）大隈重信：《日本開國五十年史》，上海：上海社會科學院出版社，2007 年。

25. （日）遍照金剛：《文鏡祕府論》第二冊，柳田泉舊藏，早稻田大學圖書館藏。

五、近人專著（按出版順序排列）

（一）文學批評專著

1. 劉克襄等人編：《陶淵明詩文彙評》，臺北：臺灣中華，1960 年。

2. 羅根澤：《中國文學批評史》，臺北：學海出版社，1978 年。

3. 錢鍾書：《管錐篇》，北京：中華書局，1979 年。

4. 朱光潛：《詩論》，臺北：國文天地雜誌社，1980 年。

5. 宗白華：《美學散步》，上海：人民出版社，1981 年。

6. 徐復觀：《中國藝術精神》，臺北：臺灣學生，1983 年。

7. （韓）趙鍾業：《中韓日詩話比較研究》，臺北：學海出版社，1984年。

8. 周錫山編校：《王國維文學美學論著集》，太原：北嶽文藝社，1987

年。

9. 錢鍾書：《談藝錄》，臺北：書林出版有限公司，1988 年。

10. 蔡鎮楚《詩話學》，湖南：湖南教育出版社，1992 年。

11. （韓）趙鍾業：《日本詩話叢編》，漢城：太學社，1992 年。

12. 童慶炳：《中國古代心理詩學與美學》，臺北：萬卷樓，1994 年。

13. 侯忠義等主編：《中國古代珍稀本小説・東坡詩話》，瀋陽：春風文藝出版，1994 年

14. 周振甫、冀勤：《《談藝錄》導讀》，臺北：洪葉文化，1995 年。

15. 蔡鎮楚：《中國詩話史》，長沙：湖南文藝，1998 年。

16. 曾棗莊、曾濤編：《蘇詩彙評》，臺北：文史哲，1998 年。

17. 汪涌豪：《範疇論》，上海：復旦大學，1999 年。

18. 莫礪鋒主編：《程千帆全集》，石家莊：河北教育出版社，2001 年。

19. 朱光潛：《詩論》，桂林：廣西師範大學出版社，2004 年。

20. 蔡鎮楚：《域外詩話珍本叢書》，北京：北京圖書館出版社，2006 年。

21. 龍宿莽：《比較詩話學》，北京：北京圖書館出版社，2006 年。

22. 王國維著，徐調孚校注：《校注人間詞話》，臺北：頂淵文化事業，2007 年。

23. 譚雯：《日本詩話的中國情結》，北京：中國社會科學出版社，2007 年。

24. 李元洛：《詩美學》，臺北：東大圖書，2007 年。

25. 蘇珊玉：《人間詞話之審美觀》，臺北：里仁書局，2009 年。

26. 周振甫：《詩詞例話全編》，重慶：重慶大學，2010 年。

27. 李育娟：《《江談抄》與唐、宋筆記研究——論平安朝對北宋文學文化之受容》，臺北：文史哲，2013 年。

（二）詩文集專著

1. 李辰冬：《杜甫作品繫年》，臺北：東大圖書，1980 年。

2. 張高評：《宋詩之傳承與開拓：以翻案詩、禽言詩、詩中有畫為例》，臺北：文史哲，1980 年。

3. 陶秋英編：《宋金元文論選》，北京：人民文學出版社，1984 年。

4. 程千帆、孫望：《日本漢詩選評》，江蘇：江蘇古籍出版社，1988 年。

5. 鍾優民：《陶學史話》，臺北：允晨文化，1991年。

6. 阮廷瑜：《陶淵明詩論暨有關資料分輯》，臺北：國立編譯編，1998年。

7. 張高評：《宋詩特色研究》，長春：長春出版社，2000年。

8. 蘇珊玉：《盛唐邊塞詩的審美特質》，臺北：文津，2000年。

9. 鍾優民：《陶淵明研究資料新編》，長春：吉林教育出版社，2000年。

10. 夏承燾、吳熊和：《讀詞常識》，香港：中華書局，2002年。

11. 袁行霈：《陶淵明集箋注》，北京：中華書局，2003年。

12. 孫通海、王海燕編：《全唐詩》，北京：中華書局，2005年。

13. 張高評：《創意造語與宋詩特色》，臺北：新文豐，2008年。

14. 馬歌東：《日本漢詩溯源比較研究》，北京：中國社會科學出版社，2004年。

15. 張曉希等著：《中日古典文學比較研究》，天津：南開大學出版社，2009年。

16. 張曉希編著：《日本古典詩歌的文體與中國文學》，天津：南開大學出版社，2010

17. 張伯偉：《域外漢籍研究論集》，北京：北京大學出版社，2011年。

18. 蕭麗華：《「文字禪」詩學發展的軌跡》，臺北：新文豐，2012年。

19. 金程宇：《和刻本中國古逸書叢刊》，南京：鳳凰出版社，2012年。

20. 孫立：《日本詩話中的中國古代詩學研究》，北京：北京大學出版社，2012年。

21. 雋雪豔、（日）高松壽夫主編：《白居易與日本古代文學》，北京：北京大學，2012年。

22. 陳致：《中國詩歌傳統及文本文》，北京：中華書局，2013年。

23. 許紅霞輯著：《珍本宋集五種：日藏宋僧詩文集整理研究》，北京：北京大學出版社，2013年。

24. 張曉希：《五山文學與中國文學》，北京：中央編譯出版社，2014年。

25. 蕭麗華：《東亞漢詩及佛教文化之傳播》，臺北：新文豐出版，2014年。

（三）其他專著

1. 任二北：《敦煌曲初探》，上海：上海文藝聯合出版社，1954年。

2. 釋智旭：《佛遺教經解》，臺北：臺灣印經處，1959 年。

3. 陳垣：《中西回史日曆》，北京：中華書局出版，1962 年。

4. 王力：《古漢語通論》，香港九龍：中外出版，1976 年。

5. 朱雲影：《中國文化對日韓越的影響》，臺北：黎明文化事業公司，1981 年。

6. 方詩銘：《中國歷史紀年表》，上海：上海辭書，1982 年。

7. 高明士：《唐代東亞教育圈的形成——東亞世界形成史的側面》，臺北：臺灣國立編譯館，1984 年。

8. 樂黛雲：《比較文學原理》，湖南：湖南文藝出版社，1989 年。

9. 周武忠：《中國花卉文化》，廣州：花成出版社，1992 年。

10. 許杏林：《顧愷之》，天津：新蕾出版社，1993 年。

11. 劉介民：《比較文學方法論》，天津：天津人民出版，1993 年。

12. 鄭樑生：《中日關係史研究論集》，臺北：文史哲，1996 年。

13. 鄭子瑜、宗廷虎主編：《中國修辭學通史（隋唐五代宋金元卷）》，長春：吉林教育出版社，1998 年。

14. 鄭樑生：《朱子學之東傳日本與其發展》，臺北：文史哲，1999 年。

15. 朱謙之：《日本的朱子學》，北京：人民出版社，2000 年。

16. 金元浦著，《接受反應文論》，濟南：山東教育出版社，2002 年。

17. 石源華、胡禮忠主編：《東亞漢文化圈與中國關係》，北京：中國社會科學出版社，2005 年。

18. 鄧洪波：《東亞歷史年表》，臺北：臺大出版中心，2005 年。

19. 甘懷真：《東亞歷史上的天下與中國概念》，臺北：臺大出版中心，2007 年。

20. 李寅生：《論宋元時期的中日文化交流及相互影響》，成都：巴蜀出版發行，2007 年。

21. 張伯偉主編：《域外漢籍研究集刊》，北京：中華書局，2007 年。

22. 楊世文：《走出漢學——宋代經典辨疑思潮研究》，四川：四川大學出版社，2008 年。

23. 于榮勝、翁家慧、李強：《日本文學簡史》，北京：北京大學出版社，2011 年。

24. 蕭麗華：《「文字禪」詩學的發展軌跡》，臺北：新文豐，2012 年。

25. 申忠信：《詩詞格律新講》，北京：中國文史，2013 年。

26. 朱立熙：《韓國史：悲劇的循環與宿命》，臺北：三民書局，2013

年。

六、外文譯書（按出版順序排列）

1. （法）提格亨（P. van Tieghem）撰，戴望舒譯：《比較文學論》，臺北：臺灣商務印書館，1966 年。

2. （美）艾略特（T. S. Eliot）著，杜國清譯：《艾略特文學評論選集》，臺北：田園出版社，1969 年。

3. （美）哈羅德・布魯姆（Harold Bloom）著；徐文博譯：《影響的焦慮：詩歌理論》，臺北：久大發行，1990 年。

4. （美）羅勃 C・赫魯伯著；董之林譯：《接受美學理論》，臺北：駱駝出版社，1994 年。

5. （美）約瑟夫・列文森：《儒教中國及其現代命運》，桂林：廣西師範大學出版社，2009 年。

七、外文專書

1. （美）Harold Bloom：A Map of Misreading，New York：Oxford University Press, 1975.

貳、學位論文（以學校所在地為主，依出版年排序）

一、臺灣

1. （韓）趙鍾業：《唐宋詩話對韓日影響比較研究》，國立臺灣師範大學中國文學研究所博士論文，1984 年。

2. 陳昭吟：《宋代詩人「影響的焦慮」研究》，國立中山大學中國文學系博士論文，2007 年。

二、大陸

1. 譚雯：《日本詩話及其對中國詩話的繼承與發展》，復旦大學博士論文，2005 年。

2. 朱志鵬：《虎關師煉與《濟北集》賦篇研究》，浙江工商大學，日語語言文學碩士論文，2013 年。

3. 王玉立：《林逋詩作及其在日本的影響》，浙江工商大學碩士論文，2012 年。

三、日本

1. （日）名畑崇：《『元亨釋書』の研究》，京都大谷大學文學博士論文，1992 年。

參、期刊（按出版順序排列，而分類歸屬則依「出版地」）

一、臺灣

1. 蕭麗華：〈從儒佛交涉的角度看嚴羽《滄浪詩話》的詩學觀念〉,《臺大佛學研究》,第 5 期,2003 年 6 月,頁 275–299。

2. 王瓊玲：〈評點、詮釋與接受——論吳儀一之《長生殿》評點〉,《中國文哲研究集刊》,第 23 期,2003 年 9 月,頁 71～128。

3. 辜玉茹：〈中近世における日本の韻書の利用——和漢聯句、漢和聯句のたあの韻書—〉,《通識教育學報》第 10 期,2006 年 12 月,頁 27～49。

4. 鞏本棟：〈環繞唐五代詩格中「勢」論的諸問題〉,《文史哲》第 1 期,2007 年,頁 95～102。

5. 覺多：〈一山一寧禪師對中日文化交流的貢獻和影響〉,《佛學研究》,第 1 期,2009 年 8 月,頁 228～236。

6. 李育娟：〈《江談抄》詩話與北宋詩話〉,《漢學研究》,第 28 卷第 1 期,2010 年 3 月,頁 101～123。

7. 張高評：〈評詩人玉屑述詩家造語——以創意之詩思為核心〉,《文與哲》,第 17 期,2010 年 12 月,頁 172。

8. 陳家煌：〈論中唐「詩人概念」與「詩人身分」〉,《文與哲》,第 17 期,2010 年 12 月,頁 137～168。

9. 朱秋而：〈日本五山禪僧詩中的東坡形象：以煎茶詩、風水洞、海棠等為中心〉,收入石守謙,廖肇亨編：《東亞文化意象之形塑》,允晨文化,2011 年 3 月,頁 331～364。

10. 張高評：〈海上書籍之路與日本之圖書傳播——兼論五山、江戶時代之日本詩學〉,《國立臺南大學（人文與社會研究學報）》,第 45 卷第 2 期,2011 年 10 月,頁 97～118。

11. 李育娟：〈宋代筆記與《江談抄》的體裁——說話與筆記的界限〉,《漢學研究》,第 30 卷第 2 期,2012 年 6 月,頁 71～98。

12. 朱秋而：〈五山文學における黃庭堅の受容——『山谷抄』を中心に—〉,《台大日本語文研究》,第 25 期,2013 年 6 月,頁 45～62。

13. 許清雲：〈皎然《詩式對王昌齡《詩格》的傳承與創新〉,《靜宜中文學報》第 3 期,2013 年 6 月,頁 1～26。

二、大陸

1. 周裕鍇：〈以俗為雅：禪籍俗語言對宋詩的滲透與啟示〉,《四川大

學學報（哲學社會科學版）》第 3 期，2000 年，頁 73～80。

2. 王京鈺：〈義堂周信詩文中的「江雲渭樹」──日本五山文學杜甫受容的一個側面〉，《遼寧工業大學學報（社會科學版）》，第 5 期，2004 年 7 月，頁 47～48。

3. 張文宏：〈禪宗與日本五山文學〉，《佛山科學技術學院學報》，第 6 期，2004 年 7 月，頁 15～18。

4. 高文漢：〈日本中世文論〉，《解放軍外國語學院學報》，第 27 卷第 4 期，2004 年 7 月，頁 93～97。

5. 王京鈺：〈概論日本漢文學中的杜甫受容〉，《遼寧工業大學學報（社會科學版）》，第 1 期，2005 年 7 月，頁 35～38。

6. 高文漢：〈日本古代漢文學的發展軌跡與特徵〉，《解放軍外國語學院學報》，第 4 期，2005 年 7 月，頁 97～101。

7. 馬歌東：〈論虎關師煉陶淵明「傲史說」〉，《陝西師範大學學報（哲學社會科學版）》，第 35 卷第 3 期，2006 年 5 月，頁 28～34。

8. 鄭利鋒：〈虎關師煉稱孔子「詩人」刪《詩》辨〉，《社會科學評論》，第 4 期，2007 年 12 月，頁 77～83。

9. 徐毅：〈《濟北詩話》的詩學價值〉，《文化研究》，第 2009 卷第 3 期，2008 年 7 月，頁 217、232。

10. 黃威：〈論宋代詩學思想對日本〈濟北詩話〉之影響〉，《船山學刊》，第 2 期，2009 年 2 月，頁 162～164。

11. 段麗惠：〈《濟北詩話》的「立異」與儒家價值理念〉，《船山學刊》，第 3 期，2009 年 3 月，頁 102～105。

12. 尚永亮，黃超：〈日本漢詩對王維詩之空寂、幽玄美的受容──兼談「漢詩日本化」的形成過程〉，《江西社會科學》，第 2009 卷第 8 期，2009 年 8 月，頁 130–134。

13. 邱美瓊：〈20 世紀以來日本學者的歐陽修詩歌研究〉，《贛南師範學院學報》第 31 卷第 1 期，2010 年 2 月，頁 65～68。

14. 劉芳亮：〈大沼枕山對白居易詩歌的接受〉，《信陽師範學院學報（哲學社會科學版）》，第 31 卷第 1 期，2011 年 1 月，頁 108～111。

15. 王京鈺：〈試論五山句題的新特點──以典出杜甫《夜宴左氏莊》句題爲例〉，《常熟理工學院學報》，第 11 期，2011 年 7 月，頁 91～94。

16. 羅江文：〈從雲南大學圖書館所藏日本古籍看中日印刷文化的相互影響〉，《雲南師範大學學報（哲學社會科學版）》，第 6 期，2012 年 7 月，頁 128～134。

17. 馮雅、高長山：〈日本的杜甫詩研究——以五山、江戶時期為例〉，《外國問題研究》第 4 期，2012 年 7 月，頁 43～47。

18. 張曉希：〈中國文化的傳播者——日本的五山禪僧〉，《日語學習與研究》，第 1 期，2013 年 8 月，頁 85～91。

19. 王輝：〈宋代詩話與虎關師鍊的詩學思想〉，《求索》，第 2 期，2013 年 6 月，頁 139～141。

20. 林瑤：〈日本五山文學中的「蘇軾」〉，《樂山師範學院學報》第 9 期，2013 年 8 月，頁 5～8。

21. （日）內田誠一：〈從古代中國舶來日本的《王維集》版本初探——兼論《三體詩幻雲抄》中的《題崔處士林亭》一詩〉，《運城學院學報》，第 4 期，2014 年 9 月，頁 1～4。

22. 鄭樑生：《日本五山禪僧的儒釋二教一致論》，《淡江史學》，第 5 期，頁 85～102。

三、日本

1. （日）久松潛一：〈虎關師鍊の詩觀——文學評論史考〉，《国語と国文学》，22（12）（260），1945 年，頁 1～6，轉引自（日）蔭木英雄：《五山詩史の研究》，東京：笠間書院，1977 年。

2. （日）安良岡康作：〈中世的文藝としての五山漢詩文〉，《日本の禪語錄》第 8 卷，月報第 10 號，東京：講談社，1978 年，頁 1～3。

3. （日）久須本文雄：〈虎關師鍊の儒道觀〉，《禪文化研究所》十一號，1979 年 3 月，頁 45～93。

4. （日）久須本文雄：〈虎關師鍊の中國文學觀〉，《禪文化研究所》十二號，1980 年 3 月，頁 85～119。

5. （日）比留間健一：〈虎關師鍊の韓愈評価について韓愈の排仏への態度を中心に〉，《上智大學國文學論集》，第 19 期，1986 年 1 月，頁 83～98。

6. （日）太田亨：〈日本中世禪林日本禪林における杜詩受容——禪林初期における杜詩評価—〉，《中國中世文學研究》，第 39 號，2001 年 1 月，頁 13～31。

7. （日）太田亨：〈日本禪林における中國の杜詩注釋書受容——《集千家註分類杜工部詩》《集千家註批點杜工部詩集》〉《日本中國學會報》，第五十五集，2003 年 10 月，頁 240～256。

8. （日）和田英信：〈中國の詩話、日本の詩話〉，《お茶の水女子大學中國文學會報》第二十五號，2006 年 4 月，頁 1～16。

9. 丁國旗：〈陶淵明の「虛」と「實」：岡村繁氏の「淵明觀」をめぐって〉,《神戶女學院大學論集》,第 52 期,2006 年 3 月,頁 1～21。

10. （日）太田亨：〈日本中世禪林における杜詩受容——中期における杜甫の情に對する關心〉,《中國中世文學研究》,第 29 號,2007 年 12 月,頁 72～82。

11. （日）小野泰央：〈中世歌論に見られる宋代詩論〉,《群馬高專レビュー》,第 28 號,2009 年,頁 21～27。

12. （日）小野泰央：〈五山詩文における梅花〉,《群馬高專レビュー》,第 28 號,2009 年,頁 1～10。

13. （日）小野泰央：〈詩を論じる詩五山詩の理知性について〉,《群馬高專レビュー》,第 28 號,2009 年 11 月,頁 11～19。

14. 顧春芳、顧文：〈論禪宗文化給予枯寂之美的影響——以五山禪僧的詩爲中心展開〉,大阪府立大學《言語と文化》,第 10 期,2011 年 10 月,頁 151–164。

15. （日）太田亨：〈日本中世禪林における杜詩解釈：〈夔府詠懷〉——身は許す双峰寺、門は求む七祖禅—について〉,《中國中世文學研究》,第 61 號,2012 年 9 月,頁 46～68。

16. 羊列榮：〈五山詩學主題初探——以宋代詩學的影響爲視點〉,九州大學大學院人文科學研究所《文學研究》,第 107 期,2013 年 3 月,頁 69～93。

肆、網路資源

1.「日本國文學研究資料館」（2015 年 3 月）。取自 http://base1.nijl.ac.jp/

附　錄

附錄一：虎關師鍊年譜及作品繫年

年紀	紀年		干支	西元	備註
1	弘安	元年	戊寅	1278	四月，既望出生
2		二年	己卯	1279	
3		三年	庚辰	1280	
4		四年	辛己	1281	
5		五年	壬午	1282	從父授書。三聖寶覺禪師（東山湛照）之徒珍藏主，曾往來於其家，一見便覺與眾不同，告知其父，令其出塵。
6		六年	癸未	1283	
7		七年	甲申	1284	師從於當時精通外學的沙門本証禪僧，本証大為稱讚，並告之父母，稱其可以為塵外摩尼，而不可以為掌中之珠。
8		八年	乙酉	1285	寶覺禪師（東山湛照）覺其眉宇間不同尋常，授其佛柄，入三聖寺，依寶覺禪師。
9		九年	丙戌	1286	
10		十年	丁亥	1287	4月8日登壇受戒於比叡山。日讀《論語》二篇，隨讀隨誦，旬日而舉。

年紀	紀年		干支	西元	備註
11	正應	元年	戊子	1288	爲年邁老母大寫《普門品》，一字不錯，母喜愜盈懷。
12		二年	己丑	1289	1.腹疾大作，久臥榻席，藥石無效，諸醫束手。虎關夢入安樂寺得神藥，後果然治癒，寶覺甚感欣慰，撫其頭說，「我法猶存耳」。 2.一日面試虎關，授其《起信論》一卷，隔日使其背誦，朗朗終卷，無一謬。
13		三年	庚寅	1290	
14		四年	辛卯	1291	1.虎關與寶禪問答，叢林廣爲相傳，以爲口實。 2.寶覺禪師圓寂，虎關索居。
15		五年	壬辰	1292	依南禪寺，從學於規庵祖圓，受到規庵厚待。 當時，龜山上皇在下宮，因虎關銳氣超出常人，經常召入宮，關係親密，出入無間。
16	永仁	元年	癸巳	1293	參謁宏覺禪師（桃溪德悟），桃溪隨侍無學祖元，其具有入宋經驗。
17		二年	甲午	1294	1.七月回京都，結交六條有房，六條歸依一山，此時得以親炙公家學問。 2.聽太子賓客菅原在輔講解《文選》，學習公家的古注。
18		三年	乙未	1295	再參謁南禪寺規庵祖圓。 腳疾，上堂之際，落伍列位，恰龜山法皇見之召慰有加，此後得龜山法皇及後宇多上皇之寵，常和韻。
19		四年	丙申	1296	至圓覺寺，桃溪德悟勸其任「請客侍者」 虎關立誓爲《楞伽經》箋釋，名爲《佛語心論》。

年紀	紀年		干支	西元	備註
20		五年	丁酉	1297	回京都，依建仁寺無隱圓範門下。
21		六年	戊戌	1298	一時罹病，休而癒，再謁東山湛照。
22	正安	元年	己亥	1299	二月，再參謁南禪寺規庵祖圓，此歲有入元之志，母臥疾哀訴反對。 一山一寧赴日〔註 1〕，虎關見之，有感。
23		二年	庚子	1300	
24		三年	辛丑	1301	於規庵之令下，任「請客侍者」。
25	乾元	元年	壬寅	1302	
26	嘉元	元年	癸卯	1303	
27		二年	甲辰	1304	因仰慕藏山順空的宗鳳，移籍東福寺。
28		三年	乙巳	1305	龜山上皇崩，虎關陪其四日。
29	德治	元年	丙午	1306	二月，撰韻書《聚分韻略》五卷。
30		二年	丁未	1307	往相州，謁宋僧一山一寧，一山因病退居於常樂庵。虎關獻《聚分韻略》一山。一山稱讚之。 虎關詢問程楊之易說。其間，虎關請教一山諸多外典。虎關對中國之人文軼事甚是了解，可當被問到日本國內高僧遺事時，無從以對。虎關慚愧不已，立志作《元亨釋書》。此後屢訪一山審詢學術。

〔註 1〕玉村該年未載一山一寧赴日，其提及一山至日本的時間為西元 1307
年。（日）玉村竹二：《五山禪僧傳記集成》（京都：思文閣出版，2003
年），頁 203～210。本論文以虎關門生令淬《海藏和尚紀年錄》所載
為要，除了因為其與虎關師生關係之外，於時代方面，令淬亦為五山
時期之人，故摘錄文獻或許較能貼近於虎關。

年紀	紀年		干支	西元	備註
31	延慶	元年	戊申	1308	
32		二年	己酉	1309	
33		三年	庚戌	1310	在無爲門下擔任書記一職。
34	應長	元年	辛亥	1311	1.〈登富士山〉唐律二篇。 2.秋，虎關居駿州，與富峰密邇，偶作二偈。 3.臘月二十七，虎關營先妣齋，或饋新笋，因而作偈。 以上共五首，在駿日所作。
35	正和	元年	壬子	1312	回鎌倉，拜在建長寺約翁德儉門下，受到優待。
36		二年	癸丑	1313	後伏見天皇詔虎關入住河東的歡喜光寺（最初是賜給規庵的），這是虎關初任一寺的住持。
37		三年	甲寅	1314	虎關居京師白川「濟北庵」，因處白川之北涯，故稱之；一山書匾以贈。
38		四年	乙卯	1315	撰《和漢編年干支合圖》一卷。
39		五年	丙辰	1316	作〈煎茶軸序〉、〈源翁軸序〉。
40	保元	元年	丁巳	1317	一山一寧圓寂，作挽章二首。
41		二年	戊午	1318	讀《楞嚴經》。
42	元應	元年	己未	1319	秋，至東寺。撰〈花軸序〉。
43		二年	庚申	1320	撰〈病儀論十章〉、〈端午軸序〉
44	元亨	元年	辛酉	1321	還濟北庵，撰作〈長春花軸序〉、〈假山軸序〉、〈一山國師行記〉〔註 2〕，創佛殿於歡喜光寺。

〔註 2〕玉村認爲〈一山國師行記〉作於西元 1317 年。（日）玉村竹二：《五山禪僧傳記集成》（京都：思文閣出版，2003 年），頁 203～210。本文以虎關門生令淬《海藏和尚紀年錄》所載爲要。

年紀	紀年		干支	西元	備註
45		二年	壬戌	1322	八月完成《元亨釋書》三十卷，三校草稿完成，獻呈後醍醐天皇，入大藏經未果。
46		三年	癸亥	1323	十二月圓通寺專使至，虎關力卻之。
47	正中	元年	甲子	1324	回濟北庵，受一條內經之請，爲山叟慧雲（佛智禪師）撰行狀，名爲〈佛智禪師行狀〉。
48		二年	乙丑	1325	《禪戒規》一卷
49	嘉歷	元年	丙寅	1326	眾請講心論〈佛語心論〉。智首座又繪〈楞伽勝會圖〉乞贊。作〈心論後序〉。
50		二年	丁卯	1327	跋山谷眞跡。
51		三年	戊辰	1328	
52	元德	元年	己巳	1329	整理三聖寺藏殿的大藏經。
53		二年	庚午	1330	作〈百藥菊賦〉。
54		三年	辛未	1331	編《聖一國師語錄》一卷
55	正慶	元年	壬申	1332	虎關再度上奏光嚴天皇將《元亨釋書》編入大藏經，因天下動亂而未果。
56		二年	癸酉	1333	虎關拜謁重祚的後醍醐天皇，天皇沐浴淨身後在仁壽殿予以接見。
57	建武	元年	甲戌	1334	東福寺佛殿大火。濟北庵隱樓。
58		二年	乙亥	1335	四月，虎關語錄《十禪支錄》刻板問世。 虎關撰〈屈眴辨〉來反對醍醐天皇欲黃天下僧服，作〈二樂亭記〉。
59		三年	丙子	1336	近衛基嗣被天皇奪官位，求救於虎關，虎關預言必將復位，之後果如是。

年紀	紀年		干支	西元	備註
60		四年	丁丑	1337	皇子龍泉令淬長文筆，乃爲虎關門生，其爲虎關撰寫年譜，是年《海藏和尚紀年錄》完成。
61	曆應	元年	戊寅	1338	1.造〈宗門十勝論〉 2.退東福寺
62		二年	己卯	1339	清拙正澄謝世南禪。 光嚴上皇下詔讓虎關補南禪寺之席。 上皇親問虎關教外之旨，又朝見，上皇命虎關講其所著之十勝論，並撰龜山天皇之傳〈文應皇帝外紀〉。
63		三年	庚辰	1340	虎關中風而左手不行。 上皇特賜恩詔，除備中州三成鄉之官租。
64		四年	辛巳	1341	虎關退居東福海藏院，自號「風月主人」。虎關受九條藤丞相道教公招師私第之請，授之教家法衣。
65	康永	元年	壬午	1342	爲學者新編〈禪儀外文集〉，說明四六文的寫法。
66		二年	癸未	1343	撰《正修論》。
67		三年	甲申	1344	講述《法華經》
68	貞和	元年	乙酉	1345	足利直義命虎關任建長寺住持，虎關不就 中嚴圓月訪虎關，泛覽《元亨釋書》
69		二年	丙戌	1346	正月，中嚴圓月寄信與虎關，討論其觀看《元亨釋書》之心得，互有通信往來。 七月二十三日，虎關圓寂於東福寺海藏院，敕諡「本覺國師」。

年紀	紀年	干支	西元	備註
				足利直義遺疾陪虎關。 近衛基嗣偕醫來診疾。虎關疾極。

註：此年譜參考（日）令淬編《海藏和尚紀年錄》、（日）玉村竹二撰《五山禪僧傳記集成》和（日）北村澤吉撰《五山文學史稿》中與虎關相關之記載。

附錄二：〈虎關和尚行狀〉

　　師諱師鍊，號虎關，俗姓藤原氏，平安城人。家世簪纓，以弘安元年戊寅歲生於源氏。神宇爽秀，異乎常兒，群稚會食，推梨讓栗。師於廉恥，蓋天性也，稍長經書一覽，輒誦如溫故業，鄉黨先成撫之曰神童，甲科非子而誰，然天上麒麟不可馮也。遂禮聖一嫡嗣三聖寶覺爲師，寶覺陰察之，外純深中英越喜曰：眞吾家之童烏也。年甫十歲，祝髮籌室，登大戒於睿壇執侍久之。寶覺特不加策勵，謂北溟之物，聽其自化之，使之化則非能鵬也。

　　師偶讀嵩仲靈傳載紊禪超悟之外，兼有禦侮之才，心竊慕焉，其妙齡有大志如此，寶覺指以謂人曰：他日滅吾宗者必此之子也，恨吾不及見耳。正應辛卯秋，寶覺下世，師即遊方，學無常師。雖講人儒士，而負時名者，無不歷扣，差別義味了之一舌。當世選佛有司，南禪南院，東福圓鑑，建長一山，圓覺大智海，各自任大法之重，椎（按：推）佛之下不輕許可。師操戈入室，周旋往復，激楊（按：揚）欵密，盡其底蘊而後已，諸老皆曰：吾不及也，鍊書記名，藉藉喧四遠。

　　嘉曆丙寅，三聖義松嶺寂，師接踵住持，一香供寶覺，蓋記初友也，大方名衲咸樂來依，雖院窄僧少，而風規凜然，有千礎萬指之氣象。正慶壬申秋，遷東福居，無何散席。建武丁丑，復往東福，前後皆應相府鈞命也。且夫東福天下鉅禪叢法之龍象，多出此門。蕃衍一

派，杭衡諸宗，及師之再來也。時人語曰：師去名山輕，師來名山重，非名山之重，師也。此論豈常倫而所可當哉，歷應戊寅欽授。

先皇玉音，住五山爲頭南禪，天不雨四華，而道俗歡呼如一佛之出世。身相無三十二，而說法與金口不別。法席之盛，冠冕一世，雷不頻鳴，掩室海藏，眾望喁喁，欽其隱德。征夷大將軍折東招使補建長處，師辭，以老不堪一行，時妄庸有欲髙之色，師莞爾曰：君子之行志也，何必擇地，因復曰：近來江湖不知人，官差亦不公，禪惠我急務，住院何足云。是亦可少戢今日奔競之風。

貞和乙酉春，俄而右臂不仁，累月不愈，師自道此疾必不起，聞者寒心，又從容告曰：五湖衲子，一錫禪人，置身宗師爐鞴，所學焉者，死之事也，若到此不得力，平生高談大論，實是瞞人自瞞，卿等知之乎。余佩服不忘，言猶在耳。一日剃浴趺（按：趺）坐，與眾訣別，眾泣乞頌，風庫手戰，怕不做字，諭旁侍筆之，泊然而化，頌曰：勿啓予手，勿啓予足，脫體現成，其人如玉。實貞和二年七月二十四時也，閱世六十九，座六十夏，火浴罷，舍利粲然，門徒收之，塔于海藏。

師平居淡乎如水，意不忤物事，或不可固執如山。性樂閑靜，禪座爲常，庸輩相看只寒溫而已，其或爲可與語，則本邦支竺先言徃行，亹亹談說，終日不見倦色。

自夫大藏東傳六百餘歲，此方古德，專心功行，不事該博，雖或披覽，僅能涉獵耳。若其間奧句秘義，眼月照罅，毛髮絲粟不遺者，古今惟師一人也耳。至若翰墨文章之妙，不學而能焉，則一由夙熏般若之力也，豈區區佔華（按：畢）困而後獲者之比乎。徃者因閱楞嚴佛所云：如來藏性，廓爾現前，如蒙忽撤，如忘忽（按：忽）記。自爾佛祖機緣語句，諸方咬嚼不破者如白，日看家書，每謂徒曰：人以古教照心，我以心照古教，此眞禪髓也。

其接人也，則使學者如入功德天如意寶藏，七珍八寶，信手拏攫，而又如經蠱毒之鄉水也，不沾他一滴，此豈單聞淺見偏勝獨得者之所

獲而測量乎。其演法也，則儀容清溫，持論雅正，且聲辯才博之四長，縱橫踔厲，如河漢之無極，聽者不覺日晏時移。其著述也，則用黑豆法，換人眼睛，故有〈十禪支法〉；久成弊拯在當仁，故有〈佛語心論〉；法門缺典有識病之，故有〈病儀論〉；譚笑起臨濟之將仆，故有《濟北集》；童蒙求我，故有《聚分韻略》。吁可謂勤矣，不知者以爲盛世苦心，在師特咳唾掉臂之不如也，宗師弘法傳道何世無之，禪備眾體，學集大成，崇德辨惑，能爲末世光明幢，如師者，誠未多有也，此叢林之且（按：旦）評也，非一人之私論，非夫果位駕願轂來，蔑戾車地而與物同一勞，侶疇克爾耶！若夫自懸弧及瘞履，其間感應靈異之迹頗眾，而事隣語怪不書，但摭關係吾道之大者，以爲他日有僧家南董載之史傳，照映千古之張本云。

貞治六年十一月下澣，參學比丘祖應狀。

附錄三：《濟北集》封面、目錄、體例範本

此爲日本慶應義塾大學圖書館藏

日本慶安庚寅（西元 1650）由京都中野是誰刊行

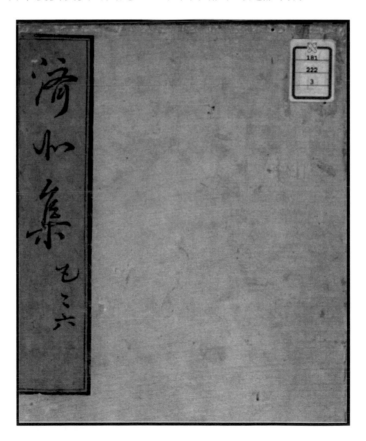

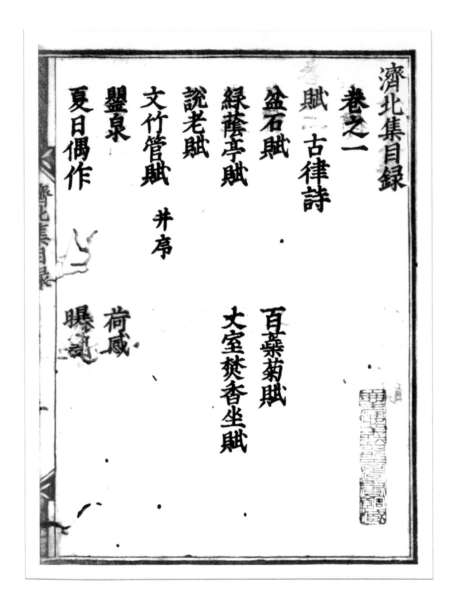

濟北集卷第十一

詩話

或曰古者言周公惟作鴟鴞七月二詩孔子不作詩
只刪詩而巳漢魏以降人情浸矯多作詩矣不諸予
曰不然周公二詩者見于詩者耳竟周公世豈唯二
篇而巳乎孔子詩雖不見我知其為詩人矣何者以
其刪手也方今世人不能作詩者焉能得刪詩乎若
又不作詩之者假有刪其編寧足行世乎今見三百
篇為万代詩法是知仲尼為詩人也只其詩不傳世
者恐秦火耶周公單亦秦火也耳不則何啻二篇

附錄四：《元亨釋書》體例範本

此爲日本早稻田大學圖書館藏

日本慶長四年（西元 1599）洛陽（京都）如庵宗乾刊本

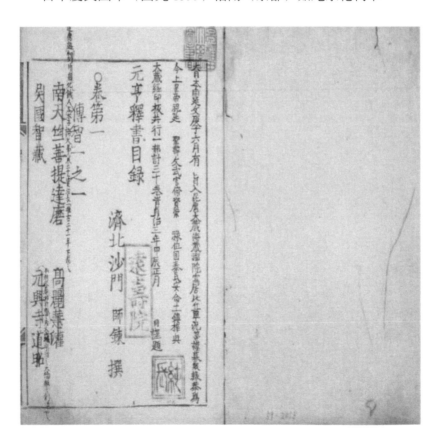

附錄五：《聚分韻略》體例範本

此爲日本慶應義塾大學圖書館藏寬永十六年（西元 1639）之版本

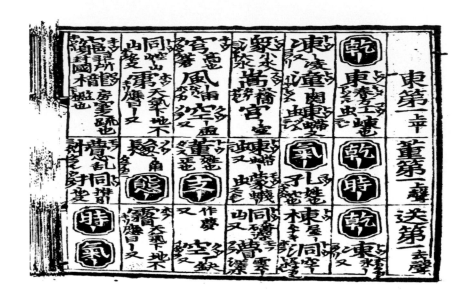

附錄六：〈濟北詩話〉全文

原文 分段 條目	筆者 分段 條目	原文
1	1	或曰：古者言，周公惟作<鴟鴞>、<七月>二詩。孔子不作詩，只刪詩而已。漢魏以降，人情浮矯多作詩矣，爾諸？予曰：不然。周公二詩者見于諸者耳，竟周公世，豈惟二篇而已乎？孔子詩雖不見，我知其爲詩人矣，何者以其刪手也？方今世人不能作詩者，焉能得刪詩乎？若又不作詩之者，假有刪，其編寧足行世乎。今見三百篇，爲萬代詩法，是知仲尼爲詩人也。只其詩不傳世者，恐秦火耶！周公單二，亦秦火也耳，不則，何啻二篇而止乎？世實有浮矯而作詩者矣。然漢魏以來，詩人何必例浮矯耶。學道，憂世匡君，救民之志，皆形于緒言矣！傳記又可考焉，浮矯之言吾不取矣。
2	2	趙宋人評詩，貴朴古平淡，賤奇工豪麗者，爲不盡耳矣。夫詩之爲言也，不必古淡，不必奇工，適理而已。大率上世淳質，言近朴古；中世以降，情僞見焉，言近奇工，達人君子，隨時諷諭，使復性情，豈朴淡奇工之所拘乎，惟理之適而已。古人朴而不達之者有矣，今人達而不樸之者有矣，何例而以朴工爲升降哉？周公之言朴也，孔子之言工也，二子共聖人也，寧以言之工朴而論聖乎哉，書之文朴也，易之文工也，寧以文之工朴而論經乎哉。聖人順時立言，應事垂文，豈朴工云乎？然則詩人之評，不合於理乎。
3	3	詩貴熟語賤生語，而上才之者，時或用生語，句意豪奇，下才慣之，冗陋甚。

原文分段條目	筆者分段條目	原文
4	4	詩賦以格律高大爲上，漢唐諸子皆是也。俗子不知，只以誇大句語爲佳，寔可笑也。若務句語之人，不顧格律，則大言詩之比也。大言詩者，昔楚王與宋玉輩，戲爲此體，爾來相承，或當優場之歡嬉。蓋詩之一戲也耳，豈風雅之實語，與優場之戲嘲竝按耶？近代吾黨偈頌中，此弊多矣，學者不可不辨矣。
5	5	古語，後人或誤用風俗沿襲而不可改之者多矣。《晉書·謝安傳》曰：「公若不起如蒼生何？」「蒼生」猶言「黔黎」，故唐李商隱詩曰：「可憐夜半虛前席，不問蒼生問鬼神。」意與前同，凡唐宋詩人，使蒼生者，皆是也。予按《虞書》曰：「禹曰：『愈哉，帝光天之下，至海隅蒼生。』」孔氏傳曰：「蒼蒼然生草木，夫蒼生之言，先是未聞，然後賢戾經何乎？若又後賢棄安國而別有旨耶？」
6	6	或問：陶淵明爲詩人之宗，實諸？曰：爾。盡善盡美乎？曰：未也。其事若何？曰：詩格萬端，陶氏只長沖澹而已，豈盡美哉？蓋文弉，施于野旅窮寒者易，敷于官閣富盛者難。元亮者，衰晉之介士也，故其詩清淡朴質，只爲長一格也，不可言全才矣。又元亮之行，吾猶有議焉。爲彭澤令，纔數十日而去，是爲傲吏，豈大賢之舉乎？何也？東晉之末，朝政顚覆，況僻縣乎？其官事可測矣。元亮寧不先識哉，不受印已，受則令彭澤民見仁風於已絕，聞德教於久亡，豈不偉哉？夫一縣清而一郡學焉，一郡學而一國易教焉？何知天下四海不漸于化乎？不思此，而挾其傲俠，區區較人品之崇庳，競年齒之多寡，俄爾而去，其胷懷可見矣。後世聞道者鮮矣，卻以俄去爲元亮之高，不充一笑矣。若言小縣不足爲政者，非也。宓子之在單父也，託五絃而致和焉；滕文公之行仁也，來陳相於楚矣。七國之時，滕爲小國，魯國之內，單父爲僻縣，然而，大賢之爲政也，不言小矣。況孔子爲委吏矣，爲乘田矣，會計當而已，牛羊遂而已，潛也何不復邪？潛之衰也，爲政者易矣，蓋渴人易爲飮也，我恐元亮善於斯，自一彭澤，推而上于朝者，寧有卯金之篡乎？夫守潔於身者易矣，行和於邦者難矣。潛也可謂介潔沖朴之士，非大賢矣。其詩如其人，先輩之稱潛也，於行貴介於詩貴淡，後學不委，隨語而轉以爲全才也，故我詳考行事合于詩云。

原文分段條目	筆者分段條目	原文
7	7	《玉屑集》句豪畔理者，以石敏若「冰柱懸簷一千丈」與李白「白髮三千丈」之句並按，予謂：不然。李詩曰：「白髮三千丈，緣愁若（按：似）个（按：箇）長。」蓋白髮生愁裏，人有愁也，天地不能容之者有矣。若許緣愁三千丈，猶爲短焉。翰林措意極其妙也，豈比敏若之無當玉卮乎？
8	8	李白〈送賀賓客〉詩云：「山陰道士如相見，應寫《黃庭》換白鵝。」 又王右軍云：「掃素寫《道經》，筆精妙入神。書罷籠鵝去，何曾別主人？」按《右軍傳》寫《道德經》換鵝，不寫《黃庭經》也，白雖能記事，先時偶忘邪。雪竇送文政偈云：「因笑仲尼溫伯雪 ，傾蓋同途不同轍。」仲尼、伯雪目擊道存，仲尼、程子傾蓋而語。明覺之傾蓋者，謫仙之《黃庭》乎。
9	9	杜詩：「吳楚東南坼，乾坤日夜浮。」註者云：「洞庭在軋坤之內，其水日夜浮也。」 予謂此箋非也。蓋言洞庭之闊，好浮乾坤也。如註意此句不活，客曰：「萬境皆天地內物也，洞庭若浮天地，湖在何處？」曰：「不然，詩人造語，此類不鮮。王維〈漢江〉詩曰：『江流天地外，山色有無中。』如子言，漢江出天地外，流何所邪？」客，不對。
10	10	杜詩〈題己上人茅齋〉（按：已）者，注者曰：「歐陽脩云：『僧齊己也。』」。古本系開元二十九年，新本系天寶十二載，皆非也。夫齊己者，唐末人，爲鄭谷詩友，謂禪月齊己也。二人共參遊仰山石霜會下，禪書中，往往而見焉。（齊己）去老杜殆百歲，況諸家詩中，不言齊己長壽乎？注者假言於六一也。六一高才，恐非出其口矣，茅齋已上人，上字決不齊耳。」
11	11	老杜〈別贊上人〉詩：「楊枝晨在手，豆子雨已熟。」諸注皆非，只希白引《梵綱經》（按：《梵網經》）注：「上句楊枝，不及下句豆子。」蓋此豆非青豆也，澡豆也，《梵綱》（按：《梵網》）十八種中一也。蓋此二句，褒贊公精頭陀，諸氏以青豆解之，可笑。而希白偶引《梵綱》（按：《梵網》）「至上句不及下句」，詩思精靄可見，緣此言之千家之人，上杜壇者鮮乎。
12	12	老杜〈夔府詠懷〉云：「身許雙峰寺，門求七祖禪。」注者以「七佛」爲「七祖」，可笑也。儒人不見佛書，間有見不精，故有斯惑。凡注解之家，雖便本書，至有違錯，不啻惑

原文分段條目	筆者分段條目	原文
		後學，卻蠹先賢，可不慎哉。蓋吾門有七祖事者，出北宗也。神秀之嗣，有普寂居嵩山，煽化於長安、洛都二宗，士庶多歸焉，因是立神秀爲六祖，自稱七祖，曹溪門人荷澤神會禪師，白官辨之，爾後，北宗祖号不立焉。所謂神會，曾磨普寂碑也。開元、天寶之間，卿大夫之欽豔普寂者多矣，工部生此時，順時所趨，疑見普寂門人乎。又貞元中，荷澤受七祖諡，此事工部死而久矣。今詳詩義，雖定曹溪宗趣，猶旁聞嵩山旨，是亦工部遍參之意也。
13	13	唐初盛唐之詩人，有贈答只和意而已，不和韻矣。和意者，賈至〈早朝大明宮〉詩 ，杜甫、王維、岑參皆有和，至落句云：「共沐恩波鳳池裏，朝朝染翰侍君王。」甫落句云：「欲知世掌絲綸美，池上于今有鳳毛。」維落句云：「朝罷須裁五色詔，佩聲歸到鳳池頭。」岑落句云：「獨有鳳皇池上客，陽春一曲和皆難。」蓋（賈）至之父曾，開元間掌制誥，肅宗拜至起居舍人，起居舍人掌制誥，故至句「有染翰侍君王之語」，甫之世，掌絲綸美者，曾至父子，玄肅兩朝，盛典之謂矣。維之五色詔，又同四詩皆有鳳池者，舍人局前有鳳皇池也，落句者，寓意之所，四人句同者，和意之謂也。和韻者，《詩話》曰：「始于元白，方今元白之集，和韻多焉，晚唐詩人多效之。至趙宋，天下雷同，凡有贈寄無不和韻矣。」予考古集，元白之前有和韻者，李端〈病中寄盧綸〉詩云：「青青麥隴白雲陰，古寺無人春草深。乳燕拾泥依古井，鳴鳩拂羽歷花林。千年駮蘚明山履，萬尺垂藤入水心。一臥漳濱今欲老，誰知才子忽相尋。」綸和云：「野寺昏鐘山正陰，乱藤高竹水聲深。田夫就餉還依草，野雉驚飛不過林。齋沐暫思同靜室，清羸已覺助禪心。寂寞日長誰問疾，料君惟取古方尋。」是和之押韻者也。李、盧先元、白者遠矣。蓋（李）端、（盧）綸，代宗朝有詩名，世号「大曆十才子」，所謂吉中孚、韓翃、錢起、司空曙、苗發、崔峒、耿諱、夏侯審及端、綸也。端落句才子者，此之謂矣。元白詩名，在憲宗之元和，穆宗之長慶間，大曆去元和殆五十年，因此而言，和韻不始元白，予熟思之。盛唐詩人，已有和韻，至元白而益繁耳矣。
14	14	唐玄宗世稱賢主，予謂：只是豪奢之君也，兼暗于知人矣。其所厚者，婦女戲樂，其所薄者，文才官職也。開元之間，東宮官僚清冷。薛令之爲右庶子，題詩于壁曰：「朝日上團

原文分段條目	筆者分段條目	原文
		團，照見先生盤。盤中何所有？苜蓿長闌干。飯澀匙難綰，羹稀箸易寬。無以謀朝夕，何由保歲寒。」明皇行東宮見之，書其傍曰：「啄木觜距長，鳳皇毛羽短。若嫌松桂寒，任逐桑榆暖。」依此令之謝病，歸。唐史云：「開元時，米斗五錢，國家富贍，然東宮官僚，何冷至此邪？」有司不暇恤乎？明皇若或聞之，須大驚督譴。儻自見，盍斥有司，勵僚屬，而徒賦閑詩聽謝歸乎？又王維侍金鑾殿，孟浩然潛往商較風雅，玄宗忽幸維所，浩然錯愕伏牀下，維不敢隱，明皇欣然曰：「素聞其人，因得召見。」詔念詩：「北闕休上書，南山歸舊閭。不才明主棄，多病故人疏。」明皇憮然曰：「朕未曾棄人，自是卿不求進。奈何有此作？」因命歸終南山。因此而言，玄宗非不啻愛才，又不知詩矣。蓋不才明主棄者，自責之句也。夫士之負才也，不待進而承詔者有之，待進而承詔者有之。不待進而承詔者，上才也；待進而承詔者，中才也。浩然以中才望上才，故託句而自責。言上才者，不待進而有詔，浩然未奉詔，是爲明主所棄也。明皇少詩思，卻咎浩然，可笑。然玄宗自言，素聞其人，其才可測，不細思詩句，卻疏之，何乎？又李白進〈清平調〉三詩，眷遇尤渥，而高力士以靴怨譖妃子，依之見黜，嗟乎！玄宗之不養才者多矣，昏于知人乎？建「沈香亭」賞妃子，營「梨花園」縱婬樂，鬭雞舞馬之費，其侈靡不可言矣！何厚彼而薄此乎？只其開元之盛也，姚宋之功也，及李林甫爲相，敗國蠹賢，無所不至，晚年語高力士曰：「海內無事，朕將吐納導引，以天下事付林甫。」迷而不反者乎！
15	15	《韋蘇州集》有〈雪中聞李儋過門不訪〉詩云：「度門能不訪，冒雪屢西東。已想人如玉，遙憐馬似驄。乍迷金谷路，稍變上陽宮。還比相思意，紛紛正滿空。」夫常人賦詩也，著意於頷頸二聯，而緩初後，以故讀至終篇少味矣。今此落句，借雪態度而寄心焉，句法妙麗，意思高大，可爲百世之範模也。
16	16	予愛退之聯句，句意雄奇，而至「遙岑出寸碧，遠目增雙明。」以爲後句不及前句，後見謝逸詩：「忽逢隔水一山碧，不覺舉頭雙眼明。」始知韓聯圓美渾醇。凡詩人取前輩兩句並用者，皆無韻。然此謝聯，不覺醜，豈其奪胎乎？

原文分段條目	筆者分段條目	原文
17	17	唐宋代立邊功，多因嬖幸不才之臣也。蓋才者及第得官，不才者雖嬖幸，無由官，故立邊功取封侯。唐曹松詩云：「憑君莫話封侯事，一將功成萬骨枯。」宋劉貢父詩云：「自古邊功緣底事，多因嬖倖欲封侯。不如直與黃金印，惜取沙場萬髑髏。」今時禪家據大刹者，以邊鄙小院，茅屋三五間者，申官爲定額，黨援假名之徒，差爲住持，或居一夏，或半歲，急迴本山銜長老西堂之號位。賓主相欺，宗風墜地，不謂唐宋弊政，移在我門中乎，彼假名練若徒，在邊刹，掠虛說話，狂妄伎倆，勾引淨信，陷沒邪途，此輩盈寰宇，吾末之如何？詩人所歎者，身命而已，我所怕者，性命而已，彼亡一世，此亡曠劫。嗚呼！立邊功者，非嬖幸之罪也，唐宋帝王之罪矣！立邊号者，非啞羊之罪也，大刹住持之罪矣。《詩話》（蘇東坡）〈玉局文・詠雪〉八首，聲、色、氣、味、富、貴、勢、力也，尤爲新奇。然其〈貴詠〉曰：「海風吹浪去無邊，倏忽凝爲萬頃田。五月京塵渴人肺，不知價直幾多錢？」頗爲小疵。 夫貴之義二焉，一品種，二價直。蓋富貴之貴，曰品種，非價直也。今此章曰，價直似相乖矣！詩人之被語牽者，往往而在焉，前篇恐亦爾與戲，補正曰：「來時正見自雲霄，知是渠儂出處高。至潔形容無點汙，想應天胤補仙曹。」
18	18	1.論風雅之難乎。 王梵志〈城外土饅頭〉詩曰：「城外土饅頭，餡草在城裏。每人喫一个，莫嫌沒滋味。」黃山谷見之曰：「已且爲土饅頭，當使誰食之。」東坡易後二句曰：「預先著酒澆，使教有滋味。」圓悟禪師曰：「東坡未盡餘興。」足成四韻曰：「城外土饅頭，餡草在城裏。著群哭相送，入在土皮裏。次第作餡草，相送無窮已。以兹警世人，莫開眼瞌睡。」予曰：「甚矣哉！」風雅之難能乎？三大老皆未到于極矣。蓋梵志者，意到句不到！東坡放而不警矣！圓悟警而不精矣！只涪翁之論亦佳矣！然無句何哉？取梵志之到者，效蘇公之改曰：「無常鬼饕饕，个个好滋味。」又梵志只解警世人而已，吾輩豈受嘲調乎？作一頌曰：「林下鐵饅頭，餡皮堅叵毀，無常鬼齒摧，故号金剛體。」此蓋餘興云爾。 2.疑《雲臥》之內容。 杭州靈隱山玄順菴主，姓錢氏，嗣福州支提（按：應多「山」

原文分段條目	筆者分段條目	原文
	19	和「了」）悟禪師，始入鴈蕩山卓菴，復止杭州靈隱山，其離鴈山有頌云：「浪宕閑吟下翠微，更無一法可思惟。有人問我出山意，藜杖頭挑破衲衣。」歸天竺山有偈云：「事事無能一不前，喜歸天竺過殘年。飢餐困睡無餘事，休說壺中別有天。」又有臨終偈數句，《廣燈》載之備矣，而《雲臥記談》（按：「記」爲「紀」）云：「熙寧間，有僧清順，往來靈隱、天竺以偈句陶寫閑中趣味。曰：『前云、偈云』。」凡《雲臥》所談，多正古傳之謬，皆如有據。然此二偈已收《廣燈》中，校瑩所談，一字無差，豈瑩之所聞之，玄順與清未皎如乎。又前偈離鴈山作，後偈歸天竺作，《紀談》所載，似一時之什，若《雲臥》以二偈置天聖前，猶或恕（五山怒）爲，況熙寧間乎，反復二事。李撰得之，以此見之，《雲臥》所談之諸書，恐有未然之處。
	20	3.文章好惡繫於人。 咸平間，林和靖臥孤山，有〈梅花〉八詠。歐陽文忠公稱賞其「疎影橫斜水清淺，暗香浮動月黃昏」之句。山谷云：「雪後園林纔半樹，水邊籬落忽橫枝。」似勝前句。不知文忠公何緣棄此而賞彼？文章大槩亦如女色，好惡繫於人。予謂二聯美則美矣，不能無疵。客云：「何也？」曰：「橫斜之疎影，實清水之所寫也。浮動之暗香，寧昏月之所關乎？又雪後半樹者，形似也，水邊橫枝者，實事也。二聯上下二句，皆不純矣！」客云：「諸家詩多如此，何責之者深耶？」曰：「諸家皆放過一著者也。二公採林詩爲絕唱，我只以其盡美矣，未盡善矣。」《古今詩話》曰：梅聖俞愛王維（五山玉維）詩有云：「柳塘春水慢，花塢夕陽遲。」善矣！夕陽遲則繫花，而春水慢不繫柳也。如杜甫詩云：「深山催短景，喬木易高風。」此了無瑕纇，如是詩評，爲盡美盡善也。客曰：「雪後半樹，亦可爲實事。」曰：「爾，形似句好，實事句卑，讀者詳之。」
19	21	古人作詩，非諷則懷，離此二不苟出口矣！舒王〈雨過偶書〉落句云：「誰識浮雲知進退，纔成霖雨便歸山。」是懷也。王相神宗解印之後，高臥鍾山，醉心內典，晚捐宅爲寺，半山智度寺是也。知進退之言，不爲忝矣耳。詩之品藻甚難矣！昔王荊公謂山谷曰，古云：「鳥鳴山更幽」，我謂：不若不鳴山更幽。故〈王安石〉〈鍾山即事〉落句云：「茅簷相對坐終日，一鳥不鳴山更幽。」《苕溪》胡氏云：王文海云：「鳥鳴

原文分段條目	筆者分段條目	原文
		山更幽」，荊公云：「一鳥不鳴山更幽」，反其意而用之，蓋不言沿襲之耳。予曰：荊公不及文海者遠矣。大凡物相兼　而成奇，其奇多矣，不相兼而奇，其奇鮮矣。文海之句，即動而靜也，荊公之句，惟靜而已，其奇鮮矣哉。《苕溪》為說其惑甚矣。只反其意而用之者，可也，不言沿襲者，非也，寧未有前句，而得後句乎？若有之者，不為佳句矣。故云：詩之品藻甚難矣。
20	22	王荊公詩：「披香殿上留朱輦，太液池邊送玉杯」者，取柳詞「大液波翻披香簾捲」也。又「北澗欲通南澗水，南山正遶此山雲」者，取樂天「東磵水流西磵水，南山雲起北山雲」也。又「肘上柳生渾不管，眼前花發即欣然」者，取白氏「花發眼中猶足怪，柳生肘上亦須休」也，此等類往往在焉。夫詩人剽竊者常也。然有三竊，竊勢為上，竊意為中，竊詞為下。其竊詞者，一詩中，一句之一兩字耳，猶為下也，一連雙偶并取，寧非下下邪。或曰：「一連雙偶，實非也，恐荊公暗合耳。」予曰：「他人或恕焉，荊公不赦矣。王氏平居衒記覽，百家衣詩自荊公始，柳詞、白句，常人之所口占也，王氏豈不記乎？只是荊公非狐白手之所致乎。」
21	23	《遯齋閑覽》云：「凡詠梅，多詠白。而荊公詩，獨云：『鬚撚黃金危欲墮，蒂團紅蠟巧能裝。』不惟造語巧麗，可謂能道人不到處矣。」荊公此詩，麗則麗矣，能道人不到處者，非也。和靖詩云：「蒂團紅蠟綴初乾」荊公豈不見此句耶？《遯齋》過稱，可笑矣。
22	24	《靈苑集》〈天竺寺月中桂子〉詩序云：「上嗣統之六祀，天聖紀号，龍集丁卯秋。七八兩月，望舒之夕，寺殿堂左右，天降靈實。其繁如雨，其大如豆，其圓如珠，其色白者、黃者、黑文者，時有帶殼者，殼味辛。」識者曰：「此月中桂子也」云云。詩曰：「丹桂生瑤實，千年會一時。偏從天竺落，秖恐月宮知。」落句云：「林間僧共拾，猶誦樂天詩。」予按：《起世經》閻浮樹影寫月中也，月中無桂樹，外書不知，謾造語耳。慈雲台宗偉匠，當辨明之。同俗書，作詩文記之何哉？其後明教大師作行業記載此事云：靈山秋霽，嘗天雨桂子，法師乃作〈桂子〉、〈種桂〉之詩，雖嵩公信之筆之，不能無疑矣。

原文分段條目	筆者分段條目	原文
23	25	楊誠齋曰：「大氐詩之作也，興，上也，賦，次也，賡和，不得已也。我初無意於作是詩，而是物是事，適然觸於我，我之意亦適然感乎是物是事，觸先焉，感隨焉，而是詩出焉，我何與哉？天也！斯之謂興，或屬意一花，或分題一山，指某物課一詠，立其題徵一篇，是已非天矣。然猶專乎我也，斯之謂賦。至於賡和，則孰觸之？孰感之？孰題之哉？人而已矣。出乎天，猶懼戕乎天；專乎我，猶懼強乎我，今牽乎人而已矣。尙冀其有一銖之天，一黍之我乎，蓋我未嘗覯是物，而逆追彼之覯，我不欲用是韻，而抑從彼之用，雖李杜能之乎？而李杜不爲也。是故，李杜之集，無牽率之句，而元白有和韻之作，詩至和韻，而詩始大壞矣。故韓子蒼以和韻爲詩之大戒。」此書佳矣，然不必皆然矣。夫詩者，志之所之也。性情也，雅正也，若其形言也，或性情也，或雅正也者，雖賦和，上也，或不性情也，不雅正也，雖興，次也。今夫有人，端居無事，忽焉思念出焉，其思念有正焉，有邪焉，君子之者，去其邪，取其正，豈以其無事忽焉之思念爲天，而不分邪正隨之哉。物事之觸我也，我之感也，又有邪正，豈以其觸感之者爲天，而不辨邪正而隨之哉。況詩人之者，元有性情之權，雅正之衡，不質於此，只任觸感之興，恐陷僻邪之坑。昔者仲尼以風雅之權衡，刪三千者，裁三百篇也，後人若無雅正之權衡，不可言詩矣。又李杜無和韻，元白有和韻，而詩大壞者，非也。夫人有上才焉，有下才焉。李杜者，上才也，李杜若有和韻，其詩必善矣。李杜世無和韻，故賡和之美惡不見矣，元白下才也，始作和韻，不必和韻而詩壞矣，只其下才之所爲也。故其集中，雖興感之作，皆不及李杜，何特至賡和責之乎？夫上才之者，必有自得處，以其得處，寓于興也、賦也、和也，無往而不自得焉，其自得之處，揚子所謂天也者也。其天也者，何特興而已乎？賦也、和也，皆天也。下才之者，少自得處，只是沿襲剽掠牽合而已，是揚子之所謂大壞者也，只其下才之所爲也，寧賡和之罪哉。多金之家，作瓶盤釵釧也，瓶盤釵釧雖異，皆一金也，故其器皆美矣；寡金之家作器也，其用不足焉，雜鍮銀鉛鑞而成焉，故其器不美矣。揚子不辨上下才，謾言賦和者過矣。子蒼以和韻爲詩之大戒者，激學者而警剽掠牽合耳，恐非揚子之所言之者矣。

原文分段條目	筆者分段條目	原文
24	26	夫物不必相待而爲配，異世同調，蓋天偶也。廬山芝菴主 偈云：「千峰頂上一間屋，老僧半間雲半間。昨夜雲隨風雨去，到頭不似老僧閑。」楊誠齋〈明發瀧頭〉詩云：「黑甜偏至五更濃，強起侵曉敢小慵，輸與山雲能樣懶，日高猶宿夜來峰。」 二什清奇，可以季、孟之間而待矣。
25	27	世所傳《唐宋千家詩選》，後村先生編集者，恐非也。予見《後村集》六十卷？，絕無其事，只跋宋氏絕句詩云：余選唐人及本朝七言絕句，各得百篇，五言絕句亦如之。又云，元白絕句最多，白止取三百，元止取五言一首。又云，夫合兩朝六七百年間，冥搜精擇，僅四百首，信矣絕句之難工也。以是而言，劉氏之詩選，其法尤嚴。今之千家詩，其選體繁冗舛錯，豈出于後村手者邪？疑俚儒託名於劉氏手，其間詩多錯，作者名或四韻詩截四句收爲絕句，凡絕句四韻，體裁各別，若分四韻作絕，不協詩法，後生見其不協者，只信後村選，以爲法格，故詩道者不鮮矣。又朱淑眞詩，其格律軟陋而多收，何哉？雪詩，押兼字者，不成文理，我反覆詳之，劉氏欲選詩，先博採諸家，未遑精擇而沒，後人以其創之，漫加名氏耶！
26	28	客問：「一詩兩字，病諸？」曰：「爾。」曰：「古人何有之乎？」曰：「達人不妨。」曰：「見賢思齊」曰：「初學容恕，不得琢句，先輩有之者，達懶也。凡詩文拘聲韻複字，不得佳句者皆庸流也。作者無之，七通八達，若有聲韻礙，可知未入作者域。然古人犯聲韻複字者，達懶也，非不能矣。」
27	29	予有數童，狂游戲謔，不好誦習，予鞭笞誨誘，使其賦詩，童曰：「不知聲律」予曰：「不用聲律，只排五七。」童嗔愁怨懣，予不恕焉。童不得已而呈句，雖蹇澀卦（按：扑）拙，而或不成文理，其中往往有自得醇全之趣。予常愛怪，又令學書，童曰：「不知法格」予曰：「不用法格，只爲臨摸。」童之嗔懣，予之不恕如先。不得已而呈一二紙，雖屈蚓亂鴉，而或不成字形，其中往往有醇全之畫。予又愛怪，則喟歎曰：「世之學詩書者，傷於工奇，而不至作者之域者，皆是計較之過也。今夫童孩之者，愚騃無知，而有醇全之氣者，朴質之爲也。」故曰：「學詩者，不知童子之醇意，不可言詩矣。學書者，不知童子之醇畫，不可言書矣。不特詩書焉，道豈異於斯乎，學者先立醇全之意，輔以修練之功，爲易至耳。

註：

1.條目的分段方式，分爲「原文分段」和「筆者分段」。「原文分段」是〈濟北詩話〉中原有的段落内容，「筆者分段」則是依文意内容，將第 18 條分爲三段，而爲 18、19、20 條。故本論文對於〈濟北詩話〉條目之數，總歸爲 29 條。

2.〈濟北詩話〉提及詩人最多次者首推杜甫 7 次，其次爲李白 4 次，又孔子、白居易、王荆公、黄山谷皆 3 次，周公、元稹、王維、林和靖、楊誠齋、蘇東坡 2 次，餘皆爲 1 次。

3.「王維」雖出現在「筆者分段」的第 9、13 和 20 條目，然考 20 條目應爲「嚴維」，故王維實歸屬出現 2 次。

附錄七：五山時期（鎌倉、室町時期）中日歷史紀年對照表

西元	干支	中國			日本		
		南宋			鎌倉時代		
1190	庚戌	光宗・趙惇	紹熙	1	後天羽	建久	1
1191	辛亥			2			2
1192	壬子			3			3
1193	癸丑			4			4
1194	甲寅			5			5
1195	乙卯	寧宗・趙擴	慶元	1			6
1196	丙辰			2			7
1197	丁巳			3			8
1198	戊午			4			9
1199	己未			5	土御門	正治	1
1200	庚申			6			2
1201	辛酉		嘉泰	1		建仁	1
1202	壬戌			2			2
1203	癸亥			3			3
1204	甲子			4		元久	1

西元	干支	中國			日本		
		南宋			鎌倉時代		
1205	乙丑			1			2
1206	丙寅		開禧	2	建永		1
1207	丁卯			3			1
1208	戊辰			1			2
1209	己巳			2	承元		3
1210	庚午			3			4
1211	辛未			4		建曆	1
1212	壬申			5			2
1213	癸酉			6			1
1214	甲戌			7			2
1215	乙亥			8	順德	建保	3
1216	丙子		嘉定	9			4
1217	丁丑			10			5
1218	戊寅			11			6
1219	己卯			12			1
1220	庚辰			13		承久	2
1221	辛巳			14	仲恭		3
1222	壬午			15		貞應	1
1223	癸未			16			2
1224	甲申			17		元仁	1
1225	乙酉		寶慶	1		嘉祿	1
1226	丙戌	理宗・趙昀		2	後崛河		2
1227	丁亥			3		安貞	1
1228	戊子			1			2
1229	己丑		紹定	2			1
1230	庚寅			3		寬喜	2
1231	辛卯			4			3

西元	干支	中國			日本		
		南宋			鎌倉時代		
1232	壬辰			5	貞永		1
1233	癸己			6	天福		1
1234	甲午		端平	1	文曆		1
1235	乙未			2	嘉禎		1
1236	丙申			3			2
1237	丁酉		嘉熙	1	四條		3
1238	戊戌			2		曆仁	1
1239	己亥			3		延慶	1
1240	庚子			4			1
1241	辛丑		淳祐	1		仁治	2
1242	壬寅			2			3
1243	癸卯			3	後嵯峨		1
1244	甲辰			4		寬元	2
1245	乙巳			5			3
1246	丙午			6			4
1247	丁未			7		寶治	1
1248	戊申			8			2
1249	己酉			9		建長	1
1250	庚戌			10			2
1251	辛亥			11	後深草		3
1252	壬子			12			4
1253	癸丑		寶祐	1			5
1254	甲寅			2			6
1255	乙卯			3			7
1256	丙辰			4		康元	1
1257	丁巳			5		正嘉	1
1258	戊午			6			2

西元	干支	中國			日本		
		南宋			鎌倉時代		
1259	己未		開慶	1		正元	1
1260	庚申			1		文應	1
1261	辛酉			2			1
1262	壬戌		景定	3		弘長	2
1263	癸亥			4			3
1264	甲子			5			1
1265	乙丑			1			2
1266	丙寅			2			3
1267	丁卯			3			4
1268	戊辰	度宗・趙禥		4	龜山		5
1269	己巳		咸淳	5		文永	6
1270	庚午			6			7
1271	辛未			7			8
1272	壬申			8			9
1273	癸酉			9			10
1274	甲戌			10			11
1275	乙亥	恭帝・趙（㬎）	德祐	1		建治	1
1276	丙子	端宗・趙昰	景炎	1			2
1277	丁丑			2	後宇多		3
1278	戊寅	趙昺	祥興	1		弘安	1
1279	己卯			2			2
		元					
1280	庚辰	世祖・	至元	17		弘安	3
1281	辛己			18			4
1282	壬午			19			5

西元	干支	中國			日本		
		南宋			鎌倉時代		
1283	癸未	忽必烈		20			6
1284	甲申			21			7
1285	乙酉			22			8
1286	丙戌			23			9
1287	丁亥			24			10
1288	戊子			25		正應	1
1289	己丑			26			2
1290	庚寅			27			3
1291	辛卯			28			4
1292	壬癸			29	伏見		5
1293	癸巳			30			1
1294	甲午			31		永仁	2
1295	乙未	成宗・孛兒只斤鐵穆耳	元貞	1			3
1296	丙申			2			4
1297	丁酉			1			5
1298	戊戌			2			6
1299	己亥			3	後伏見	正安	1
1300	庚子			4			2
1301	辛丑			5			3
1302	壬寅		大德	6		乾元	1
1303	癸卯			7			1
1304	甲辰			8	後二條	嘉元	2
1305	乙巳			9			3
1306	丙午			10		德治	1
1307	丁未			11			2
1308	戊申	武宗・	至大	1		延慶	1
1309	己酉			2			2

西元	干支	中國 南宋 君主	年號	數	日本 鎌倉時代 天皇	年號	數	北朝 天皇	北朝 年號	北朝 數
1310	庚戌	海山		3			3			
1311	辛亥			4		應長	1			
1312	壬子		皇慶	1		正和	1			
1313	癸丑		皇慶	2			2			
1314	甲寅	仁宗・愛育黎拔力八達	延祐	1	花園	正和	3			
1315	乙卯			2			4			
1316	丙辰			3			5			
1317	丁巳			4		文保	1			
1318	戊午			5			2			
1319	己未			6		元應	1			
1320	庚申			7			2			
1321	辛酉	英宗・碩德八剌	至治	1	後醍醐	元亨	1			
1322	壬戌			2			2			
1323	癸亥			3			3			
1324	甲子	泰定帝・也孫鐵木耳	泰定	1		正中	1			
1325	乙丑			2			2			
			泰定		南朝			北朝		
1326	丙寅			3		嘉曆	1			
1327	丁卯			4			2			
1328	戊辰		天曆	1			3			
1329	己巳	明宗・和世（王束）		2	後醍醐	元德	1			
1330	庚午	文宗・圖貼睦爾	至順	1			2			
1331	辛未			2		元弘	1	光嚴	（元德）	3
1332	壬申			3		元弘	2		正慶	1

西元	干支	中國朝代 南宋	中國年號	年數	日本天皇（南）	日本年號（南）	年數（南）	日本天皇（北）	日本年號（北）	年數（北）
1333	癸酉		元統	1			3			2
1334	甲戌		元統	2		建武	1			1
1335	乙亥		至元	1		建武	2		（建武）	2
1336	丙子		至元	2		延元	1		（建武）	3
1337	丁丑		至元	3		延元	2			4
1338	戊寅		至元	4		延元	3			1
1339	己卯	惠宗·妥懽帖睦爾	至元	5		延元	4		曆應	2
1340	庚辰		至元	6		興國	1		曆應	3
1341	辛巳		至正	1			2		曆應	4
1342	壬午		至正	2		興國	3	光明	康永	1
1343	癸未		至正	3		興國	4		康永	2
1344	甲申		至正	4		興國	5		康永	3
1345	乙酉		至正	5		興國	6		貞和	1
1346	丙戌		至正	6		正平	1		貞和	2
1347	丁亥		至正	7			2		貞和	3
1348	戊子		至正	8			3		貞和	4
1349	己丑		至正	9	後村上		4	崇光	貞和	5
1350	庚寅		至正	10			5	崇光	觀應	1
1351	辛卯		至正	11			6		觀應	2
1352	壬辰	惠宗·孛兒只斤妥懽帖	至正	12		正平	7		文和	1
1353	癸巳		至正	13		正平	8		文和	2
1354	甲午		至正	14		正平	9		文和	3
1355	乙未		至正	15			10	後光嚴	文和	4
1356	丙申		至正	16			11	後光嚴	延文	1
1357	丁酉		至正	17			12		延文	2
1358	戊戌		至正	18			13		延文	3
1359	己亥		至正	19			14		延文	4

西元	干支	中國			日本					
		南宋			鎌倉時代					
1360	庚子	睦爾		20	15					5
1361	辛丑			21	16				康安	1
1362	壬寅			22	17					1
1363	癸卯			23	18					2
1364	甲辰			24	19				貞治	3
1365	乙巳			25	20					4
1366	丙午			26	21					5
1367	丁未			27	22					6
		明								
1368	戊申	太祖·朱元璋	洪武	1	23			後光嚴		1
1369	己酉			2	24					2
1370	庚戌			3	1		建德		應安	3
1371	辛亥			4	2					4
1372	壬子			5	1		文中			5
1373	癸丑			6	2					6
1374	甲寅			7	3	長慶				7
1375	乙卯			8	1		天授	後圓融	永和	1
1376	丙辰			9	2					2
1377	丁巳			10	3					3
1378	戊午			11	4					4
1379	己未			12	5				康曆	1
1380	庚申			13	6					2
1381	辛酉			14	1		弘和		永德	1
1382	壬戌			15	2					2
1383	癸亥			16	3	後龜山		後小松		3
1384	甲子			17	1		元中		至德	1
1385	乙丑			18	2					2

西元	干支	中國			日本			
		南宋			鎌倉時代			
1386	丙寅			19		3		3
1387	丁卯			20		4	嘉慶	1
1388	戊辰			21		5		2
1389	己巳			22		6	康應	1
1390	庚午			23		7		1
1391	辛未			24		8	明德	2
1392	壬申			25		9		3
1393	癸酉			26		明德		4
1394	甲戌			27				1
1395	乙亥			28				2
1396	丙子			29				3
1397	丁丑			30				4
1398	戊寅			31				5
1399	己卯	惠帝·朱允炆	建文	1				6
1400	庚辰			2				7
1401	辛巳			3				8
1402	壬午			4	後小松			9
1403	癸未	成祖·朱棣	永樂	1			應永	10
1404	甲申			2				11
1405	乙酉			3				12
1406	丙戌			4				13
1407	丁亥			5				14
1408	戊子			6				15
1409	己丑			7				16
1410	庚寅			8				17
1411	辛卯			9				18
1412	壬辰			10				19

西元	干支	中國			日本		
		南宋			鎌倉時代		
1413	癸巳			11	稱光		20
1414	甲午			12			21
1415	乙未			13			22
1416	丙申			14			23
1417	丁酉			15			24
1418	戊戌			16			25
1419	己亥			17			26
1420	庚子			18			27
1421	辛丑			19			28
1422	壬寅			20			29
1423	癸卯			21			30
1424	甲辰			22			31
1425	乙巳	仁宗・朱高熾	洪熙	1			32
1426	丙午			1			33
1427	丁未			2			34
1428	戊申			3		正長	1
1429	己酉	宣宗・朱瞻基	宣德	4	後花園		1
1430	庚戌			5			2
1431	辛亥			6			3
1432	壬子			7			4
1433	癸丑			8			5
1434	甲寅			9		永享	6
1435	乙卯			10			7
1436	丙辰	英宗・	正統	1			8
1437	丁巳			2			9
1438	戊午			3			10

西元	干支	中國			日本		
		南宋			鎌倉時代		
1439	己未	朱祁鎮		4			11
1440	庚申			5			12
1441	辛酉			6	嘉吉		1
1442	壬戌			7			2
1443	癸戌			8			3
1444	甲子			9	文安		1
1445	乙丑			10			2
1446	丙寅			11			3
1447	丁卯			12			4
1448	戊辰			13			5
1449	己己			14	寶德		1
1450	庚午	代宗・朱祁鈺	景泰	1			2
1451	辛未			2			3
1452	壬申			3	享德		1
1453	癸酉			4			2
1454	甲戌			5			3
1455	乙亥			6	康正		1
1456	丙子			7			2
1457	丁丑	英宗・朱祁鎮	天順	1	長祿		1
1458	戊寅			2			2
1459	己卯			3			3
1460	庚辰			4	寬正		1
1461	辛己			5			2
1462	壬午			6			3
1463	癸未			7			4
1464	甲申			8			5
1465	乙酉		成化	1	後		6

西元	干支	中國			日本		
		南宋			鎌倉時代		
1466	丙戌	憲宗・朱見深		2	土御門	文正	1
1467	丁亥			3		應仁	1
1468	戊子			4			2
1469	己丑			5			1
1470	庚寅			6			2
1471	辛丑			7			3
1472	壬辰			8			4
1473	癸巳			9			5
1474	甲午			10			6
1475	乙未			11			7
1476	丙申			12			8
1477	丁酉			13			9
1478	戊戌			14		文明	10
1479	己亥			15			11
1480	庚子			16			12
1481	辛丑			17			13
1482	壬寅			18			14
1483	癸卯			19			15
1484	甲辰			20			16
1485	乙巳			21			17
1486	丙午			22			18
1487	丁未	孝宗・朱祐樘		23		長享	1
1488	戊申			1			2
1489	己酉			2			1
1490	庚戌		弘治	3		延德	2
1491	辛亥			4			3
1492	壬子			5		明應	1

西元	干支	中國			日本		
		南宋			鎌倉時代		
1493	癸丑			6			2
1494	甲寅			7			3
1495	乙卯			8			4
1496	丙辰			9			5
1497	丁巳			10			6
1498	戊午			11			7
1499	己未			12			8
1500	庚申			13			9
1501	辛酉			14			1
1502	壬戌			15		文龜	2
1503	癸亥			16			3
1504	甲子			17			1
1505	乙丑			18			2
1506	丙寅			1			3
1507	丁卯			2			4
1508	戊辰			3			5
1509	己巳			4	後柏原		6
1510	庚午	武宗・朱厚照	正德	5			7
1511	辛未			6			8
1512	壬申			7		永正	9
1513	癸酉			8			10
1514	甲戌			9			11
1515	乙亥			10			12
1516	丙子			11			13
1517	丁丑			12			14
1518	戊寅			13			15
1519	己卯			14			16

西元	干支	中國			日本		
		南宋			鎌倉時代		
1520	庚辰			15			17
1521	辛己			16			1
1522	壬午			1			2
1523	癸未			2			3
1524	甲申			3	大永		4
1525	乙酉			4			5
1526	丙戌			5			6
1527	丁亥			6			7
1528	戊子			7			1
1529	己丑			8	享祿		2
1530	庚寅			9			3
1531	辛卯			10			4
1532	壬辰	世宗·朱厚熜		11			1
1533	癸己			12			2
1534	甲午		嘉靖	13			3
1535	乙未			14			4
1536	丙申			15	後奈良		5
1537	丁酉			16			6
1538	戊戌			17			7
1539	己亥			18		天文	8
1540	庚子			19			9
1541	辛丑			20			10
1542	壬寅			21			11
1543	癸卯			22			12
1544	甲辰			23			13
1545	乙巳			24			14
1546	丙午			25			15

西元	干支	中國			日本		
		南宋			鎌倉時代		
1547	丁未			26			16
1548	戊申			27			17
1549	己酉			28			18
1550	庚戌			29			19
1551	辛亥			30			20
1552	壬子			31			21
1553	癸丑			32			22
1554	甲寅			33			23
1555	乙卯			34			1
1556	丙辰			35		弘治	2
1557	丁巳			36			3
1558	戊午			37			1
1559	己未			38			2
1560	庚申			39			3
1561	辛酉			40			4
1562	壬戌			41			5
1563	癸亥			42		永祿	6
1564	甲子			43	正親町		7
1565	乙丑			44			8
1566	丙寅			45			9
1567	丁卯	穆宗·朱載垕		1			10
1568	戊辰			2			11
1569	己巳		隆慶	3			12
1570	庚午			4			1
1571	辛未			5		元龜	2
1572	壬申			6			3
1573	癸酉	神	萬曆	1		天正	1

西元	干支	中國			日本		
		南宋			鎌倉時代		
1574	甲戌	宗·朱翊鈞		2			2
1575	乙亥			3			3
1576	丙子			4			4
1577	丁丑			5			5
1578	戊寅			6			6
1579	己卯			7			7
1580	庚辰			8			8
1581	辛己			9			9
1582	壬午			10			10
1583	癸未			11			11
1584	甲申			12			12
1585	乙酉			13			13
1586	丙戌			14			14
1587	丁亥			15			15
1588	戊子			16			16
1589	己丑			17			17
1590	庚寅			18			18
1591	辛卯			19			19
1592	壬辰			20	後陽成		1
1593	癸巳			21		文祿	2
1594	甲午			22			3
1595	乙未			23			4
1596	丙申			24			1
1597	丁酉			25			2
1598	戊戌			26		慶長	3
1599	己亥			27			4
1600	庚子			28			5

西元	干支	中國		日本		
		南宋		鎌倉時代		
1601	辛丑		29			6
1602	壬寅		30			7
1603	癸卯		31			8

梁姿茵　製表

註：

1.此年表參鄧洪波《東亞歷史年表》之內容與方式。

2.此年表以西元紀年（西曆）和干支紀年（農曆）作為基本對照，而歷史紀年著錄內容，則包括國號（朝代）、帝王姓氏、廟號、年號。

附錄八：美國紐約「大都會博物館」館藏虎關之墨跡

    此為美國紐約「大都會博物館」館藏之虎關書法墨跡。偈贊曰：「謾教水火起事端，百煉千烹只自安。滋味莫言都似蜜，舌頭回轉又酸寒。」此首偈贊《濟北集》中並無收錄。

    虎關表面以味覺寫糖滋味，千迴百轉，似人生百態，甜酸相倚，實則欲表達「任將舌味引根塵」〔註1〕之輪轉。因「根」、「塵」為人生煩惱與痛苦之來源，人之於百千萬劫輪迴中，往往以「六根」貪「六塵」而有累世之業。那麼，此以舌根貪味為例，滋味此刻雖為蜜，然再經輪迴則因今世造業而來世轉為酸寒，此偈贊實富有禪機。

〔註 1〕《濟北集》卷六偈贊〈糖〉曰：「百煉千烹轉斬新，任將舌味引根塵。直饒落魄伶俜底，開口也無說苦辛。」

　　此爲大都會博物館簡介虎關生平及詩作的內容，然其於說明中將虎關之師「Yishan Yining」（一山一寧）指爲「Japanese」（日本人）之說有誤，因一山一寧爲元代禪僧，後至日本而爲歸化僧。

虎関師錬筆　墨跡「糖」

Kokan Shiren (1278–1346)
Poem in Chinese about Sugar
Nanbokuchō period (1336–92)
Hanging scroll; ink on paper

Gift of Sylvan Barnet and William Burto, in honor of Elizabeth and Neil Swinton (2014.719.6)

A prominent figure in early fourteenth-century Japanese Zen, Shiren was born into an aristocratic family in Kyoto and studied Zen in Kamakura with the Chinese émigré monk Yishan Yining (Japanese: Issan Ichinei, 1247–1317). Shiren's calligraphy reveals a debt to his master in its crisp brushwork, long horizontal strokes, and overall rightward-leaning tendency. The seven-character quatrain, about sugar, reads:

Now let fire and water fight it out:
Heat and boil it many times,
It will form naturally;
Don't say that it always tastes like honey.
When you roll your tongue
It may also taste sour.
　　　　—Trans. Yoshiaki Shimizu and John M. Rosenfield

附錄九：《蒙古襲來繪詞》

　　《蒙古襲來繪詞》爲日本十三世紀之捲軸畫，此乃菊池氏部下竹崎季長之功績紀錄，透過文字與繪畫來描寫蒙古與日本之爭戰。以下節錄「永文之役」部份圖文。（圖片出處：（日）《蒙古襲來繪詞》，卷末に「永仁元年（1293 年）二月九日」とあり，柴野栗山舊藏，早稻田大學圖書館藏。）

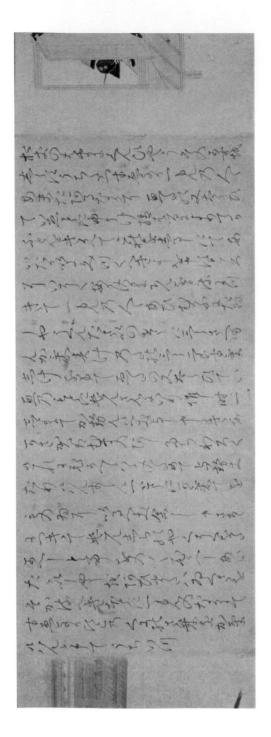